OETINGER 34

Diesmal wurde mir nicht schwindelig, neehee,
ich musste lachen. [redacted] hat sein Handy in die Luft gehalten,
damit ich die beste Sicht habe. Zwischendurch hat er
sich immer vergewissert, ob alles okay ist.
Und ich bequem vom Brittasessel aus:

Ja, schau mal,
geht sogar freihändig.
Das war bestimmt die
welterste Roller-Spritztour
per Skype :)

Nächstes Wochenende
entführ ich dich
in echt hierher,
hat er gesagt,
als wir beim Wäldchen
angekommen waren.

Ich liebe ihn!
Ich vermisse ihn!
Ich hasse Montage! :(

ELISABETH DENIS

SECRETS

WEM MARIE VERTRAUTE

OETINGER 34

Alle Bände der Reihe »Secrets«

Band 1: Wen Emma hasste
Band 2: Wem Marie vertraute
Band 3: Was Kassy wusste

FSC
www.fsc.org
MIX
Papier aus verantwortungsvollen Quellen
FSC® C083411

Edition Oetinger34

Ein Imprint der Verlag Friedrich Oetinger GmbH

Text von Elisabeth Denis
Umschlaggestaltung von Daniela Richter-John
Satz: Dörlemann Satz GmbH, Lemförde
Druck und Bindung: CPI books GmbH, Leck, Germany
Printed 2016
ISBN 978-3-95882-063-0

Dieses Buchprojekt ist auf Oetinger34.de im Team entstanden.
Autorinnen: Elisabeth Denis, Lara de Simone, Daniela Pusch;
Paten: Rita Falk, Stefan Valentin

www.oetinger34.de
www.secrets-trilogie.de

Kapitel 1

Samstag, 4. April

Zischend strömt Gas aus. Kassy hat mal gesagt, sie setzen diesen faulen Geruch extra zu, damit man sich nicht aus Versehen umbringt. Eigentlich ist Gas geruchlos. Ich halte den Anzünder in die Nähe der kleinen schwarzen Löcher, das genügt, und fauchend springt eine Flamme an. Dann ziehe ich den Topf über das Feuer und betrachte die hin und her schwappende Oberfläche.

Es ist halb sieben. Ich müsste nicht so früh auf sein, es ist Samstag, doch ich bin immer die Erste im Bad. Dafür nehme ich das bisschen Müdigkeit in Kauf.

Ich drehe das Gas ab und gieße die Milch in einen Becher mit Kakaopulver. Im Obergeschoss klappt eine Tür, dann höre ich schwere Schritte. Üblicherweise folgen jetzt das Knarren der Dielen, ein zweites Türklappern, und Udo verschwindet im Bad. Doch heute knarrt es weiter. Treppenstufenknarren. Shit! Ich bin nur mit meinem Bademantel bekleidet.

Fünfzehn Stufen habe ich Zeit für eine Entscheidung. Mir genügen zwei: Ich schnappe mir den Kakao und biege um die Ecke in den Esszimmerbereich.

Schon höre ich das luftige Schmatzen des Kühlschranks. Ich hingegen öffne das Fenster wie ein Profi, vollkommen geräuschlos. Umso heftiger schrecke ich zurück, als Vogellärm durch den Spalt dringt.

Ich halte inne. Drehe mich um, doch Udos Visage bleibt mir Gott sei Dank erspart. Ich stelle den Kakao aufs Sims, steige hinauf, Marie raus, Kakao hinterher, Fenster zu.

Kalt! Shit, ist das kalt! Dagegen kann mein Flauschibademantel nichts ausrichten. Warum habe ich mir nicht wie sonst nach dem Duschen meine Klamotten angezogen? Warum bin ich nicht einfach an Udo vorbei durchs Treppenhaus? Shit! Jetzt muss ich in der Affenkälte ausharren, bis er das Revier wieder freigibt.

Ich hasse ihn dafür, dass er nicht wie üblich ins Bad verschwunden ist. Mir fällt ein, dass im Schuppen die Terrassenbestuhlung für den Sommer lagert, und ich glaube mich an ein paar Decken zu erinnern.

Tatsächlich verhüllt eine blaue aus dicker Wolle den Berg von Stühlen, ein verfitzter Spinnenkadaver klebt daran, den ich mutig mit Zeigefinger und Daumen wegschnicke. Mit um den Körper geschlungener Decke tripple ich wie eine Geisha zurück zur Terrasse.

Nein, natürlich hat sich Udo nicht verzogen, sondern Ilsa, meine Mutter, ist mittlerweile auch in der Küche aufgetaucht. Früher Vogel, würde ich sagen, denn in der einen Hand hält sie ihre Aktentasche, die sie gerade auf dem Küchenblock ablegt. Also befindet sie sich auf dem Absprung in die Kanzlei. In letzter Zeit arbeitet sie wieder öfter die Wochenenden durch.

Jetzt wendet sie sich in ihrem teuren, weit geschnittenen Cashmere-Jumpsuit, der bei ihr nicht aufträgt, weil sie groß und schlank ist, zur Kaffeemaschine. Elegant befüllt sie die Maschine mit frischen Bohnen. *Jamaica Blue Mountain*, eine der teuersten Kaffeesorten der Welt. Ihre matten Perlenohrhänger schaukeln bei jeder Bewegung niedlich hin und her. Die aschblonden Haare rollen sich im Nacken streng zu einer akkuraten Schnecke. Wir hätten die gleiche Haarfarbe, hätte ich mir meine nicht im Dezember platinblond gefärbt.

Das Rattern des Mahlwerks bohrt sich durch die Panoramascheibe.

Udo im Kapuzenpulli frisst die Lyoner pur aus dem Kühlschrank. Bei ihm deutet die Kleidung auf Couchtag. Und außerdem auf eine Persönlichkeitsstörung, denn wer trägt schon freiwillig Jeans mit aufgestickter Tätowierung?

Jetzt ein paar eingespielte Lacher, und man hat zwei prima Gestalten in einer schlechten Sitcom.

Zu dritt jedenfalls sind wir ein Witz. Wer uns als Familie gecastet hat, hat ganze Arbeit geleistet. Oder vielmehr gründlich versagt.

Ich setze mich auf den Terrassentisch, was mit der steifen Decke um die Hüfte ein bisschen umständlich ist, und trinke einen Schluck vom kalten Kakao.

Um genau zu sein, ist Udo bloß der Sidekick meiner Mutter, für mich zählt er nicht, auch wenn er schon seit sieben Jahren hier rumturnt.

Meiner Mutter ist das egal. Ihr fehlt es an Zeit, um sich mit meinem Kram zu beschäftigen. Sie arbeitet unglaublich viel. Manchmal glaube ich, sie hat einfach bloß Angst, mit leeren Händen dazustehen.

Sie sieht das Leben als Kampf, gegen dessen Härte man gewappnet sein muss.

Ich weiß noch, wie ich in der ersten Klasse in Emmas Zimmer stand und über die vielen Kissen auf ihrem Bett gestaunt habe.

»Brauchst du die alle zum Schlafen?«, habe ich gefragt, und Emma meinte, ihre Mama habe die dorthin gestopft, damit sie sich im Schlaf nicht an der Wand stoße.

Ich muss ziemlich neidisch geguckt haben, denn Emma schleppte daraufhin eine Weile lang Kissen an, die ich stolz meiner Mutter präsentiert habe. Doch die hat nur gemeint, *weich* besitze keinen Lerneffekt.

Trotzdem liegen immer noch herzförmige und einstmals rosafarbene Puffer in meinem Bett – ganz genau wie bei Emma. Halbe-halbe.

Meine Mutter lehnt sich gegen den Küchenblock und zieht ein Tablet aus der Aktentasche, auf dem sie stirnrunzelnd herumtippt, was den Perlenohrhängern ordentlich Schwung verleiht. In der anderen Hand hält sie, nein, nicht den Espresso, sondern ein Blatt Papier. Eine Rechnung vermutlich, irgendein offizielles Schreiben jedenfalls, denn ich kann auf dem Briefkopf ein fettes Emblem erkennen.

Udo sagt etwas, aber meine Mutter scheint ihn nicht zu hören. Jetzt stellt er sich dicht hinter sie und greift tatsächlich eine ihrer Titten, schaukelt sie in der Hand. Ein Siegergrinsen hängt ihm im Gesicht.

Meine Schultern rutschen automatisch ein Stück zusammen.

Mama kneift ihm in die Pfoten.

Richtig so!

Ihre Lippen bewegen sich, aber sie schaut nicht vom Tablet auf. Doch so leicht lässt sich Udo nicht beirren.

Was soll's, denke ich, schlage die Decke auseinander, hüpfe von der Tischkante und schiebe die Tür mit Karacho auf.

Udos Hand rutscht ab. Er sieht mich, und sein Mund klappt auf. Zerkaute Wurst klebt auf seiner Zunge. Unfall im Tunnel.

Ich gehe zum Herd, schütte den kalten Kakao zurück in den Milchtopf und stelle die Flamme wieder an. Dabei werfe ich einen kurzen Blick auf das Schreiben.

»Ah, von der Monster High«, rutscht es mir heraus, denn jetzt erkenne ich in dem Emblem das Logo meiner zukünftigen Highschool in Brisbane.

»Wollen wir nicht erst einmal *Guten Morgen* wünschen?« Lehrer wäre in der Tat ein prima Beruf für Udo!

Meine Mutter atmet laut ein. »Ich rechne durch, was uns dein Australienjahr kostet. Billig wird's nicht gerade.«

Dass sie mir mit Geld kommt, ist echt albern. Meine Mutter verdient als Anwältin so viel, dass sie seit letztem Herbst sogar die Unterhaltszahlung von meinem Vater dankend ablehnt. Keine Ahnung, was hinter ihrem Missmut steckt, ob sie findet, dass ich undankbar bin oder ob sie ihren Frust über die Wochenendarbeit bei mir abladen will.

Jedenfalls kann Geld nicht der wahre Grund für ihr Gemotze sein, zumal ich einen Teil der Kosten durch meine Modeljobs selbst trage.

»Hast du keine Meinung dazu?«, fährt sie mich an. Ihre Augen sind immer noch auf diesem bescheuerten Stück Papier festgenagelt.

»War doch deine Idee, das Auslandsjahr«, nuschle ich.

Stimmt nicht! War meine.

Meine Mutter blickt auf. Sie wirft das Papier vor sich auf die Platte, doch irgendein thermodynamischer Auftrieb oder so trägt es weiter, und es segelt zu Boden. Ihre Geste verpufft, aber ihre Gerichtssaalmiene schüchtert sogar Udo ein.

»Red kein dummes Zeug, Marie! Geh hoch und zieh dir was Anständiges an. Ich muss gleich los.«

In diesem Moment begreife ich, dass sie sehr wohl den Zusammenhang zwischen Bademantel und Udo hergestellt hat. Als ich mich zur Treppe umdrehe, ruft sie mir hinterher, ich solle bei meiner Kleiderwahl bedenken, dass April sei und nicht Hochsommer.

»Na toll!«, stoße ich wütend aus. Ich stehe nackt, die Füße in einem Knäuel aus Bademantel, vor dem offenen Kleiderschrank. »Hochsommer!«, schnaube ich und kicke das flauschige Bündel von mir weg. Es fliegt ein kurzes Stück und landet schließlich über einer Lautsprecherbox am Boden.

Ja, ich bin sauer auf meine Mutter, weil sie nur immer Sprüche klopft, aber mich mit diesem Volldeppen allein lässt.

»Hochsommer!«, grummle ich noch einmal und da, endlich, macht es bei mir klick! Denn plötzlich muss ich an den Strand von Nienbrook denken – und an meine Tante Conny. Mich packt also die Sehnsucht, zu ihr zu fahren.

Seitdem sie und mein Cousin Tom aus München zurückgekehrt sind, habe ich die beiden noch gar nicht gesehen. Das ist immerhin Monate her. Ich greife mir ein weißes Longsleeve aus dem Schrank und meine steingraue Lieblingsjeans. Nachdenklich ziehe ich mich an.

Conny und Tom sind vor gut einem halben Jahr nach Nienbrook zurückgekehrt. Davor, vor anderthalb Jahren, sind sie in ihrem vollgestopften Nissan *für immer und ewig* auf nach München.

Ich habe den Matratzen auf dem Autodach nachgeschaut und mir gewünscht, es gäbe einen Marie-Klon, der an meiner statt in Hamburg bleiben könnte, während ich, heimlich zwischen die

Matratzen geschmuggelt, mitfahren könnte. Im Auto war definitiv kein Platz mehr.

Ich angle mir einen Tintenroller vom Schreibtisch und schiebe ihn in meine Potasche. Ist so ein Tick von mir, ohne Stift gehe ich nie aus dem Haus.

Das mit der Potasche muss ich mir abgewöhnen, denn mittlerweile ziert jede zweite Jeans ein Fleck, weil die Stiftkappe abgerutscht ist und sich der Stoff vollgesogen hat.

Die Münchner Wohnung meiner Tante war noch nicht einmal vollständig eingerichtet, da kam Conny die Idee mit der Ausbildung zur Yogalehrerin. Also hat sie neben ihrem Apothekenjob an den Wochenenden die Ausbildung absolviert. Nun wird sie ab der nächsten Saison Kurse für Ostseeurlauber anbieten, hat sie mir am Telefon erzählt. Ich finde die Idee großartig! Vor allem, weil ich dadurch meine liebsten Menschen wieder um mich habe. Dieses Mal wirklich *für immer und ewig*! Hoffe ich.

Im Zug kritzle ich auf einer Zeitung herum, die jemand im Abteil liegen gelassen hat.

Mist, warum habe ich Conny nicht angerufen? Sie wird da sein, beruhige ich mich. Kein Problem, bei meiner Tante bin ich immer willkommen.

Ich kuschle mich in meine Daunenjacke, in der sich mein Schlüsselbund, mein Handy und ein Fünfzigeuroschein befinden, den ich beinahe in einen Mülleimer am Bahnhof geworfen hätte. Erst im letzten Moment habe ich gemerkt, dass es kein zusammengeknüllter Flyer war.

Ich versuche, Tom anzurufen, aber mein Cousin nimmt nicht ab. Es ist nicht mal neun Uhr. Wen wundert's.

In Nienbrook auf dem Bahnhofsvorplatz überlege ich, ein Taxi zu rufen. Aber da biegt der 19er um die Ecke, und mir kommt eine andere Idee, eine bessere. Ich steige ein.

Im Mittelteil des Busses lehnt Ulli, Toms Kumpel, den ich noch aus der Vorschule kenne, als ich bei Conny gewohnt habe. Ulli hört Musik und starrt vor sich hin. Er wirkt etwas dämlich dabei. Ich stelle mich neben ihn und glotze so lange aufdringlich, bis er zu mir schaut, wegschaut, wieder hinschaut. Er legt tatsächlich einen Double-Take hin, wie im Film.

»Hö, Marie! Wie siehst du denn aus? Man erkennt dich ja gar nicht.«

Er spielt auf meine platinblonden Haare an.

»Weißt du schon? Tom ist wieder da.«

»Ehrlich?« Ich tue übertrieben erstaunt.

»Ja, seit November«, beteuert er.

»Mensch, Ulli!« Ich stupse ihm auf die Nase. »Du bist echt ein Schnarchi!«

»Hö! Kann ich ja nicht wissen, dass du das weißt!«

An der letzten Haltestelle vorm Ort steige ich aus und winke Ulli zu. Dann laufe ich die Landstraße entlang, bis ich den Trampelpfad zum Ufer erreiche. Nach ein paar Metern dringt Meeresrauschen an mein Ohr. Ich grinse. Doch, es war eine richtig gute Idee, den Umweg zu nehmen.

Fast habe ich vergessen, wie schön es hier ist. Ich hocke mit angezogenen Knien auf dem Klippenvorsprung unterhalb des Wanderwegs. Nur wenige Meter den Weg entlang duckt sich einsam ein reetgedecktes Fachwerkhaus unter hohen Pappeln: unser Ferienhaus.

Aber so weit bin ich gar nicht gekommen. Vorher hat mich der Vorsprung gelockt, und nun sitze ich hier oben und blicke aufs

Meer. Wind kommt auf und bläst mir Tanggeruch um die Nase. Um diese Jahreszeit riecht das richtig angenehm, viel frischer als im Sommer, wenn der Tang in der Hitze fault und sich unzählige Strandfliegenlarven darin tummeln.

Ich ziehe mir die Kapuze meiner Daunenjacke über den Kopf. Es gibt definitiv ein paar Sachen, die ich im nächsten Schuljahr vermissen werde. Der Ostseegeruch gehört dazu. Auf jeden Fall. Auch wenn ich den Strand von Brisbane nur von Internetfotos kenne: Ich bin mir ziemlich sicher, dass er vollkommen anders riecht.

Ich strecke meine Beine auf dem sandigen Gras aus. Dabei schieben sie ein paar Steinchen über den Rand, ich höre ein kurzes Prasseln. Im letzten Jahr haben meine Füße noch nicht über den Rand gereicht.

Jedes Mal nach den Winterstürmen bin ich glücklich, wenn die See meinen Platz noch nicht geraubt hat. War ich tatsächlich ein ganzes Jahr nicht hier?

Orte fühlen sich nicht für jeden gleich an. Das ist zumindest meine Beobachtung. Natürlich meine ich nicht so Orte wie *Schulklo* oder *voller Bus im Sommer*, die eine eindeutige Reaktion hervorrufen. Ich denke an die unsichtbare Anziehungskraft mancher Plätze, für die nur wenige empfänglich sind. Da steht keine Parkbank, aber man möchte trotzdem dort ausruhen. Die Mauer hinterm Schulhof zum Beispiel, die nur bestimmte Typen anzieht. Aber es kann genauso gut ein Baum sein, eine Brücke, die Brache hinter den Garagen … oder eben dieser balkonartige Vorsprung an der Klippe. Man muss ein bisschen klettern, ungefähr zwei Meter in die Tiefe. Oben stehen überall Hinweisschilder. *Vorsicht! Abbrechendes Steilufer.* Mich hat das noch nie abgeschreckt.

Ich glaube, dass Orte lebendig sein können. Oder, im Umkehrschluss, tot. Die lebendigen Orte flüstern dir zu, wenn du für ihre Geschichte empfänglich bist.

Oh Mann, wenn Kassy wüsste, was ich mir hier zusammenspinne, würde sie ihre Oberlippe verächtlich hochziehen, aber Emma würde vielleicht sagen, es klinge magisch.

Fakt ist, dass Emma Höhenangst hat. Wir waren bloß ein einziges Mal hier auf dem Vorsprung. Ist schon ewig her, wir waren damals vielleicht sieben oder acht. Sie wurde zappelig wie ein kleines Seehundbaby. Unter mir geht es noch mal schroffe acht bis zehn Meter in die Tiefe. Dabei ist die Höhe nicht das Problem, das Runterklettern ist der schwierige Teil. Wenn man da nicht höllisch aufpasst – bäm!

Bei Kassy bin ich mir sicher, dass sie durchdreht, wenn sie den Vorsprung sieht. Wir haben seit Neuestem so einen Fimmel, wollen immer oben sitzen, den Überblick behalten – wie die Kätzchen. Für Emma ist das ein schwieriges Spiel, aber sie hält tapfer mit, und meistens bewegen wir uns ja auch bloß ein oder zwei Meter über dem Boden, nicht zehn.

Ich stelle mir vor, wie Kassy blankzieht und mit dem Wind über den Klippenrand ins Wasser pullert. Ich muss unbedingt mit meinen Freundinnen hierherkommen! Ich werde ihnen die Kopfhörer aus den Ohren zupfen und ihnen zuwispern: »Lauscht!«

Denn dieser Ort ist wie Musik. Der Wind, die Brandung, das Geschrei der Vögel verschmelzen zu einem Atem. Mit meinem.

Ehrlich, am liebsten komme ich allein hierher. Manche Orte gehören nur einem selbst.

Ich schließe die Augen, da prasselt es wieder. Diesmal landen Steinchen und Sand auf meinem Kopf. Vielleicht ein Spaziergänger, der die Aussicht bewundert? Ich beuge mich vorsichtig vor und schaue hoch zum Klippenrand. Gegen den sonnenhellen Himmel zeichnet sich ein dunkler Umriss ab. Tatsächlich, dort steht jemand, und mich beschleicht das Gefühl, dass er mich schon eine Weile beobachtet. Gerade will ich hochrufen, dass der Spacko mit dem Mist aufhören soll, da geht eine weitere Ladung Dreck auf mich nieder. Ich reiße meine Hände vors Gesicht und sehe noch, wie der Wahnsinnige abspringt. Schnell weiche ich zur Seite aus, soweit es der Platz zulässt. Der Spinner landet knapp neben mir auf den Knien. Ich spüre die Erschütterung, und für einen panischen Augenblick denke ich: Jetzt bricht der Vorsprung ab. Unwillkürlich krallen sich meine Fäuste in den Kapuzenpulli meines Gegenübers. Erschrocken verharren wir einige Sekunden, aber es geschieht überhaupt nichts. Wir stürzen nicht ab. Dann lacht er los.

»Tom!« Wütend funkle ich meinen Cousin an. Aber nur kurz, denn schon verwandelt sich meine Wut in Wiedersehensfreude.

»Tom!«, rufe ich noch einmal, diesmal erleichtert.

»Marie!«, brüllt er zurück.

Meine Hand löst sich aus dem Stoff, der eigenartig weich und glatt ist, wie Leder. Jubelnd fallen wir uns um den Hals. Wir knien immer noch, was unsere Umarmung etwas unbeholfen macht. Tom raunt: »Endlich!«, und ich: »Blödmann!«

Bis eben habe ich keinen Gedanken daran verschwendet, was anderthalb Jahre mit seinem Aussehen angestellt haben. Natürlich hat er noch dieselben braunen Augen und die Leberflecken an der Schläfe – doch so vertraut mir seine Gesichtszüge sind, irgendwie sieht er auch anders aus. Okay, seine Wuschellocken trägt er nun kinnlang, aber das ist es nicht.

Ich boxe ihm sportsfreundmäßig gegen die Schulter. Er pikst mir zur Revanche mit dem Zeigefinger in den Bauch.

»Du hättest uns beinahe umgebracht!«, sage ich vorwurfsvoll.

»Dramaqueen!« Er grinst und beginnt, sich den Staub vom Ärmel zu klopfen. »Seit wann bist du hier?«

»Weiß nicht, eine Stunde vielleicht«, antworte ich und lehne mich zurück an die Felswand.

»Warum hast du mir nicht Bescheid gesagt? Ich hätte dich vom Bahnhof abgeholt.«

»Ich habe versucht, dich anzuschlumpfen.« Das mit dem *schlumpfen* ist so ein uralter Running Gag zwischen uns, aber jetzt kommt es mir plötzlich kindisch vor. »Woher weißt du überhaupt, dass ich in Nienbrook bin?«

»Hab Ullsen getroffen«, antwortet er.

Ganz dicht sitzen wir nebeneinander. Ich blinzle zu unseren Füßen. Seine ragen noch ein paar Zentimeter weiter über den Rand als meine.

»Lass mal sehen.« Er zuppelt an meiner Kapuze, bis sie mir vom Kopf rutscht.

»Krass!« Mehr bekommt er nicht heraus. Er taxiert mich, kneift die Augen zusammen und fällt schließlich sein Urteil: »In echt sieht es anders aus.«

Stimmt, er kennt mich mit gefärbten Haaren nur von den Fotos auf meinem Facebook-Profil. Selbst Weihnachten haben wir nicht zusammen gefeiert, auch wenn mir gerade nicht einfällt, wieso es eigentlich nicht geklappt hat. Das Geschenk für ihn habe ich immer noch.

Tom ist nicht nur mein Cousin, sondern mein ältester Freund. Als meine Mutter nach ihrem Juraexamen in der Kanzlei angefangen hat – fulltime, also sechzig Stunden und mehr in der Woche –, musste ich zu Oma und Conny ziehen. Ich war da ungefähr vier.

Damals konnte ich nicht begreifen, was das eine mit dem anderen zu tun hat. Ich hatte noch längst keinen Begriff von Raum oder Zeit. Hamburg, mit meiner Mutter, das war bloß eine Wohnung in einer Straße, die ich nicht mehr sehen konnte. Sie konnte hinter der nächsten Ecke liegen oder auf einem anderen Planeten. Weil ich meine Oma und Tante Conny aber immer schon sehr lieb hatte, verkraftete ich den Rauswurf aus meinem bisherigen Leben ganz gut. Und außerdem gab es ja noch Tom, mit dem ich ein Zimmer teilte. Wenn Oma abends das Licht ausknipste und ich doch mal wegen Mama weinte, kroch er zu mir ins Bett und tröstete mich.

Später haben wir das natürlich nicht mehr gemacht. Und noch später, als meine Oma gestorben war, habe ich ein eigenes Zimmer bekommen, auch wenn ich da längst wieder in Hamburg gewohnt habe und wegen der Schule nur noch an den Wochenenden oder in den Ferien zu Besuch war.

»Erzähl! Wie geht's?«, fragt Tom.

»Hunger!«, sag ich. »Hab nur Kakao gefrühstückt.«

»Wenn das so ist, brate ich uns Spiegeleier zum Lunch.« Sein Ellbogen rempelt mich an, dann kapiere ich, dass er in seiner Hosentasche rumwühlt. Schließlich holt er sein Handy heraus und hält es am ausgestreckten Arm über uns.

Aber ich schaue nicht in die Kamera, sondern auf seine Finger. Das Telefon kommt mir verdammt mickrig darin vor, und das schockt mich. Genau mit diesem Schockausdruck knipst mich Tom ab. Ich schnappe mir seine andere Hand, klatsche meine dagegen. Die Fingerspitzen überragen meine um fast zwei Zentimeter.

»Ehrlich, wie kann man in einem Jahr nur dermaßen übertrieben wachsen?«, stoße ich hervor.

»Das muss am bayerischen Krustenbraten liegen«, antwortet er, und seine Finger rutschen in die Lücken zwischen meine.

»Schön, dich zu sehen, Marie«, sagt er leise.

Er steht auf, und für einen bescheuerten Augenblick bilde ich mir ein, dass ich einen Wirbel sehen kann, den er in der Luft fabriziert.

Ich klettere hinter ihm den Abhang hinauf. Oben auf dem Uferweg werfen wir noch einen Blick auf die Ostsee. Dann ziehen wir beide unsere Kapuzen über den Kopf, denn es ist windig.

Kapitel 2

Wir drehen uns um in Richtung Siedlung. Keine zehn Meter entfernt steht, schlicht und ergreifend, das schönste Häuschen auf Erden. Wenn wir zum Ort laufen, kommen wir direkt daran vorbei. Wie es so hübsch vorbildlich am Uferweg kauert, mit Reetdach, Backsteinfassade und Kiesweg, denke ich, dass es sehr schade ist, dass wir das Ferienhaus kaum nutzen.

Trotzdem übernachte ich lieber bei Conny, als im schönsten Haus weit und breit zu vereinsamen.

Als wir näher kommen, erkenne ich, dass ein paar Zaunlatten schief hängen. Mein Blick fällt auf den Rasen. Plastiktüten und anderer Müll liegen herum, abgeknickte Äste, der Wasserschlauch schlenkert achtlos über der Regentonne, die Blumentöpfe sind vom Frost in Scherben gesprengt.

Gartenstühle liegen umgekehrt auf dem Gras, an einem Stuhlbein hat sich ein Stück grauer Stoff verfangen.

Vielleicht die Winterstürme …

Ich mag verwilderte Gärten, aber das grenzt an Vernachlässigung. Bisher hat Conny dafür gesorgt, dass unser Ferienhaus in Schuss bleibt. Klar, nicht in der Zeit, als sie in München gewohnt hat, aber seit einem halben Jahr ist sie ja wieder zurück.

»Frag mich nicht!«, sagt Tom, als ich mich mit hochgezogenen Augenbrauen zu ihm umwende.

Er legt sich die Hände auf den Kopf. Der Kapuzenpullover rutscht ihm über den Hosenbund, aus dem eine graue Boxershorts lugt. Und darüber blitzt winterblasse Haut mit ein paar dunklen Härchen.

Zu spät, ich spüre, wie ich knallrot anlaufe.

»Was?«, fragt er.

In meiner Hosentasche vibriert das Handy. Dankbar senke ich den Blick und lese.

Emma schreibt: `marie??`

Ich tippe: `emme, bin o-see.`

`– was? warum?`

`– vom sexualzombie in die flucht geschlagen … nee, scherz! musste mal raus.`

Es folgt eine Sonne von Emma.

Dann, nach einigen Sekunden vibriert es wieder.

`– wieso bist du nicht zu mir?`

Typisch Emma. Liegt gleich so'n Hauch Eifersucht in der Luft. Ich muss grinsen, und Tom zieht mir das Telefon aus der Hand und wirft es die Klippen hinunter. Nee, er tut nur so.

»Komm, du weißt doch Bescheid«, sage ich und deute mit dem Daumen auf unser Grundstück.

»Frag Conny«, meint er und rennt mit meinem Handy in der Hand los.

Kraftlos setze ich mich in Bewegung, aber nach ein paar Metern packt mich etwas, und ich ziehe an Tom vorbei, der nicht erwartet, dass ich Vollgas gebe. Mein Erfolg währt nicht lang, Tom überholt mich wieder, schnappt sich im Laufen meine Hand und zieht mich mit sich.

»Gleich gibt's Eier«, lockt er.

Lächelnd stolpere ich hinter ihm her.

Die Reihenhäuser im Ort sind hässlich. Zumindest in meinen Augen sehen sie aus wie der Inbegriff der Spießigkeit. Alle sind weiß getüncht, und wenn man vorübergeht, wackeln die Tüllgardinen hinter den Plastikfenstern.

Connys Haus sticht heraus, denn es leuchtet hellgelb, ist teils mit Efeu überwuchert, hat grüne Holzrahmen und die Hausnummer fehlt. Dafür hängt eine Keramiksonne an der Wand. Darüber klebt aus Muscheln der Name *Britta* auf einem verblichenen Holzbrett. Das Schild haben Tom und ich mal gebastelt, und Britta war meine Oma, die Conny das Haus vererbt hat. Mama hat dafür das Ferienhaus bekommen, das ursprünglich natürlich kein Ferienhaus gewesen ist, sondern vor gut zweihundert Jahren von einem Vorfahren zum Immer-drinwohnen erbaut wurde. Aber richtig im Ort zu leben war irgendwann für die Familie natürlich praktischer als so abgelegen an der Klippe, wegen der Läden und der Busverbindung. Vom Häuschen aus läuft man immerhin fast eine Viertelstunde.

In Connys Vorgarten wachsen keine zurechtgetrimmten Hecken, denn der ist ein Kräuterbeet. Zumindest im Sommer. Jetzt ärgert sich wahrscheinlich die gesamte Nachbarschaft über den Acker vor dem Haus.

Mich ergreift Heimweh, als ich vor der gemütlichen Rumpelbude stehe. Anderthalb Jahre war ich nicht hier, und jetzt erst merke ich, wie sehr ich diesen Ort vermisst habe.

Tom öffnet die Haustür, die nie verschlossen ist, man muss bloß die Klinke drücken. Alles ist offen und einladend. Im Flur empfängt mich das vertraute Bild: schmutzige Gummistiefel, schmutzige Clogs, gelbblaue Regenjacken – wir sind schließlich an der See – und Fotosfotosfotosfotos. Neu hinzugekommen sind ein Elefantengottposter und ein Zertifikat, das besagt, dass Cornelia Wenke von einem Münchner Yogainstitut anerkannte Yogalehrerin ist.

»Glück gehabt, ich brauche nicht zu kochen«, sagt Tom, der den leckeren Essensgeruch auch wahrgenommen hat.

»Mit wem redest du?«, ruft Conny aus der Küche.

Sie tritt in den Flur, und mein Herz hüpft vor Freude, als ich sie sehe: neugierige Augen, eine weite Baumwollhose und auf dem Kopf den ewig unordentlichen Haarknoten. Conny hat sich Gott sei Dank kein bisschen verändert.

»Marie!« Ihre Arme fliegen auseinander und stoßen gegen die Flurwand.

Ein Foto fährt senkrecht zu Boden, und ich falle hündchenartig an ihre Brust.

»Meine Marie«, murmelt sie und küsst mich auf die Stirn. »Wie schön, dass du uns besuchst!«

Conny ist hübsch und sieht noch voll jung aus für sechsunddreißig. Aber das hindert sie nicht daran, sich wie eine Tante zu benehmen. Falsch: nicht wie eine Tante, sondern einfach erwachsen. Conny ist etwas uncool, was ich aber keinesfalls beleidigend meine, denn ich mag Erwachsene, die sich ihrem Alter entsprechend verhalten.

Sie lotst uns in die Küche und serviert jedem einen Teller mit Kartoffeln, Senfsoße und Ei. Die Küchenuhr zeigt gerade mal halb zwölf.

»Marie, du bist noch hübscher geworden, weißt du das?« Sicher erwartet Conny mein übliches Geplauder, doch plötzlich fehlt mir die Kraft zum Reden. Die Wärme der Küche lullt mich ein.

Conny schiebt sich neben mich auf die Küchenbank, und ich sehne mich danach, meinen Kopf auf ihren Schoß zu legen und ein Weilchen zu dösen. Stattdessen esse ich die Eier mit Senfsoße. Ich zerdrücke die Kartoffeln, bis Pampe entsteht. Als ich den Matsch betrachte, kann ich nicht sagen, ob ich ihn eine Sekunde oder fünf oder zehn Minuten bearbeitet habe.

»Alles in Ordnung, Sonnenschein? Du bist so schweigsam?«

Sonnenschein, das ist mein persönliches Markenzeichen. Heute würde *Schlaftablette* besser passen. Auch bei meiner Modelagentur laufe ich unter der Rubrik *fröhlich, optimistisch*, weswegen ich nur für Werbungen oder Kataloge gebucht werde, nie für den Laufsteg. Dafür braucht man wohl eine abgründigere Ausstrahlung.

»Bin spät ins Bett«, sage ich.

»Hast du Party gemacht?« Tom schaut mich neugierig an.

In Nienbrook kann man in dieser Hinsicht verschimmeln.

»Nein, ich habe einfach nur nicht genug geschlafen. Erzählt ihr mir doch lieber, wie es euch ergangen ist«, sage ich und schiebe mir etwas vom Kartoffelmatsch in den Mund. »Wie läuft es mit den Yogakursen?«

Keine Ahnung, was an der Frage falsch war, doch Tom fährt plötzlich hoch: »Die hätten schon längst begonnen, wenn …«

»Darüber müssen wir nicht jetzt reden«, unterbricht ihn Conny.

»Was ist denn?«, frage ich verwundert.

Tom schnauft. »Wozu sind wir erst weg- und dann wieder zurückgezogen, wenn das nicht klappt? Du musst auch mal für was kämpfen!«

»Lass es gut sein, Tom!«

Wenn Conny einen Schlussstrich zieht, so wie jetzt, klingt das bei ihr nicht wie ein giftiger Befehl oder eine herablassende Bemerkung. Anders als bei meiner Mutter rutscht die Stimmung nicht bis zum Gefrierpunkt.

»Also, ich glaube an dich!«, sage ich schnell. »Das wird gut! Bei Geschäftsgründungen muss man nicht nur Geld, sondern auch Geduld investieren, behauptet jedenfalls Investorengenie Udo.«

»Du bist lieb, Marie«, sagt Conny und mit einem Blick zu Tom: »Ich gebe auch nicht auf.«

Ich schiebe mir einen weiteren Bissen in den Mund. Als ich die Gabel herausziehe, spüre ich ein Haar im Essen und greife es. Eines von meinen, das noch fest in der Kopfhaut sitzt, Kartoffelbrei klebt daran. Ich wische es sauber.

»Warum hast du sie dir gefärbt?«, fragt Tom.

»Ich wollte blond sein«, antworte ich.

»Du warst blond.«

»War ich nicht, ich war Straßenköter.«

Bisher habe ich nur Komplimente für die neue Farbe bekommen. Marion aus der Modelagentur hat mich gelobt, obwohl die Färbeaktion nicht mit ihr abgesprochen war. Ein Alleingang, mit dem ich Kassy beeindrucken wollte, weil sie behauptet hat, ich sei eine Sklavin der Modeindustrie. Paradoxerweise versklavt mich genau diese Modeindustrie seitdem noch viel häufiger.

Ich verkneife mir, Tom zu fragen, ob er mich mit den Platinhaaren hübsch findet. Schließlich kann es mir ja egal sein, was er findet. Ich stehe auf und spüle meinen Teller unter dem Wasserhahn ab.

»Waren die Stürme diesen Winter sehr heftig?«, frage ich Conny, die mir den Teller aus der Hand nimmt.

»Wie üblich. Warst du beim Ferienhaus? Fragst du deswegen?«

Der Teller steckt in der Maschine. Sie sortiert nun die Schüsseln von unten nach oben, was mir unsinnig erscheint.

»Ich kann nicht länger die Haushälterin für Ilsa spielen«, fährt sie unvermittelt auf. »Wenn deine Mutter will, dass das Ferienhaus in einem guten Zustand bleibt, muss sie sich entweder selbst darum kümmern oder jemanden suchen.« Ich starre auf Connys Rücken und frage mich, weshalb sie so heftig reagiert. Offenbar ist es ihr ebenfalls aufgefallen, denn sie setzt in versöhnlicherem Tonfall nach: »Ich kann gern vermitteln. Leute, die einen Nebenjob suchen, gibt es jede Menge. Ich baue mir eine neue Existenz auf. Da brauche ich meine gesamte Energie.«

Mir tut es leid, dass Conny sich vor mir rechtfertigt. So hatte ich die Frage gar nicht gemeint.

»Ich kann ja heute ein bisschen für Ordnung sorgen«, sage ich rasch und hoffe, dass Tom anbietet, mir zu helfen. Zu zweit macht die Arbeit bestimmt mehr Spaß.

Eigentlich wollte ich mich nach dem Mittagessen ausruhen, nun öffne ich den Unterschrank unter dem Waschbecken und hole eine von diesen grünen Mülltüten hervor. Wahrscheinlich gibt es auch welche im Ferienhaus, aber sicher bin ich mir nicht.

Vor der Tür binde ich meine Docs zu. Ich liebe diese Dinger, aber die ewige Schnürerei nervt. Jetzt lasse ich mir extra Zeit, weil ich immer noch hoffe, dass Tom mitkommt. Conny schaut kurz zu mir raus und fragt, ob ich mir ihre Gummistiefel borgen möchte. Ich schüttle den Kopf.

Mit einem Seufzer ziehe ich die Schleife an den Docs fest und stapfe los. Diesmal in normalem Tempo und in die umgekehrte Richtung. Diese ist schöner: weg von der langweiligen Siedlung, hin zum Meer. In den krakeligen Ästen hängen Misteln, und ein paar schlaue Krähenvögel benutzen die Knäuel als Nester. Am Wegrand blühen noch Schneeglöckchen. In Hamburg sind die schon durch. Ich fotografiere eines und schicke das Bild an Emma. Wenn ich hier bin, ist alles gleich weit weg, denke ich, Hamburg, München, Neu-Delhi. Ein Gefühl, fast wie damals, als ich vier war.

Auf dem Uferweg kommt mir ein Rentnerpaar entgegen. Sie schauen mich an, als erwarteten sie etwas von mir. Ich bleibe vor dem Ferienhaus stehen und erkenne mit Genugtuung, dass die Frau ihrem Mann etwas zutuschelt. Sicher haben sie unser Häuschen gerade erst bestaunt, trotz des verwüsteten Gartens.

Ich hole den Schlüsselbund hervor. Den habe ich seit der Grundschule immer bei mir, nur hängen jetzt ein paar mehr Schlüssel dran als früher. Damals war es eine der dringlichsten Missionen meiner Mutter, mir einzuimpfen, dass ich auf meinen Kram aufzupassen habe. Eines Morgens in der zweiten Klasse hat sie mir unseren Hausschlüssel in die Hand gedrückt und gemeint, ich solle nach dem Hort allein nach Hause gehen. Sie hat mich nicht gefragt, ob ich mir das zutraue. Schlüssel in die Pfote und los! Das Problem war nicht der Weg, den ich natürlich kannte. Das Problem war die Unterführung, die einen Knick hatte, sodass man nie bis zum Ende sehen konnte, die nach Pisse stank und in der manchmal fleckige Matratzen lagen.

Am nächsten Schultag habe ich den Schlüssel natürlich prompt vergessen. Das fiel mir aber erst auf, als ich im Hort stand und mich niemand abholen kam. Die Erzieherin rief meine Mutter an, nickte drei-, viermal und schickte mich nach Hause.

Anderthalb Stunden habe ich auf den kalten Stufen vor unserem Haus geheult. Als meine Mutter endlich von der Arbeit kam, hat sie mich enttäuscht angesehen. Insgesamt habe ich zweimal meinen Schlüssel vergessen, dann hatte ich es drauf. Mission accomplished.

Ich stoße das Gartentor auf, entfalte die Mülltüte und wedle so lange damit herum, bis der Wind hineinfährt und sie zu einem schönen, prallen Ballon aufplustert.

Dann beginne ich, den herumfliegenden Müll aufzuheben. Pappbecher und Schokoriegelpapier, aber auch verrottete Kaffeefilter, eine Butterverpackung und solche Sachen. Wo kommt all das Zeug nur her?

Ich klaube gerade die Überreste eines Teebeutels vom Rasen, da fällt mein Blick auf etwas Kunstgrünes an der Hausecke. Ich beuge mich etwas vor. Tatsächlich, an der Wand lehnt ein halb voller Müllsack! Im unteren Teil klafft ein Loch, und mir wird schlagartig klar, wieso hier der ganze Abfall rumfliegt. Es ist unser eigener, den der Wind oder die Möwen aus dem Beutel gerupft haben. Warum ist mir das nicht sofort aufgefallen? Also muss Conny seit ihrer Rückkehr wenigstens einmal für Ordnung gesorgt haben. Aber wieso hat sie den Sack am Haus abgestellt und nicht in die Tonne geworfen?

Ich richte mich auf und dehne meinen Rücken. Lustlos schweift mein Blick über den Rasen. Eigentlich müsste ich mich jetzt den Stühlen widmen oder dem Gartenschlauch, aber die Sonne verbirgt sich mittlerweile hinter einer dichten Wolkendecke, und ich beschließe, erst einmal reinzugehen.

Innen riecht es wie Keksdose mit Apfel – unser Ferienhausgeruch. Die Fensterläden sind verschlossen, deswegen kann ich kaum etwas sehen. Aber Riechen geht umso besser.

Ich reiße ein Fenster auf. Draußen hat der Wind wieder aufgefrischt und rüttelt an den Läden.

Sekunden später rüttle ich ebenfalls daran, aber sie klemmen. Wahrscheinlich hat die Feuchtigkeit sie verzogen. Plötzlich finde ich es nicht mehr in Ordnung, dass Conny, ohne ein Wort zu sagen, alles hat stehen und liegen lassen. Sie hätte uns Bescheid geben müssen.

Ich krame mein Handy hervor, öffne die Musikdateien und spiele, so laut wie es das Ding hergibt, meine Musik ab:

And you haven't moved an inch, Such that I would not know,
If you sleep always like this, The flesh calmly going cold.

Unter der Gewalt der Worte geben die Läden nach. Sie springen auf, und frische Ostseeluft strömt herein, bläst den Staub aus den Winkeln. Sie hebt mich hoch und trägt mich von Raum zu Raum, wo ich Laden für Laden öffne, bis ich im oberen Stockwerk angekommen bin. Ich halte mein Gesicht in den Wind und singe lauthals mit.

Da lässt mich ein Krachen zusammenfahren.

Ich renne zur Treppe. Ein Streifen Licht fällt unten durch die Haustür auf den Boden. Hastig springe ich die Stufen hinunter, laufe weiter in den Garten und pralle gegen Tom. Er hält den Schlauch in einer Hand und wickelt ihn über den Ellenbogen auf. Aus dem Ende rinnt Wasser.

Verdattert reibe ich meine schmerzende Stirn.

»Fertig gesungen?«, fragt er.

»Warst du im Haus?«

»Ja, aber ich wollte dich nicht stören.« Er grinst.

Wieder kommt er mir fremd vor. Wie ein Hochstapler, der

sich Toms Gesicht übergezogen hat, aber es ist bloß eine Maske, die nicht richtig hinhaut. Die Details – bisschen breiteres Kinn hier, etwas höhere Wangenknochen da – verraten die Fälschung. Der Hochstapler versteht sein Handwerk, er lächelt mich dermaßen herzerwärmend an, dass ich automatisch zurücklächeln muss. In mein freudiges Wiedersehensherzklopfen stolpern ein, zwei Schläge, die da gar nichts verloren haben.

»Die hellen Haare sind toll«, sagt er und verwandelt sich zurück in Tom. »Sind die mit Phosphor gefärbt?«

Ich verstehe überhaupt nicht mehr, wie ich auf die Idee verfallen konnte, dass da jemand Fremdes vor mir steht.

Stumm drehe ich mich um und gehe zurück ins Haus.

»Marie? Bist du jetzt beleidigt?«

Ich höre den Gartenschlauch auf den Boden klatschen.

»He, ich finde die Farbe wirklich toll!«

Meine Musik läuft immer noch. Tom kommt hinter mir ins Wohnzimmer gelaufen.

»Entschuldige bitte! Ich wollte dich nicht beleidigen. Ich kann mich nur so schlecht ausdrücken. Weißt du doch! Dann klingt es wie ein Witz oder eine blöde Bemerkung. Dabei wollte ich eigentlich nur sagen, dass du richtig leuchtest. Wie eine …« Er unterbricht sich. »Da bitte! Wenn ich jetzt weiterrede, klingt es gleich wieder dämlich.«

»Wie eine Taschenlampe, oder was?«, frage ich schroff.

»Nee, wie eine Erscheinung«, nuschelt er ziemlich kleinlaut.

»Okay, klingt wirklich beknackt«, gebe ich zu.

Seine Hand liegt auf meiner Schulter, er hebt einen Finger und stupst mir damit ans Ohrläppchen.

»Warum benutzt du nicht die Anlage?«, fragt er, bückt sich und zieht ein Kabel hinter dem Verstärker hervor, von dem ich nicht einmal wusste, dass es existiert. Kurz bin ich irritiert, weil sich Tom im Ferienhaus besser auskennt als ich.

Er stöpselt mein Handy an, dann räumen wir gemeinsam weiter auf, was in erster Linie bedeutet, ein paar dreckige Tassen zu spülen und natürlich den unvermeidlichen Sand aufzufegen. Währenddessen erzählt Tom von Bayern, hauptsächlich von Kletterausflügen in den Bergen, und wie erleichtert er war, als Conny ihn mit ihren Rückzugsplänen überrumpelt hat. Und ich erzähle von Kassy, die in unsere Klasse gekommen ist, als er schon auf dem Absprung nach Bayern war. Zufrieden mit dem Tagwerk hängt sich Tom an den Türrahmen, pendelt, und ich sehe wieder seinen Bauch mit der winterbleichen Haut und den dunklen Härchen.

Ich drehe mich zum Fenster. »Gehen wir noch mal zur Klippe?«, frage ich und beginne, die Läden zu schließen. Toms Hände gleiten von der Türkante. Er verlässt wortlos das Zimmer, und bald darauf wird es dunkel im oberen Stock.

Als ich das Fenster im Wohnzimmer schließe, sperre ich auch den Wind wieder aus, um mich herum herrscht Stille. Ich verharre mit der Hand am Griff, schließe meine Augen. Jetzt wird das Haus wieder wochenlang vor sich hindämmern. Verdammt, es sollte nicht leer stehen, es sollte mit Leben gefüllt sein!

Ich muss unbedingt mit Emma und Kassy hier rausfahren! Auf jeden Fall müssen wir hierher, bevor ich in den Sommerferien für ein Jahr nach Australien fliege. Vielleicht ein Wochenende zu dritt? Ich öffne meine Augen. Natürlich! Eine Abschiedsparty! Genau, die feiern wir hier! Die Idee liegt so dermaßen auf der Hand, dass ich mich plötzlich wundere, wieso ich nicht schon viel eher darauf gekommen bin.

In der dunklen Scheibe spiegelt sich mein Gesicht, eingerahmt von den blonden Haaren. Ein Geist, denke ich, eine Erscheinung.

Da gerät das Schwarz plötzlich in Bewegung, wie Wasser, in das jemand einen Stein hat fallen lassen. Ich drehe mich zur Tür und zucke zusammen. Tom lehnt am Rahmen.

»Bist du so weit?«

Am Strand unten spazieren zwei rote Outdoorjacken mit Hund. Möwen fliegen kreischend auf, drehen eine Runde, um dann wieder auf der Wasseroberfäche vor sich hin zu schaukeln. Genau unter uns befindet sich der Vorsprung. Vorsichtig beuge ich mich über den Klippenrand. Niemand da.

»Ich springe runter und fange dich auf!«, schlägt Tom vor.

»Vergiss es!«, wehre ich ab.

»Trau dich! Ist einfacher, als zu klettern. Viel ungefährlicher«, behauptet er, dabei steht nicht mal zwei Meter neben uns eines dieser Warnschilder: *Vorsicht! Abbrechendes Steilufer. Lebensgefahr!*

Plötzlich bekomme ich Angst, dass er tatsächlich noch einmal springt. Hastig drehe ich mich deshalb um und beginne, rückwärts die Steilwand hinabzuklettern. Meine Beine zittern ein bisschen, also atme ich tief durch und suche Halt bei Wurzeln und Grasbüscheln. Meine Hände krallen sich in alles, was sie zu fassen kriegen. Dann berühren meine Füße den Vorsprung, und ich lasse los.

»Wahrscheinlich hast du recht«, sage ich, als Tom neben mir ankommt, »und Springen ist wirklich ungefährlicher.«

Unsere Beine baumeln über dem Abgrund. Tom knabbert am Daumen, dabei bewegen sich die fünf kleinen Leberflecken an seiner rechten Schläfe, die ich so gut kenne, weil ich sie als Kind gern mit Filzstift zu einem Stern verbunden habe. Ich muss mich zurückhalten, damit ich meine Hand nicht auf seine Wange lege, um die Pünktchen zu berühren.

»Alles klar bei dir?«, frage ich.

»Mann, es tut richtig gut, wieder hier zu sein!«, stößt er hervor. »Mit den Leuten in München bin ich nicht warm geworden.«

»Mit den Lehrern«, sage ich, denn von seinem Schulfrust hat er mir ab und zu beim Skypen berichtet.

»Ja, auch. Mit allen eben. Ich reiße einen Witz: Keiner lacht. Ich sage was Normales, was mir wichtig ist, und alle brüllen los. Zwischendurch habe ich sogar gedacht, die hätten sich verbündet, um mich fertigzumachen. Bin fast paranoid geworden.«

»Hast du niemanden auf deiner Wellenlänge gefunden?«

Tom schüttelt den Kopf. Ich bin mir sicher, dass er übertreibt. Er folgt den Rotjacken verbissen mit seinem Blick. Wahrscheinlich fühlt sich das Bayernjahr wie eine Niederlage an.

»Die waren nicht gemein oder absichtlich fies«, fährt er fort.

Völlig unnötig, wer sollte schon absichtlich fies zu Tom sein? Mir ist es ehrlich schleierhaft, wieso mein Cousin in München so aufgelaufen ist. Ich kann mir gar nicht vorstellen, dass er irgendwo nicht gut ankommt. Wenigstens bei den Mädchen muss er doch gelandet sein, denke ich mit einem Seitenblick auf seine Lippen. Soll ich ihn fragen, ob er eine Freundin hatte?

»Ich geb Ilsa mal Bescheid, dass ich hier bin«, sage ich stattdessen.

»Machst du dir Sorgen um deine Mutter?«

»Na und? Mir ist es eben wichtig, dass sie weiß, wo ich bin.«

Auf meinem Display blinkt eine neue Nachricht von Emma:
`Vielen Dank für die Schneeglöckchen!`

Die Rotjacken klettern direkt unter uns am Fuß der Klippe auf den Findlingen herum. Das Wasser reicht an dieser Stelle bis an die Steine heran. In gleichmäßigem Rhythmus klatscht es dagegen. Ich beobachte einen Moment, wie sich das dunkle

Wasser in weißen Sprudel verwandelt. Dann packt es mich plötzlich, und ich stoße so ein schniefendes Lachen aus, kurz, wie ein Niesen.

»Was denn? Ey, fängst du jetzt auch damit an? Ich erzähl dir was Ernstes über mich, und du lachst! Das gibt's doch nicht!« Tom springt auf.

»Nee, ich lache über mich, weil ich den ganzen Tag schon so melancholisch drauf bin. Mann, das ist unser erstes Wiedersehen seit Ewigkeiten, und wir heulen uns die Ohren voll. Bescheuert!«

Im Überschwang zieht mich mein Cousin auf die Beine, dabei ist der Vorsprung wirklich zu eng dafür. Er holt mich also auf die Füße, und dann zieht er mich an sich ran und drückt mich fest.

»Ich bin so froh, dass ich dich wiederhabe«, murmelt er in meine Haare.

Ich muss schlucken. Der lederartige Kapuzenpulli fühlt sich an wie nackte Haut. Meine Hand liegt auf seinem Rücken. Ich spüre sein Schulterblatt. Seine Muskeln, die sich bewegen. Plötzlich werde ich zappelig und winde mich aus seinen Armen.

Tom zieht Rotz hoch, legt eine halbe Drehung mit dem Oberkörper hin und zielt auf die Leute an den Felsbrocken.

»Wehe!«, warne ich.

»Sonst was?«

»Sonst …«

»Ach, quatsch nicht, Marie.« Er dreht mich an den Schultern um und stemmt mich am Hintern den Hang hinauf.

»Ey, mein Po ist kein Rubbellos!«, protestiere ich, obwohl ich natürlich froh bin, dass er mich stützt.

Bei Conny verzieht sich Tom in sein Zimmer im oberen Stock. Ich stehe im Flur und überlege, ob ich ihm nachgehen soll. Früher bin ich ihm einfach hinterhergetapert. Aber früher, das liegt anderthalb Jahre zurück.

Der Elefantengott zeigt mit je einem seiner vier Arme in eine andere Richtung. Ich zucke mit den Schultern meine Unentschlossenheit weg und folge dem Arm, der auf das ehemalige Zimmer meiner Oma weist.

Als ich die Tür öffne, jubelt es kurz in mir, denn jedes Möbelstück, ja sogar die Vase, steht noch am ursprünglichen Platz. Conny hatte das Haus untervermietet, doch offenbar haben die Zwischenmieter es nicht für nötig empfunden, irgendetwas umzuräumen. Was sind das für Leute, frage ich mich, die in den Dingen anderer wohnen und nicht einmal eine Vase verrücken oder ein Bild abhängen?

Mir kommen einige abstruse Möglichkeiten in den Sinn: Irgendwelche Psychos, die kein eigenständiges Leben haben und sich deshalb das anderer borgen? Oder eine Drogenbande hat dieses Haus als *stash* genutzt? Am besten gefällt mir die Vorstellung von einem ruhigen älteren Herrn, der in den Möbeln meiner Oma seiner lebenslangen und unerwiderten Liebe zu ihr nachgetrauert hat. Natürlich alles Quatsch, denn immerhin wohne ich ja auch in Oma Brittas Möbeln, ohne sie zu verrücken oder etwas verändert zu haben.

Plötzlich fällt mir mein altes Versteck wieder ein, an das ich seit Ewigkeiten nicht mehr gedacht habe. Als ich jetzt mit meinen Fingern hinter die Kommode taste, knistert die Plastiktüte, die ich an die Rückseite geklebt habe und in der sich unabgeschickte Briefe an Emma befinden. Ich hole die Tüte mit den losen Blättern hervor und greife wahllos eines heraus. Datiert auf einen Maitag vor sieben Jahren. Ich beginne zu lesen.

Emme! Bitte sei nicht traurig, dass wir dieses Wochenende nicht miteinander spielen können. Ich bin lieber nach Nienbrook, sonst hätte der neue Freund meiner Mutter übers Wochenende auf mich aufgepasst. Er heißt Udo, und ich HASSE ihn, weil er mich immer anschnauzt, wenn meine Sachen rumliegen. Dabei ist es unser Haus und er nur Gast. Er hat seine eigene Wohnung. Soll er doch dort aufräumen!!! Wenn er sich beruhigt hat, will er sich immer bei mir einschleimen. Neulich hat er mich gefragt, ob er mir was vorlesen soll. Ich HASSE es, wenn er sich neben mich setzt. Der Typ soll schnell wieder aus Mamas Leben abhauen. Ach, Emme, kannst du deine Eltern nicht doch überreden, dass ich etwas öfter bei dir übernachten kann? Kussi, deine Marie!

Viel hat sich nicht geändert, nur die Hoffnung, dass Udo verschwindet, habe ich mittlerweile begraben.

Am Abend spielen wir Rommé und Mau-Mau in der Küche. Als Conny ins Bett geht, fragt Tom, ob ich noch mit raus zur Garage komme, denn er will mir sein Weihnachtsgeschenk vorführen.

Der Wind bläst noch heftiger als am Nachmittag und trägt eisige Tröpfchenluft an Land. Tom öffnet das Garagentor, durch das ich schnell ins Halbdunkel schlüpfe. Im Schein der Straßenlaternen schimmert sein ganzer Stolz: ein neuer schwarz-roter Motorroller. Den kenne ich bisher nur vom Facebook-Profil.

»Achtung!«, sagt Tom und knipst das Licht an. Die Neonröhre flackert auf.

»Und?«, fragt er.

Bewundernd drehe ich eine Runde um den Roller. Die Designer haben alles darangesetzt, ihn schnell und sportlich aussehen zu lassen, als wäre er eine Enduro, auch wenn er nur für 45 km/h zugelassen ist. Wobei Tom zurzeit versucht, ihn auf 60 km/h zu frisieren.

»Schickes Ding!«, sage ich.

»Schade, dass es für 'ne Spritztour zu ungemütlich ist.« Er schwingt sich auf den Sitz. »Aber wir können so tun, als ob.« Er zieht mich an der Hand zu sich ran. Lachend steige ich hinter ihm auf.

»Gut festhalten«, erinnert er mich und zieht meine Arme fest um seine Taille. Er beginnt, Motorengeräusche zu imitieren, und legt sich in steile Kurven.

»Bisschen albern«, sage ich und schmiege mich genüsslich an seinen Rücken. Über uns summt die Neonröhre, und sein Pullover ist feucht.

»Zu schnell?« Tom dreht sich zu mir, dabei streifen mich seine Locken, aus denen ein vertrauter Geruch auf mich herabsinkt.

»Scheiße, Helm vergessen!«, sage ich und stehe auf.

»Willst du den ganzen Weg zurücklaufen? Viel zu weit!«, ruft er mir hinterher.

»Ich warte vor der Garage«, lache ich.

Toms Schlüsselbund klimpert gegen die Blechtür, als er das Tor wieder abschließt. Der Wind zerrt an meiner Jacke und drückt mich gegen ihn. Oder war das gar nicht der Wind? Verwirrt gehe ich wieder auf Abstand. Was ist das nur mit Tom, dass er mir mit einem Mal so anders vorkommt?

»Im September ziehe ich nach Hamburg«, höre ich ihn sagen.

»Und dein Abitur?«

»Hab keinen Bock auf Abi. Ich werde eine Ausbildung anfangen zum Zweiradmechaniker, eigenes Geld verdienen. Hast du einen Tipp, wie man in Hamburg an ein günstiges Zimmer kommt?«

»Du kannst meins haben, wenn ich in Australien bin«, schlage ich vor. »Kostet dich gar nichts.«

»Mit Ilsa und Udo zusammenleben? Nee, danke!«

Auch wenn ich seine Abneigung verstehen kann; dass er sie so unverhohlen vorbringt, ärgert mich trotzdem. »Kassy kennt bestimmt jemanden mit 'nem freien WG-Zimmer. Sie kennt halb Hamburg und schlägt immer was für umsonst raus, Eintrittskarten, Klamotten. Sogar ihr Tattoo hat sie für umsonst gestochen bekommen, weil die Tätowiererin ein Übungsobjekt brauchte«, fange ich an zu schwärmen.

»Blödes Timing«, unterbricht er mich. »Ausgerechnet wenn ich nach Hamburg ziehe, haust du ab nach Australien.« Er legt mir beide Hände auf die Schultern und schaut mich eindringlich an. »Lass uns in den vier Monaten, die noch bleiben, häufiger sehen. Skype und Facebook sind ja nett, aber real finde ich besser.«

Ich räuspere mich. »Finde ich auch.«

Den Sonntagvormittag verbringe ich mit Conny in der Küche. Ich helfe ihr bei der Gestaltung eines Werbezettels, für den ich Comics von Yoga praktizierenden Möwen anfertige. Conny stellt sich in die entsprechende Pose, damit ich weiß, wie die Möwe sich verrenken soll.

Gerade bugsiert sie ihre Beine hinter den Kopf und röchelt: »Pflug!«, weil diese Verrenkung wohl so heißt.

»Die Möwen eher niedlich oder frech?«, frage ich.

»Zeig mal.« Sie kippt zurück und steht auf.

Ab und zu wandert mein Blick aus dem Fenster zur Garage, in der Tom und Ulli an ihren Motorrollern schrauben. Ich seufze, doch auf Gewindebolzen-und-Kontermutter-Gerede habe ich gerade keine Lust.

Nach dem Mittagessen begleitet mich Tom zur Bushaltestelle.

»Ich würde dich ja mit dem Roller bringen, aber den hab ich ziemlich zerlegt.«

Er knabbert wieder am Daumen, wo graue Rollerschmiere in den Hautrillen hängt. Und ich ahne, was mir an Tom so anders vorkommt: Er ist nachdenklicher geworden. Und irgendwie wirkt er dadurch erwachsener.

Der Bus taucht auf.

»Kommst du also? Bald?«

Ich lächle ihn vage an. »Vielleicht.«

Erst beim Einsteigen in den 19er fällt mir auf, dass ich mit diesem Lächeln normalerweise die Jungs an meiner Schule fertigmache. Na und, sage ich mir, ich muss üben. Tom ist auch nur ein Junge.

05.04.2015

Das Wochenende war toll!!! Ich werd jetzt wieder häufiger nach Nienbrook fahren. Nach Hamburg kann Conny nicht kommen, sagt sie, wegen ihrer Pläne. Ich find's übertrieben, schließlich baut sie sich ja nicht 24/7 ein Studio auf. Sie wird doch nicht noch so'n workaholic wie meine Mutter ☺? Aber ehrlich, zwischen ihr und Ilsa stimmt was nicht. Wenn ich so darüber nachdenke, finde ich es immer seltsamer, dass wir Weihnachten nicht zusammen gefeiert haben. Als Ilsa mir letzten Dezember erzählt hat, dass wir nur zu dritt feiern, habe ich gar nicht doll drüber nachgedacht, aber jetzt … Die zwei reden überhaupt nicht mehr miteinander. Hatten sie Streit? Muss ich halt nach Nienbrook, gibt Schlimmeres … Tom meinte auch, dass wir uns öfter sehen sollten und vor allem: in echt! ☺ Unbedingt!!! Wie er sich verändert hat! Als wir uns beim Umzug nach München am Auto verabschiedet haben, waren wir ja noch Kinder. Also okay, 14, aber trotzdem. Und Tom war fast noch 13. Ich bin drei Monate vor ihm zur Welt gekommen. Letztes Wochenende kam es mir manchmal so vor, als wäre er der Ältere. Oder, na ja. Jedenfalls sieht er älter aus, kantiger. Ja, mein kleiner Cousin sieht ziemlich gut aus. Am Sonntagmorgen kam er mit 'nem Zöpfchen(!) aus seinem Zimmer geschlurft. Voll verpennt, und das war wirklich süß! Ich saß in der Küche und musste ihn anstarren. In echt … ^^

Kapitel 3

Montag, 6. April

Wir sitzen am Sportfeldrand auf dem Häuschen für die Reservespieler und schauen den Jungs aus unserer Stufe beim Kicken zu. Der Unterricht ist für heute vorbei. Aber wir hängen trotzdem noch ein bisschen hier rum, weil wir noch nicht entschieden haben, was wir machen wollen.

»Wenn Daniel weiter trainiert, wird er noch richtig sportlich«, sage ich.

Emma schaut von ihrer Bastelei auf – sie knotet mir gerade einen Miniaturtraumfänger aus 'nem Zwiebelnetz und Holzperlen – und rutscht unbehaglich auf ihrem Hintern hin und her.

»Vier Kilo hat Daniel abgenommen«, erwidert sie. »Er rennt jetzt mehrmals die Woche in die Muckibude und schluckt Proteinpulver.«

»Mach da bloß nicht mit, Pumpkin! Das ist nutzloses Zeug!«, beschwört Kassy sie. *Pumpkin* ist wohl wieder einer von Kassys Spitznamen für Emma. Mich nennt sie nie anders als Marie, was ich schade finde.

»Mach ich auch nicht«, sagt Emma. »Das ist saumäßig teuer. Ich wundere mich sowieso, wie er sich das leisten kann.«

»Pumpkin, ich zeige dir ein paar kostenlose Übungen aus meinem Zirkeltraining. Megaeffektive Hammermuskelübungen«, sagt Kassy, während sie wild eine Haarsträhne strubbelt.

»Eher gelingt dir 'ne Kernspaltung, als dass du die Pfunde von mir loseist. Und selbst wenn ich abnehmen würde: Ich sehe auch mit vier Kilo weniger aus wie ein Briefkasten.«

Eigentlich wollte ich Emma aus der Reserve locken. Sie kämpft wie ihr Bruder gegen das Übergewicht. Sind nur ein paar Kilo zu viel, die sie bestimmt in wenigen Wochen runterhätte. Doch beide haben verschiedene Strategien gewählt. Während sich Daniel im Fitnessstudio an den Geräten abrackert, beschränkt sich Emma auf verbale Attacken gegen ihr Körperfett und somit – seien wir ehrlich – letztendlich gegen sich selbst.

»Kann jedenfalls nicht schaden, einen starken Bruder zu haben«, sage ich aufmunternd. »Der große Bruder, der dich immer beschützt.«

Wir vertrödeln ein paar Minuten mit Schweigen und tun so, als würden wir den Jungs zuschauen. Eigentlich interessiert uns nicht, was auf dem Feld passiert. Emma bastelt weiter am Miniaturtraumfänger, ich verziere meine Docs mit goldenen Eddingschnörkeln, und Kassy verfilzt sich die Haare, weil sie ausprobieren will, ob ihr Dreadlocks stehen. Allmählich bildet sich eine Haarwurst in ihrem Bob.

Ihre Haare sind superglatt und glänzen wie schwarzes Kaninchenfell. Ich denke nicht, dass sie mit der Methode Erfolg haben wird. Spätestens mit der nächsten Haarwäsche löst sich der Filz wieder auf.

Ich grinse, weil mir auffällt, dass Kassy ausnahmsweise mal

nicht rumhibbelt, weil sich nämlich ihre Energie in ihren Fingern bündelt, da donnert der Ball mit solcher Wucht gegen eine Seite des Kastens, dass es bis in meinen Bauch hinaufscheppert.

Daniel kommt angehechtet, schnappt sich den Ball mit dem rechten Fuß.

»Bleibt ihr, bis wir fertig sind?«, keucht er.

Emma zuckt mit den Schultern und schaut fragend zu mir.

Irgendwann muss ich ihr von meinem Wiedersehen mit Tom erzählen. Sie kennt ihn aus meinen Erzählungen natürlich, und ein-, zweimal haben wir als Kinder zusammen gespielt. Tom ist ein Thema für vier Augen, beschließe ich mit einem Seitenblick auf Kassy.

»Ich hau in zehn Minuten ab«, sagt sie, ohne von der Dreadlocke aufzublicken.

»Eeeeeh, Dani! Ball her!«, brüllen die Jungs auf dem Feld, und Daniel gibt nach.

»Ich dachte, wir essen beim Vietnamesen?«, erhebe ich schwachen Protest, denn so unrecht wäre es mir diesmal nicht, wenn Kassy die Verabredung platzen ließe.

»What the Pho! Du weißt, dass ich Vietnamesisch hasse!«

Klar, Burritos wären ihr lieber, aber in der Nähe gibt es leider kein gutes Tex-Mex-Restaurant, in das ich die beiden einladen könnte.

Und dass sie Vietnamesisch hasst, ist eine glatte Übertreibung. Manchmal verschlingt Kassy vier Sommerrollen hintereinander, und manchmal rümpft sie ihre Nase über jegliche asiatische Küche. Je nachdem, ob sie gerade zu ihren chinesischen *roots* steht oder nicht.

Jetzt erhebt sie sich, schiebt die Arme hinter den Rücken und dehnt sich. Ich blicke schnell in eine andere Richtung, weil ich weiß, was folgt: Kassy wird mit einer halben Drehung runter auf die Zuschauerbänke springen, dort turnt sie eine Extrarunde auf den Lehnen entlang, hopst rüber auf die Stange der Spielfeldumrandung und balanciert darauf zu uns zurück. Bisher ist es immer gut gegangen.

Als ich den dumpfen Aufprall ihrer Chucks höre, auf den kleine verbissene Laute folgen, gucke ich wieder hin. Sie sieht nicht so elegant aus wie Spiderman, man merkt eindeutig, dass die Erdanziehungskraft existiert, aber trotzdem ist es wahnsinnig cool! Ich könnte das nicht.

Außerdem, denke ich mit einem Quäntchen Schadenfreude, sind meine Beine viel länger als ihre, da bin ich anatomisch betrachtet im Nachteil.

»Kann sie nicht wie ein normaler Mensch einfach runterspringen?«, höre ich Emma murmeln.

»Komm, lass unserer schwarzen Kunoichi ihren Spaß!«, flüstere ich und stoße sie verschwörerisch in die Seite.

»Bitte wem?«

»Ku-no-ichi, das sind weibliche Ninja.« Ich sage das ganz lässig, als hätte ich das Wort nicht auch erst vor ein paar Tagen von Kassy gelernt, die so ein Faible für Japan hat.

Kassy steht nun unten am Häuschen und dengelt abwechselnd mit den Füßen dagegen.

»Okay, komme doch mit«, sagt sie.

Meinen Tom-Bericht muss ich wohl verschieben.

»Daniel, wir hauen ab! Bis später!«, ruft Emma ihrem Bruder zu, der den Zeigefinger locker in der Luft kreisen lässt, zum Zeichen, dass er sie gehört hat. Wir packen unseren Krempel in die Rucksäcke und klettern runter.

Beim Vietnamesen bestellen wir das Übliche. Emma ordert eine Portion Nudelsuppe mit Rindfleisch, Kassy Sommerrollen und ich Reis, Gemüse und Tofu.

»Weißt du schon, welche Sprache du wählst?«, fragt Emma, während sie mit den Stäbchen ein Stück Rindfleisch jagt. Seitdem raus ist, dass ich das kommende Schuljahr in Australien verbringen werde, redet Emma sehr viel über das Land im Allgemeinen und die Highschool, für die ich mich entschieden habe, im Besonderen. Eigentlich habe ich heute den ganzen Tag nichts anderes von ihr gehört als: Australien, Australien und Australien.

»Ich würde Japanisch nehmen«, sagt Kassy. »Vielleicht ist der Lehrer ein heißer Typ aus Tokyo.«

»Ach, mir reicht es wahrscheinlich schon, dass ich den ganzen Tag Englisch spreche«, erwidere ich.

»Du hast es gut«, seufzt Emma. »Wenn du wiederkommst, sprichst du es fließend.«

»Ach, scheiß auf Schule! Geh einfach zum Strand!«, ändert Kassy ihre Meinung.

»Was ist das denn für ein blöder Tipp? Marie braucht doch trotzdem ein gutes Zeugnis.« Emma klingt angriffslustig.

Kassy langt mit ihren Stäbchen auf meinen Teller und fischt sich einen Tofubrocken aus dem Gemüse. »Man lernt nicht von der Schule, sondern vom Leben.«

»Du weißt schon, dass der Spruch ein kleines bisschen anders geht?«

Während sich die beiden gegenseitig belehren, träume ich mich an den australischen Strand. Nein, ich versuche es, aber der Strand sieht blass aus, wie der von Nienbrook, und statt eines braun gebrannten Surfers taucht Tom auf und sagt, ich sei eine

Erscheinung. Vor Schreck rutscht mir ein Essstäbchen aus der Hand.

»Ach, Marie! Ich kann mir das kommende Schuljahr ohne dich gar nicht vorstellen«, holt mich Emma in die Realität zurück.

Ich bücke mich unter den Tisch und taste nach dem Stäbchen.

»Ja, das wird arm«, pflichtet Kassy ihr bei. »Du wirst uns fehlen!«

Plötzlich schweigen beide. Ich tauche wieder auf. Sie stochern in ihrem Essen herum. Emma sieht aus, als würde sie gleich losheulen. Selbst Kassy sitzt zusammengesunken auf ihrem Stuhl.

»Alter Schwede, was verbreitet ihr denn für eine Stimmung?«, ich knalle die Stäbchen neben meinen Teller. »Erstens sterbe ich nicht, sondern komme nächsten Juli zurück, zweitens werde ich diejenige sein, die unter Heimweh leidet und euch vermisst!«

»Wirst du nicht. Du hast den Strand und viele neue Leute und immer Sonne«, nuschelt Emma. »Ich gönne es dir, Marie. Aber ich schwöre, ich werde jeden Tag im Unterricht auf deinen leeren Stuhl starren müssen. Und das finde ich jetzt schon brutal!« In Emmas Augen glitzern nun wirklich Tränen.

Kassy nickt zu ihren Worten, und ihre einzelne Dreadlocke schlenkert dabei heftig.

»He, Emme, Kassy.« Ich beuge mich über den Tisch und strecke meine Hände aus. »Dann kommt mich doch einfach besuchen«, schlage ich einer plötzlichen Eingebung folgend vor.

»Wie denn?«, fragt Emma.

Aber Kassy ruft gleichzeitig: »Genial! Das machen wir!«, und fegt damit alle Bedenken beiseite.

Sogar meine, denn der vernünftige Teil meines Hirns meldet mir, dass ich die Klappe halten soll, weil ich doch gar nicht weiß, ob meine Gasteltern die beiden beherbergen können und wie überhaupt alles funktionieren wird. Stattdessen höre ich mich sagen: »Vielleicht schon in den Weihnachtsferien! Dann hätten wir zwei Wochen für uns.«

»Und wir können Silvester zusammen feiern!«, greift Kassy die Idee auf.

Emma schaut skeptisch, doch sie schiebt ihre Hand in meine, die immer noch auf dem Tisch liegt.

»Abgemacht?«, frage ich. »Kommt ihr zu Weihnachten?«

Jetzt lächelt Emma, und Kassy greift meine andere Hand.

Die eine ist kalt und liegt federleicht in meiner, während die andere vor Wärme pulsiert.

Kurz fühle ich mich zwischen meinen beiden Freundinnen wie der Widerstand in einem Schaltkreis, mit den beiden als Plus- und Minuspol.

Da fängt Kassys Hand an zu zucken, und ich gebe sie wieder frei.

»Und was ist mit den anschließenden sieben Monaten?«, will Emma wissen.

»Du raffgieriges Biest«, sage ich mit einem breiten Grinsen, »denkst du nicht, dass unsere Freundschaft das aushält?«

Da hebt Kassy ihre Essstäbchen in die Höhe und sagt mit tiefer Stimme: »Lasst uns einen Schwur sprechen!«

Weil Emma und ich nicht reagieren, fällt sie kurz aus der Rolle und flüstert: »Chop sticks! Nehmen!«

Wir halten unsere Stäbchen hoch wie Wunderkerzen, und Kassy brummt: »Lasst uns die Stäbe kreuzen«, was wir ebenfalls befolgen.

»Hiermit schwören wir, Emma Richter, Thea Marie Zander und Kassandra Jakobi-Hua, dass unsere Freundschaft unter der Trennung im nächsten Schuljahr nicht zerbrechen wird!«

»So«, sagt sie, »das können wir ab sofort unseren *Essstäbchenschwur* nennen!«, und nimmt ihre Stäbchen runter.

Ich blinzle zu Emma, denn natürlich haben wir bereits einen Schwur, den wir *Gartenschwur* nennen müssten, wenn es danach ginge. Oder meinetwegen Sommerschwur, aber offensichtlich hat Kassy ihn vergessen.

Emma nicht. Sie versteht mein Blinzeln richtig. Ich kenne sie so gut, dass ich weiß, dass die Erinnerung an den Freundschaftsschwur auf dem Rasen hinter unserem Haus ihr mehr Sicherheit gibt als das Stäbchenritual von eben.

»Seid ihr satt?«, frage ich und krame das Geld zum Bezahlen heraus, das ich auf den Tisch lege. Ich kenne den Betrag, er ist immer derselbe.

Als wir aus dem Restaurant kommen, hat es angefangen zu nieseln. Winzige eisige Tropfen, die sich wie ein Netz auf die Haare legen.

Kassy beschließt, dass es genau das richtige Wetter für einen Spaziergang an der Elbe sei, aber weder Emma noch ich verspüren Lust, sie zu begleiten. Wir wollen lieber zu mir, vielleicht sogar ein paar Hausaufgaben erledigen, was wir Kassy aber sicher nicht auf die Nase binden.

»Waschlappen, das seid ihr!«, ruft sie uns lachend hinterher.

Wir strecken ihr die Zungen raus und steigen die Treppe zur U-Bahn hinunter.

»Marie, es wird doch alles so bleiben zwischen uns?«, fragt Emma, nachdem wir auf der Bank im hintersten Wagen Platz genommen haben. Sie wischt sich eine nasse Strähne von der Nasenspitze.

Ich lege meine Beine über ihre und lehne meinen Kopf an ihre Schulter.

»Natürlich!«, sage ich, und Tom taucht wieder auf. Wie ein Ohrwurm geht er mir schon den ganzen Tag durch den Kopf. Wieder und wieder sehe ich ihn die Klippe zu mir herunterspringen.

✣

Emma liebt den Kaffee aus unserer High-End-Maschine. Sie bleibt wie gebannt so lange davor stehen, bis der letzte cremige Tropfen aus den Edelstahlröhrchen in ihrer Tasse gelandet ist.

Zu dem Zischen der Brüheinheit gesellen sich Peitschenhiebe aus dem Intro der Musik, die ich aufgelegt habe.

Dann knallt uns der Beat um die Ohren, und ich fange an, wie ein pickendes Huhn im Takt um den Küchenblock herumzustolzieren.

Emma wippt mit der Hüfte.

Kassy hat mir die Musik auf meinen iPod geladen. Ich habe keine Ahnung, was wir gerade hören, aber es macht unglaublich gute Laune. Ist was ganz anderes als der melancholische Kram, den ich normalerweise mag.

Wir schütteln unsere langen, nieselnassen Haare, und ich packe Emmas Schulter, sie meine Taille. Plötzlich tanzen wir Polka von der Küchenzeile hinüber ins offene Wohnzimmer bis an die Panoramascheibe der Terrassentür, an der ein zarter Schmuck aus Wassertupfen abwärtsrinnt.

»Baby, Baby! Hackespitze!«, ruft Emma. Ich muss lachen, weil sie dabei so ein komisches Gesicht zieht, als wäre sie die Frontfrau einer üblen Death-Metal-Band.

»Na, ihr Hübschen! Ihr lasst es euch ja gut gehen!« Udos Stimme fährt wie ein Messer in die Musik. Er starrt uns an, sein Oberhemd ist genauso glatt wie seine Miene.

Nahtlos geht der Song in den nächsten über. Hi-Hats, quietschende Gitarrensaiten und eine pumpende Trompete.

»Lasst euch von mir nicht stören. Ich hole mir nur schnell was zu essen.«

Emma und ich stehen immer noch da, Hände an Schultern und Hüften, während er zum Kühlschrank geht, uns nicht aus den hungrigen Augen lässt.

»Tanzt ruhig ein bisschen. Dann habe ich was zu gucken, während ich mir ein Brot schmiere. Ich hau gleich wieder ab. Alles easy!«

Ich reiße meinen iPod von der Anlage, das Kabel bleibt hängen, und ich stelle mir kurz vor, wie nun die Musik ungehört auf den Boden tropft und versickert.

»Komm, Emma, lass uns Hausaufgaben machen.«

Beim Treppehochsteigen flüstert sie mir ins Ohr: »Udo macht mir manchmal Angst.«

Eine Stufe unter meinen Füßen knarzt, als erwache sie zum Leben.

»Mir macht er auch Angst!«, flüstere ich zurück.

Leises Klirren dringt aus der Küche zu uns. Metall auf Stein. Emma weiß, dass ich Udo gern Sexualzombie nenne. Warum ich ihm diesen Schimpfnamen verpasst hab, hab ich bisher für mich behalten.

Jetzt, jetzt, knarrt die Stufe. Sag's jetzt! Doch Emmas erschrockene Miene hält mich zurück.

»Hast du seine Homer-Simpson-Socken gesehen?«

Sie nickt, und wir kichern.

In meinem Zimmer plumpst Emma genüsslich auf mein Bett, wo sie zwischen meinen Kissen liegen bleibt.

Ich werfe meine Schultasche auf den alten karierten Ohrensessel, der früher Oma Britta gehört hat. Dann klettere ich neben sie. Während sie den Fortschritt meines Wandgemäldes begutachtet, reibe ich meine Nase an ihrem Pulli, der nach Patschuli oder irgend so einem Räucherstäbchenaroma aus Emmas Zimmer duftet.

»Hm, weißt du eigentlich, dass du der bestriechende Mensch der Welt bist?«, nuschle ich in ihren Rücken.

Über meinem Bett erstreckt sich ein Geflecht aus Kugelschreiberkritzeleien, und treffsicher findet Emma unten links das neueste Bild.

»Das da.« Sie tippt auf die Klippe mit Brandung.

Ihren aufmerksamen Augen entgeht so gut wie nichts. »Mann, Marie, jetzt hör doch mal auf, an mir rumzuschnüffeln, das kitzelt!«

»Ach so?«, sage ich und reibe meine Nase noch ein bißchen mehr an ihrer Taille.

Sie windet sich und kichert. Gleichzeitig ächzt sie, dass ich aufhören soll. Ich lass es gut sein und lange mit dem Arm über meinen Kopf hinter mich auf den Schminktisch, taste in dem Chaos aus Lipgloss, Cremetiegeln, Zopfgummis und Stiften, bis ich die Bürste gefunden habe, und beginne, Emmas feuchte Nieselhaare zu kämmen.

Sie rutscht ein Stück an mich heran, einen versonnenen Ausdruck im Gesicht, in dem ich für einen Moment das kleine Mädchen wiederfinde, dem ich am ersten Schultag den Ernie-Bleistift geschenkt habe.

»Soll ich dir einen Zopf flechten?«, frage ich.

Schon gleiten meine Finger auseinander und teilen Strähnen ab.

Wir stehen auf der Steintreppe hinter dem großen Haus, das meine Schule sein wird. Ein riesiges Gebäude, das mir Angst einjagt, denn ich weiß nicht, wie ich mich darin zurechtfinden soll.

Der Fotograf fordert mich auf, ein Stück weiter nach links zu rücken, Aufschließen nennt er das. Links neben mir steht ein anderes Kind, ich glaube, es ist ein Mädchen, wegen der Farbe ihres Ranzens.

Ihre Haare sind ebenso kurz geschnitten wie bei dem Jungen, der neben ihr steht. Er flüstert ihr etwas zu.

Wahrscheinlich bin ich die einzige, die niemanden kennt, weil ich erst vor zwei Wochen zurückgezogen bin zu meiner Mutter. Wir haben jetzt das Haus mit dem Garten und viel Platz.

Aber mehr Zeit hat Mama nicht. Warum ich nicht in Nienbrook bleiben darf, verstehe ich nicht, wo wir doch alle traurig sind. Nicht nur ich habe geheult beim Abschied, auch Tante Conny und sogar Tommy, obwohl der eigentlich nie heult, weil er sich fürs Heulen schämt. Aber ich bin gemeldet, hat mir Mama erklärt. Gemeldet ist ein komisches Wort. Ich stelle mir vor, dass ein geheimes Zeichen an mir haftet. Jemand hat es entdeckt. Vielleicht auf meinem Rücken beim Baden am Strand?

Jedenfalls verrät dieses Zeichen, dass ich eigentlich aus Hamburg stamme und dass Conny nur meine Tante ist.

Der Fotograf schiebt mich nun an das andere Mädchen heran, weil ich noch nicht weit genug aufgerückt bin.

Der Junge neben ihr hat nicht bloß die gleiche Frisur, sondern sieht ihr überhaupt sehr ähnlich.

Jetzt berühren wir uns an den Schultern.

Das Mädchen lächelt mich schüchtern an. Sie sieht nett aus, deswegen traue ich mich, sie zu fragen, wie sie heißt.

»Emma«, flüstert sie zurück. »Und du?«

»Marie«, sage ich.

Dann drehen wir unsere Gesichter zum Fotografen. Hinter ihm warten unsere Eltern mit den Schultüten. Meine Mutter steht am Rand. Ich berühre Emmas Hand mit meiner.

»Bitte schön!« Ich lasse den fertigen Zopf fallen und lehne mich an die Wand. Meine Hand liegt direkt neben der Klippenkritzelei. Versonnen streiche ich darüber. Jetzt könnte ich eigentlich von Tom erzählen.

Emma hat sich ihre Schultasche auf den Schoß gezogen und kramt darin herum.

»Genotyp«, murmelt sie. »Phänotyp.«

»War am Wochenende bei der Klippe, weißt du noch?«, beginne ich.

»Hm«, macht Emma, versunken in ihre Aufzeichnungen.

»Tom wäre beinahe abgestürzt.«

»Was?« Sie hört mir gar nicht richtig zu.

»Vom Vorsprung. Er hat sich zur Begrüßung auf mich geworfen.«

»Hab mich schon gewundert, warum du nichts von der Ostsee erzählt hast. Klingt krank.«

Soll ich ihr unter die Nase reiben, dass ich vor lauter Australien, Australien nicht zu Wort gekommen bin?

Emma blättert in den Seiten ihres Hefters, und mich nervt es, wie sie so strebsam versucht, alles Wissen in ihren Kopf zu prügeln, statt mir zuzuhören.

»Ja, das war dämlich von Tom. Sonst war es aber gut. Und ihm ist ja nichts passiert … Wir haben das Ferienhaus aufgeräumt. Tom und ich.«

»Mhm.«

Ehrlich, verübeln kann ich es Emma nicht, dass sie nur mit halbem Ohr hinhört. Ich merke selbst, dass ich nichts Spannendes zu berichten habe.

Also angle ich nach der Fernbedienung unter meinem Bett und schalte den Flatscreen an der Wand gegenüber an.

»Muss das sein? Das stört.«

Lern doch zu Hause!, denke ich, aber ich stelle den Ton leiser. »Geht's so?«

»Hm«, murrt Emma. »Willst du nicht auch für den Test lernen?«

Auf *Phänotypen* habe ich gerade keinen Bock. In mir bohrt eine Frage.

»Sag mal«, fange ich das Gespräch wieder an. »Dein Bruder und du …«

»Sind vom Genotyp, also vom genetischen Code, *nicht* identisch! Wir sind zweieiig. Aber selbst eineiige Zwillinge unterscheiden sich im Phänotyp, also in ihren äußeren Merkmalen, auch wenn es nur subtile Unterschiede sind wie beispielsweise der …«, sie hält mir ihren Zeigefinger unter die Nase, »… Fingerabdruck! Bei zweieiigen kann sich das Äußere natürlich viel gravierender unterscheiden, zum Beispiel im Geschlecht. Frag mich, ich bin Zwillingsexpertin.« Sie richtet beide Daumen auf sich und wackelt mit dem Oberkörper, dazu singt sie: »Zwiiihhieelingsexpeeeeertin!«

Ich pruste los. »Wie? Phänotyp ist nicht die Abkürzung für: unglaublich phänomenale Person männlichen Geschlechts?«

»Oh Marie, bitte schreib das im Test!«

»Das könnte dir so passen.« Leicht stupse ich gegen eine ihrer weichen Brüste. »Du und Daniel, ihr habt auf jeden Fall ein anderes Geschlecht.«

Eine bessere Steilvorlage wird sich mir nicht mehr bieten, also nehme ich allen Mut zusammen für meine Frage. »Wie ist das eigentlich? Fasst dich Daniel manchmal an?«

»Hä?«

»Na ja, so probehalber. So zum Üben, vielleicht?«

»Wie? Meinst du, ob mir Daniel zum Ausprobieren an die Brust tatscht?«

»Oder an den Po?«, füge ich zaghaft hinzu. Oh Gott, ist das peinlich!

»Igitt, nein! Spinnst du? Daniel ist mein Bruder!«

»Aber vielleicht gibt es ja trotzdem so – rein vom Biologischen her – manchmal so 'ne Art … Sexmoment zwischen euch?«

»Sexmoment?« Emma starrt mich entgeistert an. »Wo hast du denn den Quatsch her? Marie, da merkt man, dass du ein Einzelkind bist und keine Vorstellung hast, wie anstrengend und eklig Brüder sind!« Plötzlich lacht sie, weil sie sich an etwas zu erinnern scheint.

»Stimmt, stimmt«, gebe ich heftig zu. »Vergiss es! War 'ne dumme Frage!«

Klar ist das – rein vom Biologischen – genauso gedacht zwischen Bruder und Schwester.

Aber, und da fängt die Frage wieder an zu kreisen, wie sieht es aus bei Cousin und Cousine?

06.04.2015

Vorhin, als Mama heimkam, hab ich mich übers Geländer gebeugt und wollte sie von Conny grüßen. Seit Samstagmorgen haben wir uns nicht richtig gesehen. Doch sie sah so müde und abgekämpft aus, dass ich sie in Ruhe ge-

lassen habe. Bringt nichts, sie in dieser Verfassung anzusprechen.
Ich bin zurück in mein Zimmer und habe an meinem Kulibild weitergearbeitet. Jetzt bedeckt es schon die komplette Wand überm Bett und schlängelt sich bis zum Schrank. Rosen, Amseln, Gesichter, Ameisenbären und alle möglichen Ornamente verbunden durch Ranken und Strahlen und solche Sachen. Später kam Mama doch noch in mein Zimmer.
»Danke für deine Nachricht«, hat sie gesagt und mit Pokerface: »Wie war es denn bei Conny?«
»Gut war's.«
Unkonzentriert hat sie eine Socke vom Sessel gepflückt und begonnen, sie aufzurollen. Als ob sie vergessen hätte, dass sie in meinem Zimmer steht und mit mir reden wollte.
Also hab ich ihr Connys Botschaft ausgerichtet, dass ich sie fragen soll, ob sie vielleicht jemanden braucht, der sich ums Ferienhaus kümmert.
Ilsa hat bloß weiter die Socke geknetet und geantwortet: »Sag ihr, da suche ich mir lieber allein jemanden. Kann mir bestens vorstellen, wen Conny anschleppen würde.«
»Warum sagst du es ihr nicht selbst?«
Das wäre der Moment gewesen, wo sie ehrlich hätte sein können. Aber letztendlich sagt ja auch Conny nicht, was vorgefallen ist. Okay,

dann sollen die beiden das unter sich ausmachen. Ich halt mich raus!
Mama meinte jedenfalls: »Ja, richtig. Ich kann das auch selbst erledigen.«
Bei ihr ist alles ein Job, der erledigt werden muss! Sogar die eigene Schwester anzurufen.
Sie ist aus dem Zimmer gegangen, als gäbe es nichts weiter zu erzählen. Meine Wandzeichnung hat sie noch mit keinem einzigen Wort kommentiert. Ich habe einen kleinen, todschicken Grabstein hinzugefügt, auf dem **MOM** steht.

Kapitel 4

Mittwoch, 8. April

Die Briefkastenanlage vor Kassys Haus sieht aus, als würde sie die Werbezettel wieder auskotzen. Ich dechiffriere die tags – d-mon, mopz, reepa –, während ich nun schon zum siebten Mal den Klingelknopf drücke.

Mist, wo steckt Kassy? Keine Benachrichtigung, mein Handy zeigt nur, was ich eh schon weiß: Mir bleiben noch zehn Minuten, um rechtzeitig zum Casting zu kommen. Marion aus der Modelagentur kann extrem scharf reagieren, wenn jemand unpünktlich beim Kunden aufkreuzt.

»Knips dein Superlächeln an, damit steckst du sie alle in die Tasche!«, hat sie mir wie üblich mit auf den Weg gegeben.

Ich suche zwischen dem geairbrushten Bettlaken und dem Fensterrahmen eine Lücke, durch die ich in Kassys Zimmer linsen kann, aber das Laken ist blicksicher festgetackert.

»Da bekommt *Spann*-Bettlaken eine völlig neue Bedeutung«, habe ich gesagt, als sie das Ding neulich angenagelt hat, und Kassy hat den Gag mit ihrem spitzzahnigen Grinsen belohnt.

Ich drücke ein achtes Mal den Klingelknopf, obwohl ich die

Hoffnung längst aufgegeben habe, dass sie zu Hause ist. Dabei war es Kassy, die mich unbedingt begleiten wollte.

Ich hab mich von ihrem Gebettel breitschlagen lassen, auch wenn ich ihre Einstellung zur Modeindustrie kenne und etwas Schiss habe, dass sie die raushängen lässt. Wenn ich sie dem Fotografen vorstelle, wird sie merken, dass das ganz normale Menschen sind. Wenn … im Moment ist weit und breit keine Kassy in Sicht.

»Mistkuh!«, schnauze ich ihr Fenster an und renne los.

Nun werde ich ihretwegen verschwitzt ankommen. Schönen Dank!

Im Dauerlauf fummele ich mein klingelndes Telefon aus der Jacke. Na toll, jetzt ruft Marion schon an, bevor ich überhaupt zu spät bin! Doch auf dem Display leuchtet ein anderer Name.

»Tom?«, keuche ich ins Telefon. »Ähm, bin eigentlich in Eile.«

»Nur wegen neulich …«

»Ich ruf dich in einer Stunde zurück, ja?«, sage ich und haste weiter zur Hauptstraße.

»Okay«, sagt Tom und legt auf.

Ich suche nach einem freien Taxi, da trifft mich etwas ziemlich hart: Kassy, die um die Ecke biegt.

»Marie, wo warst du denn? Sollen wir?«, fragt sie.

Wir stürmen die U-Bahn-Treppe runter, als wollten wir die Stufen wegtreten. Ich nutze den Schwung gleich, um Kassy ordentlich anzumotzen, warum sie nicht wie verabredet bei sich zu Hause gewesen ist.

»Oha, das ist mies! Ich stand die ganze Zeit am U-Bahn-Eingang, wie verabredet«, beteuert sie.

»Okay. Dann war es wohl ein Missverständnis«, sage ich. Aber ehrlich, ich hab mich noch nie mit einer Verabredung vertan.

Wir sind fünfzehn Minuten zu spät! Ich bin noch nie zu spät gekommen, nicht mal fünfzehn Sekunden. Ich bin eine notorische Zufrühkommerin. Mit Kassy an der Seite gelingt mir dieses Kunststück allerdings – und es tut noch nicht einmal weh. Halbwegs locker betrete ich also den Raum. Hinter der Anmeldung, einer aufgebockten Platte, die mal eine Tür gewesen ist, wartet eine hübsche Brillenträgerin, deren mürrisch herabhängende Mundwinkel nichts Gutes verheißen. Trotzdem schleife ich Kassy noch auf die Toilette, in der es aussieht wie in der Kosmetikabteilung einer Drogerie.

»Hier«, sage ich und reiche ihr ein paar luftige Kleidungsstücke aus meiner Tasche. »Probier die an!«

»Was soll das?« Kassy hält die Teile von sich, als wären sie verseucht.

»Ich dachte, wo du schon mal mitkommst, könnte ich dich dem Fotografen vorstellen.« Okay, Kassy ist viel zu klein, um richtig zu modeln, aber zurzeit stehen sie auf asiatische Gesichter.

»Ist nicht mein Stil!«, sagt sie, nachdem sie die Blusen, Röcke und Kleider geprüft hat. Ich grinse, weil ich exakt die Antwort erwartet habe, als ich die Sachen eingepackt habe.

»Die Leute da drin stehen nicht auf zerrissene Hosen. Wenn du etwas Mädchenhaftes anziehst, machst du viel mehr Eindruck. Das gibt einen Wahnsinnskontrast zu deinen schwarzen Haaren und dem Augenbrauenpiercing.«

Kassy kramt lieber in einem der kleinen Weidenkörbe, die mit Schminkutensilien bestückt auf dem Fensterbrett und am Waschbeckenrand verteilt stehen, bis sie einen Abdeckstift und schwarzen Kajal findet, setzt sich auf die breite Umrandung des XXL-Waschbeckens, ein Bein angezogen, eines baumelnd, und beginnt sich ihre schwarz umrandeten Augen noch schwärzer zu umranden.

»Marie, ich bin nur zum Aufpassen mit!«, verkündet sie und schnalzt mit der Zunge wie ein Kerl.

Die Brillenträgerin stürmt herein. »Wer von euch ist Thea?«, fragt sie mit abschätzigem Blick auf Kassy, die gerade einen Pickel auf ihrer Stirn abdeckt.

»Du, oder?«, wendet sie sich an mich. »Wenn du noch länger trödelst, rufe ich bei deiner Agentur an, und du brauchst dich bei uns nie mehr für einen Job vorzustellen.«

»Ich muss noch mal«, sage ich.

»Behalte es drin, dann hast du gleich die nötige Körperspannung!«, herrscht sie mich an.

»Entschuldigen Sie«, mischt sich Kassy ein, und mir wird ein bisschen mulmig. »Wollen Sie meiner Freundin etwa das Pinkeln verbieten? Falls ja, muss ich das leider anzeigen!«

»Erzähl keinen Quatsch! Wem willst du das melden? Eine Modelgewerkschaft existiert nicht, Herzchen.«

»Dann freunden Sie sich mit dem Gedanken an, dass morgen in der Zeitung steht, wie hier minderjährige Mädchen daran gehindert werden, ihrem Bedürfnis nachzugehen, und …«

»Komm endlich, Thea!« Die Brillenträgerin zieht genervt die Tür zu, dann öffnet sie sie noch einmal: »Wenn das Waschbecken abbricht, zahlst du das!«

Ein Assistent erklärt mir die Kampagne, ich ziehe mir die bereitgelegte Kleidung an, der Fotograf schießt Probebilder, dann darf ich mich wieder umziehen. Ich bin nicht stolz auf mein Aussehen oder meine Figur, das ist schließlich keine Leistung. Doch ich mag Fotos von mir. Liegt sicher daran, dass es sage und schreibe nur drei Babyfotos von mir gibt. Wir haben nicht mal ein Fotoalbum zu Hause. Vielleicht hat Ralf, mein Vater, noch welche, aber das ist eher unwahrscheinlich. Er hat ja schon kurz nach meiner Geburt eine Kinderarztpraxis in Bremerhaven übernommen, und ein Jahr später haben sich meine Eltern dann richtig getrennt.

Ralf nennt mich Thea, denn er hat den Namen für mich ausgesucht. Nur Leute, die mich nicht kennen, nennen mich bei meinem ersten Vornamen.

Zum Abschied werfe ich der Brillenträgerin ein extra herzliches »Auf Wiedersehen!« zu, und sie antwortet mit einem ebenso schleimigen »Danke, dass du da warst. Wir melden uns bei deiner Agentur!«.

Unten auf der Straße schlenkert sich Kassy den Rucksack von den Schultern. Auf der Rückseite ihrer Lederjacke kommt das Bad-Bitch-Logo zum Vorschein. Sie hockt sich auf den Boden, fasst in die Vordertasche und hält mir gleich darauf ihre Faust entgegen, die sich um einen Strauß aus Kajalstiften und Mascaras schließt.

»Wird schwesterlich gedrittelt!«

»Kannst meine behalten!«, sage ich und gebe ihr ein Küsschen auf den Scheitel. »Danke fürs Begleiten!«

Kassy strahlt mich an.

Wir schlendern die Straße gemütlich entlang, sie singt *Hooray and up she rises.*

Ich lasse mich zurückfallen und wähle Toms Nummer.

»Ich bin's.«

»Hast du jetzt Zeit?« Tom klingt etwas beleidigt.

»Ja, was wolltest du vorhin?«

»Zwischen Ilsa und Conny hat es gekracht. Vor Weihnachten.

Aber so richtig. Ich dachte, du wüsstest das und hättest dich auf Ilsas Seite geschlagen und bist deswegen nie zu Besuch gekommen.«

»Was? Nein! Ich wusste von keinem Streit! Worum ging's denn?«

Kassy runzelt die Stirn.

»Um Ilsas Haus. Conny hatte sie gefragt, ob sie ihre Yogakurse dort halten kann. Natürlich gegen Miete ...«

»Ja, ist doch perfekt!«, rufe ich begeistert und setze mich wieder in Bewegung.

»Ilsa hat Conny eine Abfuhr erteilt. Sie will keine zwielichtigen Yogahippies in ihrem Eigentum.«

»Zwielichtige Yogahippies? Hat sie das so formuliert?« Ich schäme mich nicht zum ersten Mal für meine Mutter.

Kassy schreibt sich mit einem Kajal etwas auf die Hand und hält es mir hin. *Wer?*, steht da, doch ich habe keine Zeit, ihr zu antworten, weil Tom weiterspricht.

»Ja. Aber Conny war auch nicht zimperlich. Sie hat getobt, Ilsa schulde ihr das, weil sie ihr ja damals den Gefallen getan und dich zu uns genommen hat.«

Der Satz kommt wie eine Ohrfeige.

»War nur für die Argumentation, Marie!«, schiebt Tom rasch hinterher.

»Ja, weiß ich doch. Sie hat ja recht.« Ich überlege kurz. »Ich könnte versuchen, Mama umzustimmen«, schlage ich halbherzig vor.

»Besser wäre, du kommst hierher ...«

»Wieso?«

»Conny will alles hinschmeißen.«

»Wie meinst du das?«

»Wenn ich sie anspreche, reagiert sie kaum. Sie heult seit zwei Tagen … Marie, kannst du nicht herkommen und versuchen, sie aufzuheitern?«

»Na ja, frühestens Freitag.«

»Dann bis Freitag!« Schon wieder hat er aufgelegt, ohne Tschüss zu sagen.

Ich starre auf mein Handy, weil ich verdauen muss, was ich eben erfahren habe. Meine Mutter und Conny haben tatsächlich Streit, und keine von beiden hat ihn mir gegenüber erwähnt. Ich hatte recht mit meiner Vermutung, wieso wir Weihnachten ohne Conny und Tom gefeiert haben, wieso die beiden nicht mehr telefonieren und sich ihre Botschaften über mich ausrichten lassen. Sie haben sich wegen unseres Ferienhauses gestritten. Vollkommen absurd, wie sich Erwachsene manchmal benehmen, denke ich und hake mich bei Kassy ein.

08.04.2015

Ich kann nicht anders, als für Conny Partei zu ergreifen. Wie kann Ilsa bloß zulassen, dass ihre Schwester leidet? Wir haben wirklich genug Geld, und sie könnte ihr problemlos das Haus für umsonst überlassen, das Conny jahrelang für uns gepflegt hat. Ich verstehe nicht, wieso meine Mutter so gemein ist. Ihre Reaktion mit den Yogahippies war total arrogant.

Nach dem Telefonat mit Tom habe ich beschlossen, dass ich meiner Mutter die Meinung geigen werde.

Am Abend zeige ich ihr die kalte Schulter,

aber provoziere mal jemanden, dem es nicht mal auffällt, wenn du kein einziges Wort beim Abendbrot sprichst!

09.04.2015

Ich schäme mich immer noch wegen meiner Frage von neulich, die ich jetzt nicht wortwörtlich zitiere, weil es zu peinlich ist. Stichwort: **SEXMOMENT**.

Aber ich kann mir einfach nicht vorstellen, dass Emma völlig kalt bleibt, wenn Daniel nur mit einem Handtuch um die Hüften aus dem Bad schlendert. Obwohl, jetzt, wo ich es aufschreibe, muss ich zugeben, kann ich es mir doch vorstellen. Daniel ist nun mal kein Ryan Gosling.

Und kein Tom.

Stimmt etwas mit mir nicht? Wieso reagiere ich so auf ihn? Andererseits gibt es keinen Grund, wieso mir, nur weil ich seine Cousine bin, nicht auffallen sollte, dass er gut aussieht! Wieso schaltet mein Herz auf Trommelwirbel, wenn ich seine Stimme an meinem Ohr höre? Wie mich seine Hand am Hintern irritiert hat, das ist doch nicht nu

»Lust auf eine Runde Tennis?« Udo steht in kurzen Shorts vor mir. Ertappt schlage ich mein Tagebuch zu.

Er dehnt die Worte und dreht die Schläger auffordernd hin und her. »Komm, wir fahren rüber in den Club.«

»Ähm, ich hab zu tun«, sage ich und deute auf mein Tagebuch.

»Schade. Vielleicht lässt sich das verschieben?«

Während er das sagt, beugt er sich dicht über mich und studiert die Kulizeichnungen an der Wand hinter mir. Mit einer Hand stützt er sich am Bettpfosten ab. Über dem Hemdkragen sprießt die chronische Gänsehaut an seinem Hals.

»Schön! Du hast echt Talent!«

Jetzt setzt er sich neben mich auf mein Bett, sein Gewicht erzeugt eine tiefe Mulde. »Hast du mal daran gedacht, Kunst zu studieren?« Er legt die Schläger neben sich ab.

»So gut bin ich nicht.«

»Ach, Marie! Hab doch Vertrauen zu dir!« Jetzt legt er seine Hand auf meinen Oberschenkel, was wahrscheinlich aufmunternd rüberkommen soll.

Ich stehe auf, und mit der Bewegung rutscht seine Hand an meinem Schenkel entlang. Ob absichtlich oder nicht, die Antwort will ich lieber nicht wissen. Schnell schiebe ich mein Tagebuch unter den Krempel auf dem Schminktisch.

»Soll ich mal mit Gerd reden?«, fragt er. »Der unterrichtet an der Hochschule für Bildende Künste.«

»Erst mal fliege ich nach Australien«, erwidere ich schroff.

»Deine Wand wird mir und Ilsa eine schöne Erinnerung an dich sein, in der Zeit, wenn du nicht da bist.«

Udo steht von meinem Bett auf und stellt sich dicht neben mich. »Wirst mir fehlen, Kleine«, raunt er und streichelt mir über die Wange.

»Udo«, sage ich und muss mich zurückhalten, damit ich nicht in seine Finger beiße, »ich hab wirklich zu tun!«

»Was denn? Das hier? Schreibst du Tagebuch?« Er greift danach. »Würde mich ja interessieren, was eine Sechzehnjährige so denkt und fühlt. Steht da auch was über mich?«, fragt er mit schmierigem Unterton.

Die Einträge über ihn würden sein Ego sicher zusammenschrumpeln lassen. Oder würde er wütend werden? Udo ist jähzornig, er rastet leicht aus. Die Streits mit meiner Mutter sind nicht zu überhören.

Vorsichtig nehme ich ihm mein Buch aus der Hand. Ich versuche ein unschuldiges Lächeln. »Wer liest denn in den Tagebüchern anderer?«

»Natürlich war das hypothetisch! Ich guck da nicht rein, keine Bange. Aber es würde mich schon interessieren, was in deinem Kopf rumschwirrt.« Er lächelt mich an. Wieder findet seine Hand eine Stelle an meinem Körper, diesmal meinen Oberarm. Er reibt ihn, und seine Finger wandern zu meiner Brust. Panik erfasst mich. Ich stürze zu den Tennisschlägern, greife sie, reiße meine Zimmertür auf und brülle: »Ich muss lernen!«

Udo nimmt mir die Schläger ab und hebt sie drohend in die Höhe: »Das nächste Mal entkommst du mir aber nicht, Sportsfreund!«

Als Udo draußen ist, drehe ich leise den Schlüssel im Schloss. In meinem Kopf rauscht es, als würden Wellen gegen meine Schädeldecke rollen. Das Rauschen schwillt an, und ich halte mir die Ohren zu. Doch jetzt höre ich es nur umso deutlicher. Was ist das? Vorsichtig löse ich meine Hände vom Kopf. Kein Unterschied.

Jeden Morgen stehe ich als Erste auf, um vor Udo das Bad zu benutzen. Ich ertrage seinen Geruch nicht, das Aftershave, das er benutzt, gemischt mit seinen Körperausdünstungen. Nur widerwillig lasse ich mich auf unserer Klobrille nieder. Ich untersuche den Wasserhahn gründlich, weil ich keine Lust habe, in seine

Zahnpastaspucke zu fassen, und spüle angeekelt Bartstoppeln weg.

Dienstags, wenn Olessia, unsere Putzfrau, im oberen Stock sauber gemacht hat, gönne ich mir ein Bad. An den anderen Tagen hält mich die Vorstellung davon ab, in Wasser zu liegen, in dem Udos Hautschuppen schwimmen, die sich an meinem Körper festkleben werden, sobald ich mich erhebe. Das und noch viel mehr steht in meinem Tagebuch, und ich suche nun hektisch die Seiten.

Als ich sie finde, reiße ich sie heraus. Ich halte inne. Warum schmeiße ich nicht gleich das ganze Buch weg?

Aber mir tut es leid um die vielen Illustrationen und die Erinnerungen an Emma und Kassy. Von denen will ich mich nicht trennen. Mein Blick fällt auf den unvollständigen letzten Eintrag. Raus damit, denke ich, doch meine Hände bringen es nicht fertig, die Seite zu entfernen. Ich reiße sie ein, und es fühlt sich an, als würde ich Tom Gewalt antun.

Also beschließe ich, dass es genügt, wenn ich *seine Cousine*, *Verwandtschaft* und *Tom* mit dicken schwarzen Balken übermale. Dann blättere ich zurück, um auch in den vorherigen Einträgen alle verräterischen Hinweise auf Tom zu tilgen. Das wird genügen, weil ich sowieso nicht noch einmal über ihn schreiben werde. Zumindest nicht solchen Schwachsinn. Tom ist mein Cousin! Allmählich ebbt das Rauschen ab, und ich werde ruhiger.

Bisher musste ich mein Tagebuch nur vor Olessia verstecken, weil sie es die wenigen Male, die ich es habe herumfliegen lassen, gut sichtbar in mein Bücherregal einsortiert hat. Doch mein bisheriges Versteck, oben auf dem Kleiderschrank (dort wischt Olessia nie Staub), ist lachhaft. Ich probiere einige Orte aus.

Jedes Mal beschleicht mich das Gefühl, dass Udo es auch unter der Matratze, hinter dem Schminkspiegel oder zwischen meinen Kleidungsstücken im Schrank finden würde. Schließlich schiebe ich mich wie eine Mechanikerin unter meinen Omasessel und bugsiere das Tagebuch zwischen den längs und quer gespannten Jutegurten hindurch in die Polsterung. Der dunkelgrüne Einband verschwimmt mit dem Hintergrund aus graubraunen Polsterfasern.

Anschließend kritzle ich einen winzigen Sessel in das Bildergewimmel an meine Wand. Die Zeichnung misslingt mir und sieht ein wenig aus wie ein Gummibärchen, das die Augen zukneift. Darüber male ich eine kleine Banderole, in die ich *Granny's Secret* schreibe. Nur für den unwahrscheinlichen Fall, dass ich vergessen sollte, wo ich es hingepackt habe.

Ich checke noch einmal das Versteck. Es ist perfekt. Das wird Udo niemals finden!

Kapitel 5

Freitag, 10. April

Es ist Mittag. Vor uns turnt Kassy auf der Wiese des alten Friedhofs, wo Büschel von Blausternen ihre Hälse in den Frühling recken und leider Kassys sportlichem Gemetzel erliegen. Emma filmt Kassys Handstand, Räder und Flickflacks mit dem Handy und langt ab und an in eine offene Tüte mit Lakritzschnecken, die zwischen uns steht. Wir sitzen auf dem Trafohäuschen, und die Luft riecht dermaßen elektrisch, dass ich mich frage, ob Emmas Aufnahmen nicht von irgendwelchen Wellen gestört werden.

»Kassy«, rufe ich, »entweder du bringst mir sofort den Handstand bei, oder ich flöße dir 'nen Liter Milch ein.«

Kassy, die Schwung holt für ein Rad, hält in der Bewegung inne. »Das wäre nur für euch schlimm. Mir sind meine Laktosepupse egal, aber ihr werdet unseren Filmabend heute nicht überleben.«

Mist, den hatte ich vergessen!

»Den Filmabend müssen wir verschieben. Ich fahre nachher zu meiner Tante nach Nienbrook.«

»Schon wieder, fährst du jetzt jedes Wochenende dahin?«

Emma reckt trotzig ihre Nase in die Wolken. Sie sieht aus wie ein Vogel.

Ich verkneife mir die Frage, ob sie über meine Freizeit Buch führt.

Kassy allerdings wirft ihre Arme hoch. »Ostsee! Find ich gut! Wir kommen mit!«, ruft sie und beginnt eine Art Boggietanz.

»Lohnt nicht«, stoppe ich ihre Vorfreude, bevor die sich zu einem handfesten Plan auswachsen kann. »Ich bleibe nur bis morgen Mittag.«

Kassy hüpft an das Trafohäuschen heran und lehnt ihr Kinn auf meine Oberschenkel. »Dann eben nur bis morgen Mittag.«

»Geht diesmal leider wirklich nicht. Ich muss meine Tante trösten.«

»Du könntest auch heute Nacht hierbleiben und morgen deine Tante trösten«, mault Emma.

»Könnte ich«, gebe ich zögernd zu.

»Bitte bleib!«, bettelt sie.

Und Kassy stimmt ein. »Bleiben! Bleiben!«

Sie zieht mich vom Trafohäuschen herunter, ich plumpse auf sie drauf ins nasse Gras. Emma nutzt die Chance und vollendet zum Burger.

»Okay«, gebe ich lachend nach. »Heute Filmabend, morgen Tante! Ihr habt gewonnen. Und jetzt runter von mir!« Kurz plagt mich das schlechte Gewissen, doch Conny kann ich auch morgen noch aufheitern.

Tom erhält eine kurze Mitteilung, in der ich ihn über die Planänderung informiere, dann widme ich mich erfolglos dem Handstand.

Am Abend faulenzen Emma und ich auf meinem Bett. Olessia hat uns auf meine Bitte hin den üblichen Tapasteller gemacht, mit Scampispießen, Oliven, Pfannkuchenröllchen, Pflaumen im Speckmantel. Sogar aus dem Gemüse hat sie niedliche Herzchen und Sternchen gezaubert. Ich weiß, wie sehr es Emma liebt, mit solchen Kleinigkeiten verwöhnt zu werden.

»Wo bleibt Kassy?«, murre ich.

Emma balanciert das Tablett auf ihrem Schoß: »Keine Sorge, wir kriegen das aufgefuttert!«

Natürlich, um die Snacks sorge ich mich ja auch nicht. Aber ein Filmabend ohne Kassy macht nur halb so viel Spaß. Ich schiele zu Emma. Ich vertraue ihr wie niemandem sonst, und dafür muss sie gar nichts tun, nicht witzig sein, nicht originell. Aber manchmal glaube ich, wir kennen uns so gut, dass es keinerlei Überraschungen mehr gibt. Ich weiß, was sie sagen wird, noch bevor sie den Mund aufmacht.

»Die Pflaumen sind extra für dich«, helfe ich ihr bei der Entscheidung. Sie schnappt sich eine, schiebt sie in den Mund und hebt den Daumen hoch.

Emma kann zuhören. Sie kennt mich und alle meine Geheimnisse, nun ja, fast alle.

Ergeben kuschle ich mich an sie heran. Früher oder später errät sie auch die Dinge, von denen ich ihr nichts erzähle.

»Hast recht. Ist auch mal wieder nett, nur wir beide!«

Ein zufriedenes Lächeln breitet sich über ihr Gesicht. Sie schiebt das Tablett zur Seite.

»Gut«, sagt sie und steht auf. Sie kramt die DVDs aus ihrem Rucksack und hält sie hinter ihren Rücken »Wir haben zur Auswahl … Du musst raten! Zitat aus Film Nummer eins: ›Ich habe eine Wassermelone getragen.‹«

Emma liebt Rätselspiele.

»Öh! Wie einfach! Das ist *Dirty Dancing.*«

»Richtig! Film Nummer zwei wäre: ›Du siehst aus wie gefotoshopt!‹«

»Keine Ahnung!«

»*Crazy, Stupid, Love.* Mit Emma Stone. Ich liebe Emma, allein wegen des Namens. Mein Favorit für den Abend. Dann habe ich noch, aber ohne Ratesatz und als Empfehlung von meinen Eltern, *Winterkartoffelknödel* und – Empfehlung von Daniel – *Robocop.*«

Wir beginnen mit dem Liebesfilm – ich stelle begeistert fest, dass neben Emma Stone auch Ryan Gosling mitspielt –, und danach schauen wir Robocop. Mitten im Film tippt Emma etwas in ihr Handy, wahrscheinlich schreibt sie Daniel, wie grottenschlecht sein Filmgeschmack ist.

Später, Emmas schläft schon, und ihr Arm liegt quer über meiner Brust, klackert es an meinem Fenster. Ich hebe Emmas Arm vorsichtig hoch. Sie grummelt unverständlich im Halbschlaf. Als ich mein Gesicht ans Fenster presse, sehe ich im ersten Moment nichts und erschrecke, als ein weiteres *Klack* an die Scheibe knallt. Die schwarze Kunoichi schält sich aus der Dunkelheit, sie steht unten, wirft Steinchen und will rein. *Sehr gut!* Kassy hält sich an ihr Versprechen, nicht mehr übers Garagendach zu klettern und in mein Fenster einzusteigen. Die Nummer hat sie einmal gebracht, und ich bin morgens mit einem Schrei aus dem Bett gefahren, weil plötzlich jemand neben mir lag. Ich hab mich ewig nicht beruhigt, und Kassy hat mit betretener Miene gelobt, so einen Scheiß nie wieder abzuziehen.

Jetzt hebt sie ihre Hand und winkt, als wäre sie die Queen höchstpersönlich. Dann erkenne ich, dass sie einen wegen der

Dunkelheit undefinierbaren Gegenstand in ihrer Hand hin und her dreht.

Ich öffne das Fenster einen Spalt. Die Nacht drückt sich kalt durch die Ritze. Ich rufe Kassy halblaut zu, sie soll zur Tür kommen, schleiche durch das stille Haus, nur der Kühlschrank brummt unzufrieden, und lasse sie herein.

»Wie cool, dass du doch noch kommst!«, wispere ich.

»Hat gedauert beim Videoverleih«, sagt sie grinsend. Ihre Stimme klingt heiser und kratzt ein paar entscheidende Dezibel über Zimmerlautstärke, dabei drückt sie mir den Gegenstand an die Brust, eine DVD-Hülle.

Pacific Rim steht darauf, und drei Typen sind abgebildet, die aussehen wie Robocops Brüder.

»Psst!«, mache ich.

»Oh, schlaft ihr schon? Soll ich gehen?«, fragt Kassy.

Ich schüttle den Kopf, lotse sie die Treppe hoch in mein Zimmer, wo Emma putzmunter im Schneidersitz auf dem Bett sitzt.

»Emerald, wie cool, du bist doch noch wach. Ich habe ’nen Film dabei.«

Ehrlich, der Spitzname passt mal. Emmas Haar schimmert im Dunklen, als wär es mit Edelsteinstaub gepudert. Doch ihre Miene wirkt kein bisschen nobel.

»Nachts um halb eins? Ich hab eigentlich schon geschlafen«, bringt sie zwischen zwei Gähnern hervor.

»Emma ist immer muffelig, wenn sie geweckt wird. Kennen wir doch!«, sage ich schnell. »Komm, Emme, ich bin extra in Hamburg geblieben, damit wir den Mädelsabend zu dritt haben.«

»Mein Mädelsabend fing um acht an, nicht um halb eins! Wo warst du, Kassy?«, knurrt sie und zieht sich die Decke bis zum Hals.

»Was geht dich das an?« Kassy beginnt, ihre Chucks aufzubinden.

»Leute, entspannt euch«, rufe ich und zwinkere Emma über Kassys Rücken hinweg zu, verdrehe ein bisschen die Augen.

Sie nickt, und als Kassy nur noch in Unterwäsche vor uns steht, hebt Emma die Decke, damit wir zu ihr schlüpfen.

»Hm, schön warm«, murmelt Kassy.

Ich schiebe schnell die DVD in den Player.

»Zähneputzen?«, fragt Emma.

Aber Kassy und ich rufen gleichzeitig »Psst!«, denn der Film fängt an. Noch während der Eingangssequenz fallen Emma die Augen wieder zu, was gut ist, denn der Film wäre ihr zu düster. Aber die weibliche Darstellerin ist cool. Eine Japanerin mit halblangem Bob, der an den Spitzen blau gefärbt ist. Sie sieht ein bisschen aus, wie ich mir Kassy in älter vorstelle.

»Also? Was hast du gemacht?«, flüstere ich.

Erst antwortet Kassy nicht, und ich will schon etwas lauter meine Frage wiederholen, da sagt sie: »Nichts Besonderes. Hab nur nicht auf die Zeit geachtet, tut mir leid.«

Doch sie kaut nervös auf einer Haarsträhne herum, und ich finde, das ist kein gutes Zeichen. Irgendwann in der Mitte des Films fallen auch mir die Augen zu. Ich kriege gerade noch mit, wie Kassy sich an mich kuschelt.

Samstag, 11. April

Am Morgen wache ich viel zu früh auf. Der Wecker zeigt halb acht. Nur Emma liegt neben mir im Bett. Hab ich bloß geträumt, dass Kassy aufgetaucht ist?

Allerdings hat der Traum deutliche Spuren hinterlassen. Jetzt, bei Tageslicht, sehe ich die Erdkrümel, die den Weg ihrer Schuhe überall auf meinem Fußboden nachzeichnen, bis hin zum Kleiderschrank. Fast könnte man meinen, Kassy hätte vor ihrem heimlichen Verduften noch ein Tänzchen quer durch mein Zimmer hingelegt.

Kassy the cat macht, was sie will, denke ich mit Bedauern.

Emma schlummert noch, ich liege eine Weile still neben ihr, um sie nicht aufzuwecken. Dann greife ich mir vorsichtig den Kuli vom Schminktisch und male eine abgemagerte, schwarze Katze an die Wand, die auf einer Mülltonne hockt, und weil Emma partout nicht wach werden will, kritzle ich ein paar dornige Ranken, von denen kleine Tropfen rinnen.

Durch die Wand dringt das Rauschen der Wasserrohre aus dem Bad. Für heute ist es Udo-kontaminiert.

Mein Zug nach Nienbrook geht gegen elf, ich habe noch über drei Stunden Zeit, wie mir ein weiterer Blick auf den Wecker verrät. Zwei Stunden dauert die Fahrt, dann bin ich gegen eins dort. Vielleicht holt mich Tom mit seinem Roller vom Bahnhof ab. Ich und der Minutenzeiger am Wecker beginnen ein stummes Kräftemessen. Mir scheint, das er die Zeit mit aller Macht festhalten will.

Ewigkeiten später begrüßt Emma den neuen Tag mit einem saftigen: »Ach, du Scheiße!«

»Hast du schlecht geträumt?«, frage ich. Endlich kann ich mich wieder richtig bewegen.

»Gleich neun Uhr. Meine Eltern besuchen eine Matinée im Literaturhaus, von der Daniel und ich sie um zwölf abholen sollen, weil wir anschließend essen gehen.«

»Ist doch noch massig Zeit bis zum Mittag.«

»Ja. Aber ich muss unbedingt vorher nach Hause, Daniel wecken. Sonst schläft er bis zum Nachmittag durch und bekommt

Ärger. Außerdem brauche ich frische Klamotten.« Sie hebt ihren St.-Pauli-Hoodie auf. »Wenn ich mit dem in ein schickes Restaurant reinspaziere, schämt sich meine Mutter in Grund und Boden.«

»Emma, es ist neun Uhr. Wir frühstücken gemütlich, dann weckst du Daniel übers Telefon«, beruhige ich sie. »Und Kleidung borgst du dir von mir.«

»Ich passe in keins deiner Teile!«

»Ach, Emma, übertreib nicht. Du hast bloß ein paar niedliche Speckröllchen. Also, frühstückst du mit?«, frage ich.

»Nur eine Kleinigkeit und Kaffee.«

»Warte.« Ich husche in das Ankleidezimmer meiner Mutter und durchforste die Regale, bis ich gefunden habe, was ich suche.

Zurück in meinem Zimmer halte ich ihr den Cashmere-Jumpsuit hin. »Das hier dürfte passen.« Mit Genugtuung male ich mir den Ausdruck auf Ilsas Gesicht aus, wenn sie bemerkt, dass ihr Lieblingsoutfit verschwunden ist. Teilen macht nämlich Spaß, das kann sie ruhig lernen.

»Ernsthaft?«, fragt Emma, aber sie schlüpft bereits aus ihrem Nachtshirt.

Ich schaue auf mein Handy und entdecke zwei Nachrichten. Die erste ist gestern Nacht gegen elf gesendet worden. Ein Kuss von Emma. Das also hat sie ins Handy getippt!

Sie lächelt mich schräg an. »Wenn ich den nicht schicke, habe ich Angst, etwas könnte schieflaufen.«

Die andere Nachricht ist gerade eine Minute alt und stammt von Tom: `Stehe vorm Haus.`

Kurz frage ich mich, wieso er mir mitteilt, dass er vor seinem Haus steht, dann begreife ich. Sicherheitshalber linse ich aus meinem Fenster. Tatsächlich! Tom lehnt unten an seinem Roller und winkt mir zu.

»Ist da jemand?«, fragt Emma.

»Nee«, lüge ich prompt, »Wettercheck.«

Ich tippe: `was machst du in hamburg?`

`– dich abholen! kommst raus?`

`– will noch frühstücken …`

`– nicht nötig. hab franzbrötchen … bitte komm!!!`

Die drei Ausrufezeichen meines Cousins wirken anziehend energisch.

»Emma«, sage ich, »Planänderung. Ich muss sofort los zu meiner Tante. Tut mir leid! Kannst dir ja noch einen Kaffee machen …«

»Ohne dich, im Jumpsuit deiner Mutter?« Sie tippt sich an die Stirn, stopft ihre Sachen und die DVDs in ihren Turnbeutel, dann holt sie die Ryan-Gosling-DVD wieder raus.

»Zum Tausch gegen den Jumpsuit!«, sagt sie mit einem offenherzigen Lächeln und wendet sich zur Tür. »Ist mir eigentlich auch lieber, wenn ich Daniel selbst wecke. Ich weiß nicht, wie man so verpennt sein kann wie mein Bruder! In letzter Zeit bekommt man ihn nur noch mit dem Holzhammer wach.« Dann höre ich sie die Treppen hinunterpoltern, auf halber Höhe stoppt sie und poltert wieder zurück in mein Zimmer.

»Sag mal, ist alles in Ordnung?«

»Ja, alles okay. Meine Tante braucht nur etwas Trost. Flieg schon los!«

»Okay!« Sie wirft mir einen Luftkuss zu, »ich melde mich!« – und stürmt davon.

Ich stehe etwas unschlüssig im Schlafanzug herum. Dann schlinge ich mir ein Zopfgummi um die Haare, schlüpfe in frische

Jeans und einen Kapuzenpulli. Bei meinem letzten Ausflug nach Nienbrook war ich müde, heute wird es nicht anders sein. Über den Pullover ziehe ich einen dicken Rentier-Norweger. Wenn ich müde bin, friere ich sehr schnell. Während ich die Bündchen meines Kapuzis unter dem Norweger hervorpule, fällt mir das Weihnachtsgeschenk für Tom ein, das oben auf dem Schrank in einer Tüte verstaubt. Ich schiebe den Stuhl an den Schrank und hole die Tüte herunter.

Tom lehnt an seinem Roller auf der gegenüberliegenden Straßenseite, den Helm hat er neben sich auf dem Sitz geparkt, und hält mir eine Papiertüte mit Franzbrötchen entgegen.

»War das eben deine Freundin, die angeblich Parkour kann?«, fragt er, kaum dass ich einen Fuß auf die Straße gesetzt habe.

»Nein, das war Emma, und ja, sie ist keine Sportskanone, aber dafür ist Emme die beste Zuhörerin der Welt.«

Er runzelt nachdenklich die Stirn. »Sah nett aus. Kenne ich sie nicht von früher?«

»Hat sie dich gesehen?«

»Wäre das schlimm?«

»Nein, aber …« Dass ich sie gerade seinetwegen angelogen habe, kann ich ja schlecht zugeben. Warum hab ich überhaupt geschwindelt?

»Jetzt weiß ich's!«, ruft er plötzlich und schlenkert dabei die Franzbrötchentüte durch die Luft. »Emme, genau! Wir haben mal bei euch hinten im Garten gespielt.« Er blickt in die Richtung, in die sie verschwunden sein muss, dann wendet er sich zu mir: »Und wer bist du? Ein Engel mit goldenen Schuhen und Feenhaar?«

»Genau, ich bin das Christkind.« Ich lasse die Tüte mit dem Geschenk in meiner Hand wippen. »Frohe Weihnachten!«

Wir tauschen Tüten. Tom öffnet meine, und ein breites Grinsen schwappt ihm mitten ins Gesicht.

»Genial!«, ruft er und holt den metallicblauen Retro-Helm heraus, den ich entdeckt habe, als ich mit Kassy und Emma im Advent über die Flohschanze getrödelt bin.

»Späte 60er-Jahre, letztes Jahrhundert«, tue ich fachkundig.

»Der ist Hammer! Danke, Marie!« Er beugt sich vor und umarmt mich. Ich wünschte, ich hätte noch mehr Geschenke, für die er sich bedanken muss.

»Ich hatte für dich … aber weil ihr ja nicht kommen konntet … dann nimmst du den hier«, stammelt er, langt neben sich und setzt mir seinen alten Helm auf den Kopf. Der vertraute Tomgeruch haut mich fast um. Ich reiße mir den Helm herunter, ein kleines neonpinkes Ding segelt in hohem Bogen durch die Luft, meine Haare verheddern sich zu einem wirren Vorhang.

»Wieso kommst du mich abholen?«, frage ich und bücke mich nach dem Zopfgummi.

»Weil, erstens, ich mal den Roller auf einer längeren Strecke ausprobieren muss und, zweitens, ich nicht riskieren wollte, dass noch eine Absage von dir eintrudelt.«

»Und Conny?«

»Hat aufgegeben!« Er trommelt nervös auf den Retro-Helm in seiner Hand.

»Aber wir haben doch die Yogamöwe erfunden, den Flyer, die Texte für die Webseite! Was ist denn passiert?«

»Marie«, Tom setzt sich den Helm auf, »lass uns losdüsen.«

Ich binde mir den Zopf neu, schiebe mir die Franzbrötchentüte unter den Pulli, atme einmal kräftig ein, bevor ich mir seinen überstülpe, dann schwinge ich mich hinter ihn. Ich rutsche dicht an ihn heran, genau wie vor einer Woche in seiner Garage.

Die Strecke durch die Stadt ist grauenvoll. Auf dem Roller fühle ich mich ausgeliefert. Autos rauschen rücksichtslos an uns vorüber, und Tom weicht immer wieder nur um Haaresbreite aus. Keine Chance für meine Müdigkeit. Ich presse meine Arme fest an ihn und kneife die Augen zu, doch so spüre ich die Schlenker des Rollers nur umso deutlicher.

»Hör auf zu rasen!«, brülle ich.

Er antwortet, doch der Fahrtwind trägt seine Worte weg. Langsamer fährt er jedenfalls nicht.

Ich weiß, dass er sich Sorgen um Conny macht. Aber warum, verdammt, bleibt er dann nicht bei ihr, sondern fährt die ganzen weiß nicht wie viel Kilometer von Nienbrook nach Hamburg und wieder zurück? Damit ich zwei lächerliche Stunden eher dort bin? Ich spüre unter meinen Armen, wie sich Toms Bauch hebt und senkt. Ziemlich heftig hebt und senkt. Plötzlich will ich wissen, was mit Conny los ist, und es kann mir nicht mehr schnell genug gehen.

Auf der Landstraße beruhigt sich der Verkehr, dafür dringt nun die Kälte durch die Maschen meines Norwegers, und auch der feste Baumwollstoff meines Kapuzis wird anstandslos durchgeblasen.

Wir rattern über die Straße, und nach einer Weile kommt es mir so vor, als stünden wir auf der Stelle und irgendjemand würde im Sekundentakt Leitpfosten, Bäume und Hintergründe am Wegrand auswechseln. Dann beginnt es noch zu nieseln. Der Wind schubst Böen gegen den Roller. Tom steuert dagegen. Tauchen wir in den Windschatten von Hecken oder Häusern, atme ich erleichtert auf.

Endlich, nach über zwei Stunden, steige ich verfroren und mit wackligen Beinen vom Sozius.

»Schau mal. Meinst du, ob ich die jemals wieder benutzen kann?«, sage ich und halte Tom meine Klauenhände entgegen.

Wie üblich verstecke ich mich hinter einem Scherz, aber Tom lacht nicht. Er dreht sich abrupt zum Haus. Ich hole die Franzbrötchen unter dem Pulli hervor und folge ihm.

Als ich in die Küche komme, verstehe ich seine Ungeduld. Conny sitzt inmitten zerrupfter Flyer mit rot geheultem Gesicht am Tisch. Tränen fließen keine mehr, doch quer über ihrer Stirn, vom Haaransatz bis zur Nasenwurzel, pulsiert eine Ader, deren Anblick allein schon Kopfschmerzen bei mir verursacht. Ihr unordentlicher Haarknoten hat endgültig seinen Dienst quittiert. Conny sieht mindestens so zerrupft aus wie die Papierschnipsel auf dem Tisch. Sie hebt den Kopf.

»Was willst du denn hier?«, faucht sie mich an.

Verdattert bleibe ich stehen und wende mich hilfesuchend zu Tom. Da übertönt mein Magenknurren die Stille, was Tom in Bewegung bringt und auch Conny daran zu erinnern scheint, dass ich doch eigentlich ihre Lieblingsnichte bin.

»Entschuldige, Marie! Das war nicht nett. Schön, dass du da bist.« Aber sie erhebt sich nicht.

Tom stellt Teller, Butter, Brot und Marmelade auf die Yogamöwenfetzen, als wären die eine neue Form der Tischdekoration. Dann nimmt er mir die Papiertüte ab.

Verlegen rutsche ich auf die Küchenbank, der Abstand zwischen Conny, Tom und mir wie ein unsichtbares Dreieck. Wie ich die Stimmung aufheitern soll, will mir beim besten Willen nicht einfallen. Vorsichtig lege ich eine Hand flach auf den Tisch, dicht neben Connys aufgestützten Arm. Eine Berührung wage ich nicht.

»Ich kriege nie einen Fuß in die Tür. Alles, was ich anpacke, geht daneben!«, bricht es aus ihr heraus, und dann weint sie wieder.

»Mama.« Tom rutscht an sie heran und streichelt ihren Rücken. Dieses kindliche *Mama* aus seinem Mund berührt mich. Conny wohl auch, denn sie schluchzt wieder auf.

»Was ist denn passiert?«, frage ich vorsichtig.

Conny bringt ein verknotetes »Il…« hervor, dann schüttelt sie eine neue Welle aus Schluchzern und schnürt ihr die Worte ab.

»Das Kurhotel hat auch abgesagt. So wie es aussieht, haben die Nienbrooker Hotels keinen Bedarf an Yoga«, hilft Tom.

»Doch, haben sie«, schnieft Conny. »Nur nicht an mir. Ich bin wieder mal zu spät. Immer wenn ich etwas wirklich will, ist schon jemand vor mir da.« Sie holt kurz Luft. »Bin ich zu langsam oder einfach nur zu blöd?«

»Überhaupt nicht! Conny, wie kommst du denn auf die Idee?« Ich streichle jetzt ebenfalls ihren Rücken. So richtig begreife ich das Drama nicht. Außer Nienbrook mit den paar Hotels, die sich am Strand entlang aufreihen, gibt es doch noch mehr Orte in der Umgebung, wo Conny ihr Glück versuchen kann. Größere Orte mit mehr Tourismus.

Toms und meine Hand begegnen sich auf ihrem rauen Pullover, was ich freudig registriere, und augenblicklich weiß ich, wie unpassend das ist. Ratlos blicken wir uns über ihren Rücken hinweg an.

»Eigentlich wollte Mama ja in euer Ferienhaus. Das ist idyllisch gelegen, und sie wäre unabhängig von den Planungen der Hotels. Sie könnte Wochenendkurse abhalten mit gemeinsamem Kochen und dem ganzen Drumherum. Aber Ilsa will nicht. Im Voraus hat sie Versprechungen gemacht, doch dann im November kam plötzlich der Rückzieher.«

»Ich bin so eine Idiotin!«, schluchzt Conny dazwischen.

»Und nun sagt ein Hotel nach dem anderen ab«, fährt Tom leiser fort, vielleicht um Conny zu schonen.

Unbeholfen streichle ich ihren Rücken.

»Warum hältst du die Kurse nicht einfach hier ab? Du könntest Oma Brittas Zimmer frei räumen. Ich brauche es nicht mehr, und wenn ich zu Besuch komme …«, kann ich bei Tom schlafen, will ich sagen, aber das verkneife ich mir schnell.

»Hier? Zwischen unseren spießigen Nachbarn?« Tom redet wieder für Conny, die sich abrupt aufrichtet.

»Ich werde Ilsa verklagen.« Sie klingt richtig giftig. »Weißt du, dass sie mir in den Jahren, in denen du hier warst, keinen Cent angeboten hat? Nicht, dass ich es angenommen hätte, aber mehr als das Kindergeld hat sie nie rausgerückt. Obwohl Ralf brav Unterhalt an sie gezahlt hat. Wenn er damals nicht …« Sie unterbricht sich.

»Aber … das Ferienhaus gehört nun mal ihr«, sage ich matt.

»Du hältst zu Ilsa?«, fährt mich Tom an. Jede Weichheit in seinem Gesicht ist verschwunden.

»Nein, gar nicht. Aber eine Klage ist sinnlos. Mit ihrem Haus kann sie schließlich machen, was sie will. Sie ist nicht verpflichtet, es Conny zu überlassen.«

Wütend funkelt Tom mich an, und Conny rückt von mir ab, sodass mein Arm nun nutzlos in die Luft ragt und ich ihn schnell an mich ziehe.

Ich klinge tatsächlich, als wollte ich meine Mutter verteidigen, dabei versuche ich, Conny nur klarzumachen, wie unsinnig eine Klage wäre. Gegen eine gestandene Spitzenanwältin. Der Streit würde sich nur verschlimmern, und gewonnen hätte sie nichts. Doch so kommt das weder bei ihr noch bei Tom an.

Nach einer stummen Weile stehe ich auf. Keiner von beiden hält mich zurück, und so schleiche ich mich aus dem Haus.

Ich halte mein Gesicht in den Wind. Er kriecht mir über die Haut und zwingt mich in die Knie. Dicht kauere ich mich an die Garagenwand.

Was ist bloß in Conny gefahren? Ja, sie hat mich aufgenommen und sich liebevoll um mich gekümmert, aber ich verstehe nicht, wieso sie mir das aufs Brot schmiert, als wäre ich eine Monsterlast gewesen. Connys Nerven liegen blank, das muss es sein!

Sinnloser Ausflug, tobt es in mir, sinnlose halsbrecherische Fahrt hierher! Und sinnlos herzbrecherische Hoffnung auf … Aber ich verbiete mir, den Gedanken weiterzudenken.

Alle spinnen! Und ich vorneweg.

Wütend greife ich nach einer kleinen Unterlegscheibe vor meinen Füßen und schleudere sie auf den Weg.

»Grabt euch doch ein!«, flüstere ich zum Haus.

Ich trotte die Landstraße zum Bahnhof entlang, ab und zu trete ich mit meinen goldverschnörkelten Docs lasch gegen einen Stein oder einen Pappbecher, doch der Wind, mittlerweile fast ein Sturm, hilft nach und hebt, was leicht genug ist, über den Graben aufs Feld. Die entgegenkommenden Autofahrer schauen mich an, als wäre ich seit Jahren der erste Mensch, der hier zu Fuß unterwegs ist. Wahrscheinlich stimmt das sogar. Ein Audi stoppt, so ein Udotyp in Lederjacke lässt die Scheibe heruntergleiten und fragt, ob er mich wohin mitnehmen soll. Ich verneine zweimal, bevor ich ihn wieder los bin.

Etwas klebt zäh und unsichtbar auf dem Boden und bremst mich.

Soll ich zu Conny zurückgehen und ihr versichern, dass ich hundert Prozent zu ihr halte, dass es ein Missverständnis war? Und meiner Mutter in den Rücken fallen?

Plötzlich kommt es mir absurd vor, dass meine Mutter Conny nicht helfen will. Ilsa ist streng in ihrem Urteil, aber sie ist nicht unerbittlich. Je mehr ich darüber nachdenke, umso weniger finde ich, dass es nach meiner Mutter klingt. Klar, sie würde ihr Häuschen nur unter einer Riesenliste von Bedingungen hergeben, aber dass sie Conny Steine in den Weg schmeißt, nachdem sie sich jahrelang darüber beschwert hat, sie mache nichts aus ihrem Leben: unwahrscheinlich. Und Conny? Sie tut so, als hätte ich Mitschuld am Verhalten meiner Mutter. Nein, da steckt mehr dahinter.

Ich schlinge beide Arme um meinen Oberkörper und kämpfe mich weiter voran.

Zu meiner linken Seite liegen die noch kahlen Felder, und dahinter säumt eine Reihe Pappeln den Horizont, die sich jetzt unter dem Wind landeinwärts biegen. Ich weiß, dass sich darunter der Uferweg schlängelt, den mein Hirn nun in die Landschaft pflanzt, ohne ihn zu sehen. Und noch weiter, die Klippen hinab, rollt das Meer über den Sand. Doch auch das kann ich nicht wirklich hören, sondern nehme nur ein undeutliches Brummen wahr, das stetig lauter wird.

Ich brauche mich gar nicht umzudrehen, um zu wissen, dass Toms Roller da angeknattert kommt. Er drosselt die Geschwindigkeit und fährt im Schritttempo neben mir her.

»Steig auf, ich bring dich zum Bahnhof!«, ruft er gegen den Wind an. Er sieht verdammt cool aus auf diesem Ding. Erwachsen. Ja, doch, jetzt ist er wieder der Ältere von uns beiden.

Stur stiefle ich weiter, immer geradeaus.

»Meinetwegen.« Er wendet und fährt davon, der Wind dreht und trägt alle Geräusche fort. Den Motor kann ich nicht mehr hören. Oder nein, Tom hat gestoppt, das ist es! Und kehrt jetzt zurück.

»Marie«, das Schritttempo-Spiel beginnt von Neuem. »Ich fahr dich, steig auf!«

Ich werfe ihm meinen arrogantesten Blick zu, so mit hochgezogener Augenbraue. Der kann echt Angst einjagen. Der Lieblingsblick aller Fotografen.

Tom gibt Gas und düst davon.

Er wirkt wirklich verdammt erwachsen, mein Cousin. Aber so wie er sich heute verhalten hat … Kindergarten!

Meine Schritte werden für ein paar Minuten energischer.

Als ich mich nach einer weiteren Viertelstunde Kampf gegen den Wind um die Kurve zum Bahnhof stemme, blitzt der schwarz-rote Tank eines Motorrollers im Gegenlicht auf. Einsam parkt er auf dem Vorplatz.

So einen haben bestimmt viele. Wahrscheinlich cruist die halbe Küstenjugend auf diesem Modell herum. Ich halte trotzdem Ausschau nach Tom, aber der Platz ist wie leer gefegt. Auch der Bahnsteig ist leer. Kein Wunder bei dem Wind.

Am Automaten kaufe ich mir ein Ticket für die Regionalbahn. Jemand tritt hinter mich. Ich drehe mich um, doch es ist nicht Tom, sondern ein Typ ungefähr in meinem Alter. Eng stehende Augen, Pickel am Nasenflügel, stumpfbraunes Kurzhaar, Lonsdale-Rucksack. Ein zweiter, sein Kumpel, nehme ich an, tritt zu ihm, in jeder Hand eine Bockwurst auf der Pappe, wovon er eine seinem Freund reicht. Beide tragen HSV-Schals. Der Bockwursttyp hat hammermäßig blaue Augen.

»Bist nicht von hier, oder?«, stellt er scharfsinnig fest.

»Wir fahren zum Spiel«, erklärt der andere ungefragt und steckt im Akkord Münzen in den Automatenschlitz neben mir, dass man sich glatt fragen kann, ob nicht er der Automat ist. Oder der Automat ein Tierchen, das gefüttert werden muss. Ein Tickogotchi.

»Bisschen spät dran fürs Stadion«, sage ich.

»Wegen dir!« Der mit den blauen Augen patscht dem anderen auf den Hinterkopf, dass dem fast die Wurst von der Pappe rollt.

»Au, lass das!«

»Und? Hat es dir gefallen, an der Ostsee?«, fragt der Bockwurstholer.

»Ich bin keine Touristin«, rutscht es mir heraus, obwohl ich eigentlich nicht vorhatte, mich von diesen Jungs in ein Gespräch verwickeln zu lassen.

»Was biste dann? Arbeitest du hier?« Der mit dem Rucksack stößt den anderen begeistert in die Seite.

»Auch falsch!« Ich wende mich ab, doch Bockwurstboy tänzelt sich an meine Seite.

»Sag doch mal! Wenn du schon mal hier gewesen wärst, hättest du mir auffallen müssen. Bist echt 'ne Hübsche.«

»Jaha«, fällt Lonsdale in den Lobgesang mit ein. »Siehst aus wie ein Model, wirklich!«

»Tolle Schuhe.« Bockwurstboy nickt runter zu meinen Docs.

»Darf ich jetzt gehen?«

»Wir begleiten dich! Wir fahren doch auch nach Hamburg.« Und schon klemme ich zwischen den beiden Plaudertaschen.

»Ich bin Marco«, stellt sich Bockwurstboy vor. »Der da ist Socke, aber den kannste gleich wieder vergessen. Wichtig bin nur ich.« Dabei zuckt er vielversprechend mit den Augenbrauen. Abwechselnd. Ich muss lachen.

Der Bahnsteig ist immer noch menschenleer.

»He, ich drücke eurem HSV die Daumen, aber jetzt würde ich gern allein sein.«

Marco reißt Socke am Rucksack und bringt zwei Flaschen Bier daraus zum Vorschein.

»Quatsch! Wir wissen doch, was sich gehört. Die können wir im Zug zusammen naschen. Bist eingeladen!« Wieder die Augenbrauennummer.

»Okay«, gebe ich mich lachend geschlagen. »Aber beim Bier bin ich draußen. Das dürft ihr ganz ohne schlechtes Gewissen allein trinken.«

»Is ja nur«, Socke reibt sich verlegen am Hinterkopf, »weil, Flaschen darf man nicht mit ins Stadion nehmen. Ist sauteuer, das Stadionbier. Wir sind keine Säufer oder so.«

Marco nickt heftig: »Ey, wir sind nicht mal achtzehn.«

»Na dann, Prost! Ich heiße übrigens Marie.«

Da öffnet sich die Tür der Bahnhofshalle, und Tom schlendert gemächlich heraus, meinen Helm unterm Arm.

»Marco?«, ruft er, »suchst du wieder Ärger?«

»Was mischst du dich denn ein? Geht dich gar nichts an, wenn ich hier Freundschaft schließe.«

»Wir unterhalten uns doch bloß.« Ähm, jetzt weiß ich auch nicht so genau, zu wem ich das gerade gesagt habe. Marco oder Tom?

»Sie ist meine Cousine, du Rüssel, verzieh dich!«

»Moment«, protestiere ich. »Ich kann selbst entscheiden, ob ich mich unterhalten will. Du musst hier nicht meine Ehre verteidigen oder so was.«

Marco glotzt mich ungläubig an, dann huscht ein Schimmer der Erkenntnis über sein Gesicht.

»Ach, du bist die mit dem Haus an der Klippe.« Die Worte stolpern fast aus seinem Mund. Er rempelt Socke in die Seite und raunt: »Bonzen-Zander …«

»Das hab ich gehört!«, zische ich.

Tom steht jetzt direkt vor uns. Den Helm hält er von sich gestreckt, als würde er Spenden einsammeln.

»Also willst du dich mit den beiden hier unterhalten?« Der Helm schwenkt von Marco zu Socke.

»Spricht was dagegen?«

Tom holt den Helm ein.

»Wegen eben«, druckst er, und vor meinen Augen vollzieht sich eine Verwandlung. Die grimmigen Kanten in seinem Gesicht lösen sich auf, als würden sie wie Sand von ihm herunterrieseln. Er blickt mich an, offenherzig und weich. »Würde gern. Also mich entschuldigen.«

Socke packt Marco am Ellenbogen und zieht ihn mit sich fort. Der Einzige von uns, der etwas Feingefühl besitzt. Marco sträubt sich. Ich höre, wie er Socke erklärt, dass er schon immer mal in dieses Klippenhaus wollte.

Verlegen stehen wir uns auf dem zugigen Bahnsteig gegenüber. Der Wind treibt Zigarettenstummel in kleinen Kreisen vor sich her. Ich verfolge die wilde Jagd, bis sie ins Gleisbett abstürzen.

»Tut mir leid wegen vorhin. Wegen der Raserei mit dem Roller und in der Küche …«

»Ich verstehe nicht, wieso du mich überhaupt hierhergeholt hast«, unterbreche ich ihn. »Gefreut hat sich Conny jedenfalls nicht.«

»Doch.«

»Es war ziemlich gemein, was sie mir an den Kopf geknallt hat.«

»Sie ist wütend.«

»Ja, die Frage ist nur, auf wen. Anscheinend wirft sie mich mit meiner Mutter in einen Topf.«

Wir schweigen. Für eine Entschuldigung ist mir das zu mager.

»Ich finde es auch nicht richtig, wie Ilsa sich verhält«, gebe ich schließlich zu.

»Gut zu wissen.« Toms Augen sind dunkle Schlitze. Er könnte jetzt ruhig auch zugeben, dass Connys Verhalten nicht in Ordnung war.

»Okay, mein Zug kommt in zwanzig Minuten, brauchst nicht extra zu warten«, sage ich und versuche, meine Enttäuschung zu verbergen.

Wir schauen gleichzeitig zu Marco und Socke. Sie hocken auf einer Banklehne und kümmern sich um die Bockwürste und das Bier.

»Na gut«, meint Tom. »Danke, dass du hergekommen bist.« Den Helm in der rechten Hand schlägt er unablässig gegen seinen Oberschenkel.

»Geholfen hat es ja nicht.« Ich schaue auf die Bahnhofsuhr. Immer noch zwanzig Minuten.

Da greift Tom mit der Linken in seine Jackentasche, aus der er einen Tintenroller holt, den er – jede Wette – gerade erst im Bahnhofskiosk erstanden hat.

»Frohe Weihnachten!«

»Mein Lieblingstintenroller«, rufe ich übertrieben begeistert. »Wie hast du das nur erraten?«

»He, du glaubst doch nicht, dass das schon alles war?« Er

klemmt sich den Helm zwischen die Beine, öffnet den Reißverschluss seiner Jacke und holt ein großes graues Rechteck heraus, das er mir hinhält. Ein Skizzenbuch. Ein ziemlich edles, wie ich sofort erkenne. Eines, das es definitiv nicht am Kiosk zu kaufen gibt.

Etwas belämmert streiche ich über den derben Pappeinband. »Toll!«

»Das soll jetzt keine Entschuldigung sein für meine miese Tour heute, oder doch ... Wenn es Conny nicht gut geht, das macht mich fix und fertig.«

»Entschuldigung angenommen.«

Er lächelt mich erleichtert an. »Zwanzig Minuten hast du noch? Sollen wir so lange ein bisschen rumlaufen?«

Wieder werfen wir zeitgleich einen Blick zu Marco und Socke, was den Vorschlag besiegelt. Wir durchqueren die Bahnhofshalle, ich genieße die paar Sekunden Windstille, dann stehen wir auf dem Vorplatz. Toms Roller kippelt einsam auf seinem Ständer hin und her. Ich weiß nicht, in welche Richtung wir spazieren sollen, also bleibe ich stehen. Ich mit dem Skizzenbuch vor der Brust, Tom den Helm wieder unterm Arm.

»Wenn Mama so weint«, sagt er, »geht es mir durch und durch. Blöder Spruch, aber ich bin der Mann im Haus.« Er fasst nach einer meiner Haarsträhnen und pinselt mir damit über die Wange.

Ich kann nicht anders, ich muss lachen.

»Sorry«, beeile ich mich zu sagen. Tom soll nicht denken, ich würde ihn auslachen, wenn er mir etwas Ernstes erzählt.

»Es gibt überhaupt nur zwei Menschen, deren Kummer ich schlecht ertragen kann.« Die Dunkelheit in seinen Augen irritiert mich. Waren sie schon immer so?

Ich räuspere mich und sage leichthin: »Warte erst mal ab.«

»Worauf denn warten?«

»Ich wette, bald hast du eine Freundin, dann kümmert dich Conny weniger, und ich bin nur noch die liebenswerte Base im fernen Hamburg. Das ist bloß eine Frage der Zeit.«

»Die liebenswerte Base aus Hamburg«, wiederholt er versonnen meine Worte und legt mir die Strähne wie einen Schnurrbart über die Oberlippe. »Wird bald schon im noch ferneren Brisbane sein.«

Meine Beine fühlen sich plötzlich heiß an, und ich glaube, die Welt stellt sich auf den Kopf, der Inhalt des Mülleimers sprudelt in einer Fontäne in die Luft, die Gartenpforte am Haus gegenüber klatscht Beifall, und Toms Roller verbeugt sich vor uns in Zeitlupe.

Als er krachend aufschlägt, weiß ich, dass mit meiner Wahrnehmung doch alles so weit in Ordnung ist.

»Oh Scheiße!«, flucht Tom.

Wir sprinten über den Vorplatz. Tom richtet den Roller auf und untersucht den Schaden.

»Sieht doch gar nicht so schlimm aus«, stelle ich meine Stümperdiagnose.

»Spiegel ab, Kratzer … nee, schlimm ist es nicht, aber ärgerlich.«

Wir knien betroffen neben dem Roller, als wäre der ein verunglücktes Kind. Tom seufzt, und eine Locke fällt ihm ins Gesicht. Sie schaukelt wie eine kleine Luftschlange vor seinen Augen hin und her. Mir tut es leid um seinen Roller, um den verkackten Vormittag und um diese Locke, die Trost suchend vor seinem Gesicht baumelt. Und dann kann ich nicht anders: Ich strecke meine Hand aus und streiche sie ihm aus der Stirn.

Tom hält still. Dann hebt er vorsichtig seine Hand und legt sie mir an die Wange. Er sieht mich an.

Ich spüre die kalten Finger auf meiner Haut. Schnell schaue ich auf den zerkratzten Lack, denn ich weiß nicht mehr, wie das mit dem tiefgründigen Lächeln funktioniert oder mit dem geheimnisvollen Blick, mit all den Tricks, die ich normalerweise bei Jungs draufhabe. Tom ist dein Cousin, denke ich.

Kurz wage ich, ihm ins Gesicht zu schauen. Er fixiert eines der Rentiere auf dem Norweger. Einige Sekunden hocken wir so da. Seine Hand an meiner Wange. Dann beugt er sich vor, mein Herz beginnt zu rasen, und er küsst mich. Seine Lippen sind wundervoll weich und warm. Der vertraute Tomgeruch hüllt mich ein. Und es schmeckt ein bisschen nach Schokolade. Vorsichtig öffne ich meine Lippen.

In diesem Augenblick knallt es erneut, diesmal in meinem Hirn, das neuronale Leuchtraketen abfeuert, und ich fahre zurück, weil ich kapiere, dass ich soeben meinen Cousin geküsst habe. Hitze steigt auf und überzieht mein Gesicht mit Röte.

Ob sich Tom ebenso schämt wie ich, kann ich schwer beurteilen, denn er hockt noch neben dem Roller, während ich bereits auf die Bahnhofshalle zustürme. Trotzdem kann ich ihn ganz deutlich vor mir sehen: die braune Locke, die tanzenden Leberflecken auf der Schläfe, die weichen Lippen – vor allem die Lippen.

Der Sturm schiebt mich rückwärts, packt mich, und dann ist es plötzlich Toms Hand, die nach mir greift und mich davon abhält, fortzurennen.

Ich drehe mich um und stelle fest, dass in seinem Gesicht der gleiche Aufruhr herrscht wie vermutlich in meinem.

»Marie? Wenn du willst … also ich behalte es für mich. Okay?«

Ich sehe seine Lippen und wünschte mir, sie würden mich wieder küssen. Doch über meine Lippen kommt kein Kuss, sondern ein schwaches: »Ich auch.« Und dann füge ich hinzu: »Keine Sorge. Schon vergessen.«

Er begleitet mich bis ans Gleis. Mehrmals muss ich die Zeiger der Bahnhofsuhr lesen, bis ich begreife, dass der Zug immer noch fünf Minuten braucht. Fünf peinliche Minuten. Wir schweigen. Ich verkleinere den Kreis meiner Aufmerksamkeit auf ein Minimum. Lediglich Toms Schuhspitzen rutschen noch in mein Gesichtsfeld.

Würden Marco und Socke nicht auf der Bank sitzen und uns neugierige Blicke zuwerfen, ich würde Tom bitten, zu gehen.

Der Zug rollt ein. Noch nie in meinem gesamten Leben habe ich mich so nach einer Abreise aus Nienbrook gesehnt. Wir umarmen uns hastig, ungeschickt stoßen unsere Schultern aneinander. Marco kommentiert die holprig steife Verabschiedung mit Schmatzgeräuschen. Erschrocken frage ich mich, ob sie etwas beobachtet haben.

In einem Abteil feiert eine Gruppe älterer Frauen Picknick am Vierertisch, wofür sie hart gekochte Eier schälen, was man riechen kann. Ältere Frauen sind resolut. Sind bodenständig. Sind durch und durch die Realität. Ich bleibe im Abteil und versinke im Sitz hinter ihnen.

Dann bemerke ich das Skizzenbuch in meinen schwitzigen Händen. »Bittebittebitte«, murmle ich eine Beschwörungsformel, schlage es auf, und der Zauber hat gewirkt. Auf dem Innendeckel steht:

Liebe Marie! Frohe Weihnachten!
Vergiss nicht, deine Zeichnungen zu signieren

und mir eine davon zu schenken. Ich wette, eines Tages sind sie Millionen wert!
Für mich sind sie es jetzt schon.
Dicker Kuss von deinem größten Fan.
Tom

Ich hebe das Buch an und erstarre. Was mache ich da? Will ich die Widmung meines Cousins küssen? In aller Öffentlichkeit? Ich blicke mich um, ob die HSV-Jungs mich beobachten. Doch wie es scheint, sitzen die artig in einem anderen Abteil.

Nachdenklich ziehe ich die Kappe vom Tintenroller und beginne zu schreiben. *Tom* ist das erste Wort, das ich aufs Papier bringe, und es fühlt sich gefährlich an …

Als der Zug im Altonaer Bahnhof bremst, klappe ich das Skizzenbuch zu. Zu Hause trenne ich die eng beschriebene Seite heraus, hole mein Tagebuch aus dem Sesselversteck und klebe das lose Blatt hinein. Ich überfliege das Geschriebene, um zu prüfen, welche Stellen ich mit einem dicken schwarzen Balken unkenntlich machen muss. Im Grunde könnte ich die komplette Seite schwarz überpinseln. Ich lasse mich auf mein Bett sinken, unruhig und ratlos, weil ich nicht weiß, was ich mit mir und dem restlichen Tag anfangen soll.

Ich höre eine Sprachnachricht von Kassy an. Ich höre sie mir ein zweites Mal an. Ich schlage das Skizzenbuch auf und beginne, ein Porträt von Tom zu zeichnen.

Kapitel 6

Samstag, 11. April

»Das glaube ich nicht!«, ruft Emma.

Ich sehe nichts, und diesmal liegt es nicht daran, dass ich seit dem Kuss heute Mittag wie blind durch die Welt tappe. Nein, jemand hält mir die Augen zu. Für einen dummen Augenblick hoffe ich, dass es Tom ist. Aber eigentlich weiß ich, dass mir Kassy ihre Hände auf die Augen drückt. Auf sie warten wir schließlich seit einer geschlagenen Stunde. Emma ist stinksauer.

Wie Kassy es geschafft hat, unbemerkt auf das Spielerhäuschen zu klettern, ist mir schleierhaft. Wenn ich mich hochstemme, poltert es wie bei einer Sambatrommel. Na ja, sie ist die Kunoichi, und Chucks gewinnen gegen Docs.

»Deswegen kommst du zu spät?« Emmas Stimme kiekst vor Empörung.

Ich löse Kassys Hände und drehe mich um, weil ich sehen möchte, warum Emma so übertrieben hochfährt.

Kassy kniet hinter mir, den Kopf vorgereckt, und ihre Haarspitzen leuchten kobaltblau – genau wie bei der Schauspielerin im Film gestern Nacht. War das wirklich erst gestern?

Der Anblick holt mich aus der Taubheit, die seit dem Kuss am Bahnhof von mir Besitz ergriffen hat.

»Krass!« Ich berühre vorsichtig die Haarspitzen, als wären sie gefroren. »Tolles Blau.«

Das finde ich wirklich, es steht ihr.

Sie schüttelt ihren Bob hin und her.

»Wär das nicht auch was für dich, McEm?«, fragt Kassy.

»Nein! Und du hast mir nicht geantwortet, ob du uns wegen deiner Haare hast warten lassen«, sagt Emma und verschränkt die Arme.

»Habt ihr gewartet?« Kassy rutscht neben mich. Natürlich verteidigt sie sich nicht. An ihr prallt so ein Vorwurf locker ab. Insgeheim frage ich mich, ob es nicht etwas von einer Kostümierung hat, sich die Haare nach dem Vorbild einer Filmfigur zu färben? Manchmal erscheint mir ihre derbe Lederjacke mit dem Bad-Bitch-Logo, die ihr ein paar Nummern zu groß ist, wie ein Panzer.

Emma hält ihr wütend das Handydisplay mit der Uhranzeige vor die Nase. »Spinnst du jetzt? Wir waren vor einer Stunde verabredet.«

»Zu was?«

»Hä?«

»Na, wozu? Was hab ich verpasst? Wir chillen doch nur rum. Da macht es keinen Unterschied, ob ich um fünf komme oder um sechs.«

»Klar macht das einen Unterschied! Im Gegensatz zu dir muss ich nämlich zu einer bestimmten Uhrzeit zu Hause sein. Und außerdem ist es unhöflich und arrogant, andere warten zu lassen.«

»Dein Problem.«

»Nein, deins! Ehrlich gesagt, weiß ich nicht, ob es Sinn macht, mit dir einen Flug nach Australien zu buchen, wenn du nicht mal die Uhr lesen kannst.«

»Das ist doch was völlig anderes! Zu einem Flug nicht pünktlich zu kommen wär saudumm.«

»Und uns warten zu lassen ist schlau? Du sagst nicht mal Bescheid, wenn du zu spät kommst. Man kann sich null auf dich verlassen. Oder ist es dir einfach egal, dass du uns hängen lässt?«

Meine Gedanken fliehen zum Bahnhofsvorplatz. Ich sehe Toms Lippen sich meinen nähern, immer wieder und wieder, aber bevor es zum Kuss kommt, reißt der Film.

»Wow, das ist mies! Das stimmt nicht«, protestiert Kassy.

Die Sätze fliegen über meinem Kopf hin und her, doch ich kann Kassy und Emma kaum noch hören. Mein Blick schweift über das Sportfeld mit dem hellgrünen Kunstrasen. Der Sturm von heute Mittag scheint nie gewesen. Noch zwei Stunden, dann geht die Sonne unter, doch genau jetzt überzieht ein sanftes Licht den Platz, wie an einem milden Sommerabend, dabei hat der Frühling gerade erst seine Fühler ausgestreckt. Das Licht schmiegt sich auf den braunen Scheitel von Emma. Ihr Mund, ihre Stirn, ihre Hände – alles ist in Aufruhr. Auch Kassys Körper zuckt und zappelt. Die Worte, die sich die zwei an den Kopf schmeißen, dringen nur als unverständlicher Lärm zu mir durch. Ich denke an die rot geweinten Augen von Conny, an Toms Lippen, an unseren Kuss.

»Hört auf!«, flüstere ich und springe vom Häuschen. Ich klettere unter dem Geländer hindurch auf das Spielfeld.

»Marie!«, rufen sie mir fast gleichzeitig hinterher.

Ich drehe mich um und laufe rückwärts. Als Kind habe ich mir vorgestellt, dass man auf diese Art in der Zeit reisen kann, je schneller man rückwärts läuft, desto weiter katapultiert es einen in die Vergangenheit. Neun Uhr morgens würde mir für heute schon reichen.

Emma und Kassy hüpfen nun ebenfalls vom Spielerhäuschen, Kassy diesmal ohne Kunststück, und laufen mir hinterher. Ich gerate aus dem Tritt, mein rechter Fuß knickt um, und ich falle. Den Aufprall spüre ich bis in meine Rippen. Der Kunstrasen trieft vor Nässe, obwohl er so harmlos hellgrün leuchtet. Sofort saugt sich mein Hosenboden voll mit Regenwasser. Ich bleibe einfach sitzen.

»Alles okay?« Emma beugt sich fürsorglich zu mir herunter. Dann schnellt sie herum und faucht Kassy an: »Das ist deine Schuld!«

»Wieso denn das?«

»Weil du zu spät gekommen bist!«

Der Streit brandet von Neuem auf, wie ich erstaunt feststelle. Aber diesmal fackelt Kassy nicht lange, sondern stößt Emma derb gegen die Brust, sodass sie strauchelt und neben mir auf dem nassen Boden landet.

»Ihr mit eurer Kuschelfreundschaft. Wie Bibi und Tina! Immer schön brav um sieben zu Hause sein! Immer machen, was die Eltern sagen. Ohne mich würdet ihr vor Langeweile eingehen. Warum könnt ich euch nicht einfach mal entspannen?«

»Dann geh doch!«, schnauzt Emma.

»Kassy hat recht. Ohne sie *ist* es langweilig.« Ich weiß nicht, was mich reitet, etwas Gemeineres habe ich noch nie zu Emma gesagt. Ihre Gesichtszüge verzerren sich, was sie nicht hässlich aussehen lässt, eher beängstigend, wie ich verwundert feststelle. Dann ist der zornige Schatten verflogen. Ihr Blick huscht unruhig umher.

Ich stehe auf, reiche ihr nicht die Hand.

Emma rappelt sich hoch, und nun bilden wir drei einen unsichtbaren Kreis, den keine von uns zu kreuzen wagt. Ich zumindest nicht. Etwas verschiebt sich. Das Meeresbranden in meinem Kopf taucht plötzlich wieder auf. Wir, obwohl unbewegt an Ort und Stelle, weichen voreinander zurück. Plötzlich befällt mich die Angst, dass wir uns hier nie wieder wohlfühlen werden, wenn wir uns jetzt nicht versöhnen. Dass wir einander verlieren werden.

»Und dass der Ort dann tot ist«, murmle ich.

»Was?«, fragt Kassy hastig.

»In Nienbrook kam mir plötzlich diese Idee.« Ich bringe nur ein Flüstern zustande, denn das Rauschen in meinem Kopf wird so stark, dass ich noch mehr Lärm nicht ertrage. »Weiß nicht, ob du überhaupt Lust hast, mit Bibi und Tina zu feiern, aber wir haben dieses Ferienhaus. Direkt am Strand. Wir könnten eine Sommerparty steigen lassen.«

Natürlich überrumpelt mein Vorschlag die beiden. Keine jubelt oder ruft, was für eine Mordsidee das sei.

»Oder nur wir drei?«, werfe ich den Köder noch einmal aus. »Ein Abschiedswochenende, bevor ich nach Australien verdufte?«

Australien ist das Reizwort, das beide wieder ins Freundschaftsboot holt. Das Rauschen verebbt. Das Niemandsland zwischen uns versickert, und obwohl unbewegt an Ort und Stelle, kommen wir uns einen Schritt näher.

»Eine Abschiedsparty am Meer …« Kassy spielt nachdenklich mit ihrem Reißverschluss.

»Warte, ich habe ein paar Fotos vom Häuschen.« Ich fische mein Handy aus der Jackentasche, prüfe verstohlen, ob ich eine Nachricht erhalten habe oder einen Anruf, dann öffne ich die Fotodateien und wische mich zum Ferienhaus durch.

Emma und Kassy hängen ihre Köpfe über mein Display, das von braunen und blauschwarzen Haaren abgeschirmt meinem Blick entzogen ist.

Wenn ich jetzt eine Nachricht erhalte, denke ich in einem Anflug von Panik.

Kassy erlöst mich, sie richtet sich auf. Ihre blauschwarzen Strähnen nicken. »Musik besorge ich.«

»Also eine richtige Party? Kein Kuschelwochenende?«, frage ich.

»Hab nicht ernst gemeint, was ich eben gesagt habe«, knurrt Kassy verlegen.

Ich stecke mein Handy wieder ein und stupse Emma an. »Ich hab es auch nicht so gemeint, Emme. Entschuldigung. Mit dir ist es nicht langweilig. Heute war einfach ein Scheißtag!«

»Genau!«, mischt Kassy sich ein. »Wir halten für immer zusammen, remember?« Sie erinnert sich also doch noch an unseren Schwur bei mir hinterm Haus.

Emma öffnet den Mund, und ich ahne, dass sie nicht restlos überzeugt ist, also drücke ich schnell ihre Hand. »Abgemacht! Wir werden eine Party in Nienbrook feiern.«

Wir schlendern zurück zum Spielerhäuschen, nur hinaufklettern mag keine mehr.

»Ich hab jetzt noch 'ne halbe Stunde«, sagt Emma leise.

Kassy wippt auf ihren Füßen auf und ab, dann steigt sie auf das Geländer. Die Arme ausgebreitet, balanciert sie ein paar Schritte vorwärts.

»Alles okay?«, fragt mich Emma.

Sie nickt mit dem Kinn Richtung Handy. Ihr entgeht wirklich kaum etwas. Ertappt lasse ich es in die Jackentasche gleiten.

»Was war denn los in Nienbrook?«, bohrt sie weiter.

»Meine Tante …«, beginne ich mit der Wahrheit, doch noch beim Reden verwandelt sie sich in eine Lüge, »… hat vermutlich Depressionen.«

»Tut mir leid für deine Tante«, sagt Emma. »Bringt ihr mich noch bis zur Bahn? Ich muss los.«

»Eh-ren-sa-che!«, ruft Kassy und betont jede Silbe durch einen Hops gegen das Eisengeländer.

Wir winken Emma zum Abschied, bis sie in der Unterführung verschwindet.

»Such dir schon mal was Hübsches zu Anziehen raus für unsere Paaaaartiiiiiie!«, ruft ihr Kassy hinterher, dann schnappt sie sich meine Hand und zieht mich auf die andere Seite des Bahnsteigs. Eigentlich hatten wir für den Nachmittag schon etwas vor. Wir waren verabredet, um im Schanzenviertel shoppen zu gehen. Doch als wir dort aus der S-Bahn steigen, zieht sie mich in die entgegengesetzte Richtung.

»Goldmarie, du musst mir helfen!«, sagt sie. »Ein paar Straßen weiter suchen sie eine Aushilfe. In diesem kleinen Café mit den bunten Sesseln. *Pony Bar*.«

»Ja, kenn ich. Was willst du da?«

»Na kellnern, was sonst.«

»Aber wann willst du das machen?«, frage ich verwundert.

»Nach dem Unterricht. An den Wochenenden. Abends.«

Sie zupft an meiner Jacke.

»Komm schon, Marie! Ich brauch Geld für den Flug nach Australien. Du musst den Cafébesitzer davon überzeugen, dass ich vertrauenswürdig bin.«

Mir fallen die gestohlenen Kajalstifte ein, ihre Unpünktlichkeit in der letzten Zeit.

»Und wie mache ich das?«

»Du brauchst einfach nur da zu sein und zu lächeln.«

»Hey, ich bin nicht das Glückskind mit dem goldenen Löffel im Mund.«

Jedes Mal, wenn sich das Thema durch die Hintertür einschleicht, versetzt es mir einen Stich, denn dann lässt Kassy keinen Zweifel daran, dass sie und ich in zwei unterschiedlichen Biotopen aufgewachsen sind.

Wir schlendern nebeneinander her, als wären wir ebenbürtig, doch in Wahrheit fühle ich mich klein, weil ich mich dafür schäme, dass wir Geld haben.

Der Cafébesitzer ist nicht da. Der Typ hinter der Bar, ein Student mit Vollbart und Hosenträgern zum Einknöpfen, schiebt Kassy einen leeren Zettel hin, auf dem sie ihre Telefonnummer hinterlassen soll. Außerdem muss sie notieren, an welchen Wochentagen sie wie lange arbeiten kann. Kassy schreibt richtig merkwürdige Zeiten auf. Montags dreizehn Uhr zum Beispiel haben wir zusammen Kunst. Während Kassy schreibt, zwinkert mir der Barkeeper zu und fragt, ob ich mich nicht ebenfalls auf den Kellnerjob bewerben will. Ich lächle und schüttle den Kopf.

»Orangina?«, fragt er und stellt mir eine kleine bauchige Flasche mit rotem Inhalt und blauem Strohhalm hin. Kassy erhält ebenfalls eine Limonade, dann verschwindet sie auf die Toilette. Im Spiegel über der Bar erkenne ich, wie sie ihr Handy zückt. Ich lege meins vor mir auf den Tresen, drücke zum milliardsten Mal an diesem Nachmittag die Home-Taste, nichts.

Seufzend ziehe ich den Strohhalm aus dem Flaschenhals. Ein Tropfen fällt auf die braun glänzende Oberfläche, den ich mit dem Strohhalm in Herzform zwinge. Danach tropfe ich drei, vier weitere Brausepünktchen auf die Platte.

»Hey, Blondie! Du willst wohl doch hier arbeiten?« In der Hand des Barkeepers blitzt ein Schwämmchen.

»Sorry«, sage ich und wische mit einer Serviette meine Brausekleckse auf.

»Vielleicht brauchst du etwas Härteres als Limonade?« Er lächelt. Über seinem Bart leuchten zwei Bernsteinaugen. Sein Arm, sehnig und tätowiert, dehnt sich unter dem aufgekrempelten Hemd, als er hinter sich auf das Holzregal langt und nach der Baileysflasche greift.

»Ist das was für dich?« Er schwenkt die Flasche. Wenn ich jetzt zurücklächle und *Ja* hauche, hätte ich ein Date, da bin ich mir hundertprozentig sicher. Vielleicht sollte ich es riskieren? Ohne Bart sieht er bestimmt noch besser aus, denke ich. Im Spiegel über ihm taucht Kassy auf.

»Ich glaube, du darfst das nicht an mich ausschenken«, sage ich und springe vom Barhocker, denn plötzlich will ich nur noch allein sein.

»Bis morgen«, rufe ich Kassy zu.

Sie schaut mich verblüfft an.

»Bis morgen!«, ruft Kassy mir nach, und der Barkeeper fügt hinzu: »Hey, komm jederzeit wieder!«

17.04.2015

Manchmal bilde ich mir ein, Toms Roller zu sehen. Wenn ich dann näher komme, stimmen die Details nicht. Dann zieren doofe Aufkleber den Tank, was er niemals zulassen würde, oder das Rot ist doch ein Orange oder der Roller ein ganz anderes Fabrikat. Trotzdem bleibt mir jedes Mal das Herz stehen, wenn ich

so einen Doppelgänger am Straßenrand parken sehe. Seit Neuestem hat offenbar auch in Hamburg jeder einen schwarz-roten Motorroller. Oder: Sämtliche schwarz-roten Motorroller aus Hamburg ballen sich in unserem Kiez. Oder: Ich bilde mir das nur ein, weil ich mir wünsche, dass Tom in Hamburg auftaucht. Jetzt ist bereits Mitte April, fast zwei Wochen habe ich ihn nicht gesehen. Seit unserem Kuss. Aber, und das finde ich wesentlich schlimmer, wir haben uns seitdem auch nicht gesprochen. Ich starre ständig aufs Handy. X-tausend Whatsapp-Nachrichten hab ich angefangen und wieder gelöscht.
Wie es Conny wohl geht? Ob sie endlich ein Hotel gefunden hat für ihre Yogakurse?
Meine Mutter weiß bestimmt nichts. Ich frage sie nicht direkt, aber wenn die beiden wieder miteinander reden würden, hätte ich es mitbekommen.
Wegen der Party hab ich auch noch nicht gefragt. Ich Schisser!
Und blöd bin ich außerdem, denn ich könnte Tom einladen. Das wäre auf jeden Fall ein guter Vorwand, um mich bei ihm zu melden.
Manchmal denke ich: Er hat mich geküsst, nicht ich ihn. Soll **ER** sich doch melden!
War das überhaupt ein richtiger Kuss? Vielleicht bloß ein ganz normaler Abschiedskuss? Abschiedskuss heißt Mund auf Wange, nicht

Mund auf Mund, oder? Ob er bei diesem Sekundenbruchteile andauernden Mund-auf-Mund-Ding ebenso den Boden unter den Füßen verloren hat? Warum meldet er sich nicht? Emma wundert sich schon gar nicht mehr über meinen neuen Tick, wie sie es nennt. Ich habe ihr weisgemacht, ich warte auf die Zusage einer Designerin, die mich für die Berliner Fashionweek buchen will. Dabei habe ich die längst in der Tasche. Vor zwei Wochen noch hätte mich dieser Job in Aufregung versetzt - endlich kann ich mal auf den Laufsteg und noch dazu in Berlin! Nun ist das bloß ein billiges Alibi.
Wenn das Telefon doch mal vibriert, schrecke ich regelmäßig zusammen. Manchmal ist es tatsächlich Marion, meistens Kassy oder Emma, die sich immer häufiger anzicken. Eigentlich kapiere ich nie, worum es bei ihren Streitereien geht, und höre nicht hin. Bis Emma will, dass ich Partei ergreife oder schlichte oder was weiß ich.
Zu allem Überfluss streicht Udo ständig um mich herum, wie ein hungriges Tier, das Schwäche wittert. Das lässt mich keine Sekunde vergessen, dass ich mein Zimmer abschließen muss, jederzeit, auch wenn ich ausgehe.

Kapitel 7

Montag, 20. April

Ich stehe vor meinem Wandgemälde auf dem Stuhl, weil es kaum noch weiße Flecken gibt, die ich vom Boden aus erreichen kann. Beim Zeichnen grübelt es sich hervorragend. Ich stehe also auf dem Stuhl und recke mich, denn ich bin zu faul, die Leiter aus dem Keller hochzuholen, und außerdem möchte ich vermeiden, dass Udo mir seine Hilfe anbietet, da vibriert das Handy in meiner Jeans. Ich stolpere rückwärts vom Stuhl, dabei knalle ich gegen meinen Schrank. Mein Rücken schmerzt, und viel zu wenig Atem strömt in meine Lungen, doch mir ist nichts passiert. Das Telefon vibriert weiter. Ich greife in die Hosentasche. Verdammt, ist diese Jeans eng.

Als ich es endlich herausgefummelt habe, lese ich auf dem Display den Namen, auf den ich seit zwei Wochen warte. Ich habe mir nichts mehr gewünscht als diesen Anruf, aber jetzt habe ich vergessen, wie man spricht. Ich starre auf das Handy. Wie eine Hummel, die verzweifelt versucht, loszufliegen. Allmählich wird das Kribbeln unangenehm. Ich räuspere mich, dann drücke ich das grüne Hörersymbol.

»Hallo?«, frage ich, als wüsste ich nicht, wer am anderen Ende ist.

»Ich bin's«, sagt Tom.

Es kribbelt schon wieder. Nur diesmal in meinem Nacken. Etwas perlt wie Wasser meinen Rücken hinab. Nur diese kleinen Dinger aus Kunststoff, Glas und Mikrochips trennen mein Ohr von seinen Lippen. Und über 80 Kilometer, doch darauf nimmt das Kribbeln keine Rücksicht.

Jetzt lässt sich der Film in meinem Kopf nicht mehr aufhalten. Er spult weiter bis zum Kuss, ich weiß noch genau, wie er sich angefühlt hat: weich.

Ich muss mich räuspern und halte vorsichtshalber die Löcher zu, von denen ich annehme, dass dort die Mikros eingebaut sind.

»Wie geht's?«, fragt er. Trommelwirbel in meiner Brust. Ich höre seine Stimme bis in meinen Bauch hinein.

»Wie geht es Conny?«, frage ich zurück.

»Mies. Sie ärgert sich, weil sie alle Flyer zerrissen hat. Und noch mehr darüber, wie sie dich behandelt hat. Hat sie nicht angerufen?«

Ich schüttle unsinnigerweise meinen Kopf. Tom schweigt.

»Ich wollte dich auch anrufen«, gestehe ich.

»Oh«, sagt er. »Kommst du uns mal wieder besuchen? Trotzdem?«

Welches *trotzdem* meint Tom? Die Szene in der Küche oder den Kuss?

»Ich könnte dich mit dem Roller abholen.«

»Öh, nicht nötig!«, sage ich hastig.

»Heißt das, du kommst? Mit dem Zug?«

»Äh, ja …«

»Diesen Freitag?« Tom macht es mir leicht.

»Gut, Freitag!«

Das sind noch vier Tage, flüstert eine ungeduldige Stimme in mir. Laut sage ich: »Immer nur freitags! Ist ja klar, Donnerstag ist Schule und Mittwoch auch und Dienstag …«

»Marie«, unterbricht er mich.

»Ja?«

»Ich tagge jetzt. Also ich mache Graffiti.«

»Ich weiß, was das ist.«

»Jedenfalls: Mein tag ist *mare*.«

»Mare?« Warum erzählt er mir das? »Klingt toll, mare. Wie Meer eben.«

»Genau, das steckt *auch* drin.« Er betont das auch. »Also, bis Freitag. Schreib mir, welchen Zug du nimmst, dann hol ich dich vom Bahnhof ab!«

Wir legen auf, und ich robbe zum Sessel.

Wir haben nicht über den Kuss geredet. Er hat ihn mit keinem Sterbenswörtchen erwähnt. Wir haben miteinander geredet, wie … »Wie Cousin und Cousine«, entfährt es mir laut.

War alles nur Spinnerei? Hab ich mich in eine Tomverliebtheit hineingesteigert? Mist!

Entschlossen stehe ich auf und öffne das Fenster sperrangelweit … Und dann strahle ich, sicher leuchtender als jede Sonne, denn genau gegenüber steht es in tiefem Blau an der Mauer: *mare*. Und jetzt, wo es so fett blau an der Wand steht, erkenne ich, was noch darin steckt. Ganz eindeutig erkenne ich das fehlende »i«.

Wann war Tom hier? Wann hat er das dahin gesprüht? Das muss mehr als nur ein paar Minuten gedauert haben. Bin ich die letzten Tage blind daran vorbeigeschlurft? Mein Herz schlägt bis zum Hals. *mare.* Marie ohne i. Von Tom, für mich. Keine Spinnerei!

Ich flüstere: »Tom«, und küsse mein Handy. Bis Freitag!

Donnerstag, 23. April

Noch 25 Stunden und 17 Minuten.

Kassy rollt mampfend ihre Hosenbeine auf und reckt die bleichen Schienbeine in die Sonne. Wir liegen auf einer Decke im Garten hinterm Haus, neben uns im Gras lagern außer meinem Telefon Kassys Ukulele und ein Teller mit Radieschen. Bei Emma zu Hause tagt der Krisenrat, deshalb kann sie den sonnigen Nachmittag nicht mit uns genießen. Es ist der erste wärmere Tag in diesem Jahr.

»Weißt du, wieso Emma wegmusste?«, frage ich.

Bestimmt hat sie mir erzählt, was los ist, aber es fällt mir beim besten Willen nicht mehr ein.

Kassy zuckt vage mit den Schultern. »Krisenrat?«

»Ja, aber warum? Gibt es Ärger mit Daniel?«

»Wieso?«, schmatzt Kassy. »Seitdem er trainiert, ist er doch happy.«

»Ich weiß nicht«, sage ich zögerlich.

Daniel hat abgenommen, das stimmt, doch zufriedener wirkte er die letzten Wochen nicht. Emma muss ihn immer wieder decken. Sie weckt ihn, damit er nicht verschläft. Vielleicht ist ja auch was in der Schule? Seine Noten sind ziemlich abgesackt.

»Das ist der Vorteil, wenn man zur Liga der Einzelkinder gehört.« Kassy lässt noch ein Radieschen in ihren Mund hüpfen. »Family. Je weniger man davon hat, desto besser.«

Ich nicke und muss an meine zusammengewürfelte Familie

denken und an Conny. Eine Sache habe ich wohl die ganze Zeit missverstanden: Sie hat nicht bloß den Kontakt zu meiner Mutter abgebrochen, sondern auch zu mir. Erst habe ich es auf ihren Stress geschoben, wegen des Yogastudios, dann auf den Streit wegen des Ferienhauses. Aber Fakt ist, sie meldet sich nicht bei mir. Und das nicht erst seit dem verkorksten Wochenende.

Nachdenklich rolle ich ein Radieschen zwischen meinen Fingern hin und her.

»Ich dachte, du träumst von einem Landhaus und fünfzehn Kindern.«

»Never! Ich träume von einem unabhängigen Leben als gefeierte Sängerin.« Sie nimmt ihre Ukulele und schrammelt ein paar Akkorde. Dazu singt sie: »Du bist scharf wie Radieschen, mit dir hat man Spaß, doch hinter den Ohren sieht's grün aus wie Gras.« Dann stoppt sie und grinst: »Darling, das war nur für dich!«

»Ey!«, ruf ich. »Schau mal hinter deine Ohren! Total blau alles, du Avatar.«

Noch 25 Stunden und 9 Minuten.

Kassy greift in ihren Rucksack und wühlt eine Tube Creme heraus. Daraus quetscht sie sich einen weißlichen Strang auf ihr entblößtes Schienbein.

»Sonnencreme?«, frag ich.

»So Muskelsalbe. Hat mir meine Mutter aus dem Krankenhaus mitgebracht. Die nehm ich, wenn mir vom Sport die Beine wehtun.« Dann beugt sie sich näher zu mir und grinst.

»Willst du mal was Komisches hören? Neulich hab ich mir aus Versehen meinen Tampon mit Salbenresten am Finger eingeführt. Autsch! Das Zeug brennt wie Hölle.«

Ich grinse eher pflichtschuldig, denn das Thema ist mir unangenehm. Kassy wühlt wieder im Rucksack.

»Apropos Tampon, hast du mal einen?«

»Ähm, ich verwende keine«, gestehe ich.

Keine Tampons zu benutzen ist gleichbedeutend mit Jungfräulichkeit, was mit sechzehn wiederum so viel heißt wie Alien, zumindest in meiner Schule. Deswegen hänge ich es nicht an die große Glocke. Da ich flirte und ab und an mit jemandem knutsche, denken die meisten wahrscheinlich, dass ich schon mal mit einem Jungen geschlafen habe. Aber die Wahrheit ist: Ich wollte bisher keinen festen Freund.

Kassy benutzt wahrscheinlich schon immer diese Minigröße, ob Jungfrau oder nicht.

Ich schaue auf die Zeitanzeige auf meinem Display.

Noch 25 Stunden und 6 Minuten.

»Ich schau mal nach, ob ich bei meiner Mutter einen finde«, sage ich und stehe auf.

Mein Handy schiebt sich mit leisem Brummen über die Decke. Marion. Ich bücke mich und nehme das Gespräch an.

»Hey, Süße! Die Designerin hat das Fitting für die Fashionweek vorverlegt. Macht ja auch Sinn. Ich habe schon ein paar der neuen Sachen gesehen, die sind irre! Also, Süße. Der Termin ist morgen halb vier im Studio von Reena.«

»Morgen?«, entfährt es mir. »Die Fashionweek ist doch erst im Juli! Wieso denn schon morgen?«

»Reena will das so, die steckt mit dem Kopf bereits in der nächsten Kollektion. Ich schick dir den Kontakt per Mail. Sei pünktlich!« Marion legt auf.

Scheiße! Um halb vier geht mein Zug nach Nienbrook. Selbst wenn das Fitting nicht länger als eine Stunde dauert, schaffe ich den Fünfuhrzug niemals. Den um sechs schaffe ich. Muss ich, denn das ist der letzte am Tag.

»War das deine Agentur?«

Ich nicke.

»Ich habe übrigens auch einen Job. Das Café neulich … Andi, der Besitzer, hat sich gestern gemeldet und will mich nun doch, weil das Mädchen, das er eigentlich eingestellt hat, abgesagt hat. Kein Wunder, für das bisschen Geld. Aber wenn ich alles spare, muss ich bloß ungefähr zweihundertfünfzig Stunden hinterm Tresen stehen. Also circa zweitausendmal Milchaufschäumen. Oh Gott, ich hasse Milchaufschäumen! Aber für dich, Schatz, für Australien, bin ich bereit, bis an meine Grenzen zu gehen.« Sie lässt sich rücklings ins Gras fallen. »Und? Was wollte deine Agentin? Musst du wieder zu einem Casting, wo man nicht pinkeln darf?«

»Ich soll morgen zu dieser Designerin, für die ich bei der Fashionweek laufe. Eigentlich wollte ich zu meiner Tante fahren.«

Ich stehe immer noch wie begossen da.

»Die Tante mit den Depressionen?«

Die Lüge hatte ich komplett vergessen.

»Ja, Tante Conny.« Ich senke meine Augen, weil ich mich für die Lüge schäme, aber Kassy muss das in den falschen Hals bekommen haben.

»Vergiss, was ich vorhin über Family gesagt habe. Das war nur Geschwafel, du kennst mich doch. Ich geh für dich hin, und du fährst mal schön zu deiner Tante.«

»Wie denn, Scherzkeks?«

»Nein, ernsthaft. Kleider anprobieren kann ich auch.«

»Kassy, wir haben völlig unterschiedliche Figuren. Der Fummel wird auf meinen Körper angeschneidert.«

»Stopf ich mich halt obenrum ein bisschen aus.« Kassy klopft sich auf die Brust.

Skeptisch wandern unsere Blicke an unseren Körpern entlang. Wir grinsen.

»Abschneiden kommt aber nicht infrage.« Sie klopft sich auf ihren Hintern.

»Totaler Schwachsinn!« Ich schüttle den Kopf. »Absolut hirnrissig. Ich fahr übermorgen oder nächstes Wochenende.« Enttäuscht unterbreche ich meinen inneren Countdown. »Aber danke, Kassy, dass du mir helfen willst.«

»Kein Ding! Kannst du jetzt nach dem Tampon gucken?«

Im Bad krame ich zwischen den Sachen meiner Mutter, aber dort finde ich nichts. Vielleicht in ihrem Nachttisch?

Vorsichtig öffne ich die Schlafzimmertür. Manchmal hält Udo einen Powernap am Nachmittag. Doch die Luft ist rein, und ich schleiche zur Bettseite meiner Mutter. Hastig ziehe ich das Schubfach auf. Obenauf liegt ein zusammengefaltetes Blatt Papier, das ich auf ihr Kopfkissen werfe. Und darunter: Bingo! Eine offene Schachtel Tampons lädt mich zur Selbstbedienung ein. Ich nehme drei Stück und schiebe die Schublade wieder zu. Als ich mich aufrichte, fällt mein Blick auf den Zettel, der sich aufgeklappt hat. Der Name meines Vater springt mir ins Auge. Ich beginne zu lesen.

Hallo Ralf!
Ich werde nicht schreiben, dass ich vergebe, weil es lange her ist. Vielleicht, wenn ich es vor siebzehn Jahren erfahren hätte, könnte ich das heute sagen.
Nein, ich kann lediglich schreiben, dass ich viele Dinge nun unter einem anderen Licht

betrachte. Warum konntest du mir nie reinen Wein einschenken? Vielleicht hätte das etwas geändert? Es fällt mir schwer, mein Haus an der Klippe jetzt noch zu betreten. Ich habe mich dort nie sonderlich wohlgefühlt, wie du weißt. Habe mich immer vor dem alten Kasten gegruselt.

Die Seite ist nur halb beschrieben und auf Januar datiert. Mit zitternden Fingern falte ich sie zusammen und lege sie zurück auf die Tamponschachtel. Ich habe keine Ahnung, warum meine Finger so zittern, doch ich weiß, dass ich gerade etwas berührt habe, das mich nichts angeht.

Gedanken fliegen nur so durch meinen Kopf. Was kann meine Mutter nicht vergeben?

Vor siebzehn Jahren war sie zweiundzwanzig. Vor siebzehn Jahren bin ich geboren. Meine Mutter und Ralf stammen beide aus Nienbrook. Eine Jugendliebe, die bald nach meiner Geburt zerbrochen ist. Oder vielleicht auch wegen meiner Geburt? Warum genau, hat mir meine Mutter nie erklärt.

Aber so, wie der Brief klingt, kann ich sie wohl kaum darauf ansprechen. Conny vielleicht? Auch wenn sie sich im Moment manchmal merkwürdig verhält, ehrlich war sie bisher immer. Sie wird mir sicher erzählen, was los war, wenn ich sie frage.

Im Garten strecke ich Kassy die Tampons entgegen.

»Würdest du morgen wirklich für mich dahin gehen?«

»Na klar!« Sie nimmt die Tampons und lässt sie in ihrer Jackentasche verschwinden. »Soll ich?«

Ich nicke.

»Sag mir einfach, wann und wo.«

»Du bist die Beste, Kassy!«

»Schon gut! Das ist ein ganz normaler Freundschaftsdienst. Würdest du doch auch für mich machen.«

Kurz will ich widersprechen: Nein, es ist kein Freundschaftsdienst, sondern komplett bekloppt.

Sie schnappt sich den Rucksack am Griff. »Ich muss los in die *Pony Bar*, Einarbeitung.« Dann steckt sie sich ein Radieschen in den Mund und gibt mir mit dicker Backe einen Kuss.

Ich blicke Kassy hinterher, wie sie über den Gartenzaun klettert.

Mein Countdown startet neu: *24 Stunden und 42 Minuten.*

Freitagmorgen, 24. April

Im Augenblick fühle ich mich mutig genug, um Kassy zu Reena zu schicken, Tom locker gegenüberzutreten und Conny nach meinen Eltern auszufregen.

Sollte der Anfall von Unerschrockenheit vorhalten, renne ich gleich nach dem Unterricht zum Bahnhof, um keine Sekunde zu verschwenden.

Hastig schmeiße ich alles Überflüssige aus meinem Schulrucksack – Arbeitsblätter, eine Ladung Zettelchen, Schminktasche, drei Haarbänder, mein Extramäppchen mit den guten Stiften – und stopfe in den gewonnenen Platz eine Tüte mit Unterwäsche, Ladekabel und die Zahnbürste. In meinem Portemonnaie befindet sich genug Geld. Ich überlege kurz, habe ich alles? Dann schiebe ich noch das Skizzenbuch zwischen die Schulhefter und fische aus meinem Extramäppchen Toms Tintenroller.

Mit einem fröhlichen Knall schlage ich meine Zimmertür zu und hüpfe die Treppenstufen runter. Schwungvoll nehme ich die Kurve in die Küche, wo ich mir einen Trinkjoghurt für den Weg schnappe. Das Parfüm meiner Mutter weht noch durch den Flur. Sie denkt sich bereits Verteidigungsstrategien hinter ihrem Kanzleitisch aus. Rasch kritzle ich eine Notiz auf ein Post-it und klebe es dem dicken Porzellankater, der unser Sideboard bewacht, auf den Kopf. Ob sie die Notiz heute Abend oder erst morgen früh lesen wird, weil sie wieder mal im Büro übernachtet, ist mir im Grunde egal. Meine Zuversicht, dass ich heute Nacht nicht in meinem Hamburger Bett liegen werde, wächst stetig.

Mein Hochgefühl erhält einen Dämpfer, als ich Emma auf dem Geländer vor der Schule sitzen sehe. Ihr Zopf baumelt trostlos über ihrer Schulter, die bunte Umhängetasche hängt schlaff zwischen den Beinen. Emma sieht eindeutig traurig aus.

Einen fiesen Moment denke ich: Bitte, lass mich ihr nicht helfen müssen. Diesmal nicht ich! Bitte! Die Krisensitzung vom Vortag fällt mir ein. Sofort schäme ich mich für meine egoistischen Gedanken.

»Ich darf nicht mit!«, schluchzt sie, als ich vor ihr stehe.

Will Emma mit nach Nienbrook?

»Ich dachte, euer Familienrat hat wegen Daniel getagt?«, wundere ich mich.

»Daniel ist ein anderes Thema. Meine Eltern, also meine Mutter findet, ich sei zu jung, um …«, ihre Stimme fängt an zu zittern, »… um allein nach Australien zu fliegen.«

»Was?« Wir haben uns in der Zwischenzeit so sehr auf den Besuch eingeschworen, dass ich gar keinen Gedanken mehr daran verschwendet habe, dass irgendetwas schiefgehen könnte. Klar, die Sache mit dem Geld für den Flug war noch ungelöst. Ich dachte, das sei das größte Problem.

»Aber du fliegst doch gar nicht allein!«, sage ich lahm und schließe Emma in meine Arme.

Dumpf höre ich sie in meine Schulter murmeln: »Ach, sie will einfach nicht, dass ich zwei Wochen lang Tausende von Kilometern entfernt unterwegs bin. Und außerdem ist Weihnachten. Da soll ich zu Hause sein.«

»Aber dein Vater hat damit keine Probleme?« Ich streichle ihr über die Haare.

Emma hebt den Kopf. »Nicht so wie Mama, aber sie hat bei uns das letzte Wort. Bei einer 3:1-Abstimmung wie gestern kann sie immer noch die Vetokarte ziehen. Und abgesehen davon hat sie Papa schließlich zum 2:2 überredet.«

»Schöne Scheiße!«, fluche ich.

Durch die Familienrat-Regeln der Familie Richter werde ich wohl nie durchsteigen. Demokratisch klingen sie jedenfalls nicht. 2:2 ist in meiner Welt ein Unentschieden.

»Mama hat Angst, dass mir etwas passiert und sie nicht hoppsi hinfliegen kann. Kostet halt zu viel, so ein Flug. Du hättest mal ihre Katastrophenliste hören sollen, mit der sie meinen Vater schließlich rumgekriegt hat: Ozonloch, Tollwut, Überfälle auf Hitchhiker – dabei habe ich gar nicht vor zu trampen! Zum Schluss kam sie natürlich mit den giftigen Tieren: Spinnen, Quallen, Rochen und natürlich Haiangriffe. ›*Aber baden gehen werdet ihr ja schon*‹, hat sie gesagt.«

Ich muss mir das Grinsen verkneifen, so bescheuert klingt das, was Emma erzählt.

»Letztes Wort?«

Sie nickt. »Ich glaube schon. Wetten, Kassy muss nicht mal um Erlaubnis fragen?«

»Wo bleibt sie eigentlich?« Ich suche die Straße in beide Richtungen nach unserer schwarzblauen Kunoichi ab, doch nichts und niemand turnt uns entgegen.

»Wird schon noch kommen«, murrt Emma. »Lass uns reingehen.«

Mit dem letzten Klingeln huschen wir in den Klassenraum.

In der Pause taucht Kassy auf. Vor Erleichterung fällt meine Umarmung besonders überschwänglich aus.

»Hast du die erste gefehlt?«, frage ich.

»Hab verschlafen«, gibt sie zu.

»Ihr könnt ohne mich in Australien Spaß haben«, brettert Emma dazwischen, die schon die ganze Zeit über nervös auf der Stelle getreten ist. »Meine Mutter hat mir die Reise verboten.«

»Wie kann sie das verbieten?«, fragt Kassy.

»Hat halt nicht jeder so lockere Eltern wie ihr.«

»Nein, Emma. Du musst mal auf den Tisch hauen. Komm zu spät, lass Familienausflüge platzen, sei nicht so brav. Wenn sie Schiss haben, dass du deinen Willen auch ohne Erlaubnis durchsetzt, geben sie nach. Eltern wollen wissen, was ihre Kinder treiben.«

»Ach, es ist meine Schuld, richtig?«

Emma starrt finster an uns vorbei, und wieder nimmt ihre Miene diesen gefährlichen Ausdruck an wie neulich auf dem Sportplatz. Manchmal ist sie so ein Sturkopf. Als ob es nur sie und ihre Sorgen gäbe!

Draußen vorm Fenster schickt eine Linde erste hellgrüne Blättchen ins Jahr. Australien kommt mir mit einem Mal sehr unwirklich vor. Ein Traumland mit Fabeltieren und knallroten Bergen, in das ich flüchten kann. Aber wenn der Traum vorüber ist, sitze ich dann nicht wieder hier, mit Säbelzahn-Udo, lauter verstrittenen Erwachsenen und meinen verwirrenden Gefühlen für Tom?

Etwas beginnt jetzt, denke ich. Irgendetwas fängt heute an. Das Hochgefühl stiehlt sich wieder zurück in meine Brust.

Auf der Treppe ziehe ich Kassy am Shirt. Wir lassen uns zwei Stufen hinter Emma zurückfallen: »Bleibt es bei heute Nachmittag?«, flüstere ich ihr zu.

»Natürlich. Halb vier! Ort, Zeit – alles hier drin!« Kassy tippt sich an den Kopf.

Emma dreht sich zu uns um, und verblüfft entdecke ich einen feuchten Schimmer in ihren Augen.

»Heute Nachmittag?«, fragt sie kleinlaut, und dann hastet sie die Treppen hinauf, ohne eine Antwort abzuwarten.

In Deutsch sitze ich zwischen den beiden. Normalerweise finde ich das optimal, doch jetzt möchte ich am liebsten mit Mareike in der letzten Bankreihe tauschen. Diesmal fühle ich mich nicht wie der Widerstand zwischen Plus und Minus, sondern eher wie ein kleines Frachterschiff, das zwischen zwei Eisbergen zerquetscht zu werden droht. Von außen denkt man bestimmt, dass alles in bester Ordnung ist, wir sitzen da wie immer, aber ich spüre deutlich die Kälte, die von beiden ausgeht.

Noch vor ein paar Wochen haben wir davon geträumt, wie wir nach dem Abi eine WG gründen. Wir haben überlegt, in welchen Farben wir unsere Zimmer streichen werden. Im Moment redet keine mehr über die Zeit nach dem Abitur. Und ich schätze, das liegt ausnahmsweise mal nicht an meinen Australienplänen.

Emma schiebt sich die Ärmel ihres hellblau gestreiften Pullovers hoch. Ihre Haut lässt mich plötzlich an samtigen Milchreis denken. Sehnsucht packt mich, dabei sitzt sie gleich neben mir. Am liebsten würde ich meine Stirn auf ihren Arm betten.

In letzter Zeit bin ich oft gemein zu ihr. Na ja, vielleicht nicht richtig gemein, aber ziemlich gleichgültig ihrem Kummer gegenüber. Warum? Und warum dreht sie mir nicht einfach den Rücken zu?

Eigentlich sind Emma und ich deshalb Freundinnen geworden, weil wir zur rechten Zeit am gleichen Ort waren. Wenn zur Schuleinführung ein anderes Mädchen neben mir auf der Treppe gestanden hätte, dann hätte ich mit dem Händchen gehalten, dann würde das vielleicht neben mir sitzen. Mein Blick streift sämtliche Mädchen im Klassenzimmer und bleibt schließlich an Kassy hängen, die unter der Bank auf ihrem Handy herumtippt. Bei ihr war es anders. Kassy habe ich mir ganz bewusst zur Freundin gewünscht. Als sie am Anfang der Neunten zu uns in die Schule kam, fiel sie mir sofort auf. Logisch, wem würde eine Halbasiatin im Punk-Look nicht auffallen? Aber der Moment, an dem ich unbedingt wollte, dass sie meine Freundin wird, kam ein paar Tage später.

Als ich vom Schulklo zum Unterrichtsraum zurückkehre, dringt leise Musik aus dem Rechnerraum. Ich laufe weiter, ich muss zu Mathe. Aber über die gesamte Länge des Flurs frage ich mich, wer im Computerraum Musik hört. Vielleicht feiert ja der Informatik-Schröder eine Party? Oder er hat ein heimliches Tête-à-Tête mit der Musik-Behrend. Ich grinse bei der Vorstellung und bleibe stehen, weil ich mir einbilde, die Melodie immer noch zu hören. Obwohl das eigentlich nicht sein kann.

Und dann mache ich etwas für mich sehr Untypisches: Ich schleiche zurück. Geräuschlos öffne ich die Tür. Durch den Türspalt sehe ich die PCs, die in langen Bankreihen aufgestellt sind. Hinter einem, mit dem Rücken zu mir, sitzt die Neue. Auf dem Bildschirm vor ihr läuft ein YouTube-Video, in dem ein gut-

aussehender Typ Ukulele spielt. Und das Mädchen kniet auf dem Stuhl und imitiert die Griffe auf einer Luft-Ukulele und singt mit. Sie trifft nicht annähernd jeden Ton, doch ihre Stimme berührt mich, weil sie selbstvergessen und zart ein Duett mit dem Engländer hinzaubert. Sie stoppt das Video, springt einige Takte rückwärts und beginnt von vorn. Bevor sie mich bemerken kann, stehle ich mich aus dem Raum. Auf dem Weg ins Klassenzimmer grüble ich, wieso sie alleine im Computerraum sitzt. Hat sie keinen Unterricht? Als ich die Türklinke zu meinem Klassenraum runterdrücke, komme ich mir verwegen vor.

Kassy hat mich von Anfang an dazu gebracht, Marie-untypische Dinge zu machen. Als würde ihr Mut durch ihre bloße Anwesenheit auf mich abfärben. Sie macht immer, was sie will.

Aber manchmal ist es auch echt schwer, mit ihr befreundet zu sein. Wenn sie nicht mal erklärt, warum sie zu spät kommt oder warum sie zur ersten Stunde nicht auftaucht. Dann ist es, als wären wir ihr völlig egal.

Ich nehme ein Blatt aus meinem Hefter, durchtrenne es in der Mitte. Weder Emma noch Kassy würde ich gegen irgendwen sonst auf dieser Welt eintauschen.

Vor mir liegen zwei leere Blatthälften, auf jede schreibe ich den gleichen Text: Sonntag halb fünf bei mir? Party planen?

Emma nickt, und von Kassy erhalte ich ein Ja per Whatsapp.

Kapitel 8

Freitagnachmittag, 24. April

Null Stunden null Minuten. Tom wartet nicht am Gleis auf mich. Auch nicht auf dem Vorplatz. Enttäuscht suche ich die Straße in beide Richtungen ab. Schließlich setze ich mich an die Bushaltestelle und hole mein Handy aus der Tasche.

Tom hat geschrieben, aber den Sinn der Nachricht kapiere ich nicht. `Kann leider nicht abholen. Lauf einfach ins Blaue hinein.` Meint er, ich soll bis nach Nienbrook laufen? Wieso?

Der nächste Bus kommt in zehn Minuten, unschlüssig stehe ich wieder auf und schlendere über den Platz, auf dem diesmal Autos in der Nachmittagssonne braten. An der Stelle, wo Toms Roller geparkt war, leuchtet es blau auf dem Boden.

Dasselbe Tintenblau wie an der Wand gegenüber von meinem Haus. Ich hocke mich hin und strecke meine Finger aus, bis ich das aufgesprühte *mare* berühre und fast verwundert feststelle, dass meine Finger nicht eintauchen wie in Meerwasser. Ein paar Meter weiter strahlt es genauso blau auf der Hauptstraße und noch weiter hinten an einem Baumstamm ebenfalls. Ich korrigiere meinen inneren Countdown zurück auf null Stunden und 30 Minuten, dann laufe ich Toms aufgesprühter Schnitzeljagd hinterher. Ins Blaue hinein.

Auf Straßenschildern, dem Asphalt, auf Steinen, überall heißt mich der Schriftzug willkommen, und mein Herz antwortet freudig auf jedes neue Zeichen, doch kurz vor dem Ortseingangsschild reißen sie ab. Unschlüssig bleibe ich stehen, laufe ein paar Schritte in den Ort hinein und dann wieder zurück zum Trampelpfad. Kein *mare*, das mir hilft.

Einer Eingebung folgend, biege ich schließlich in den Trampelpfad zur Klippe ein. Jetzt bin ich von der Straße aus nicht mehr zu sehen. Was, wenn das Zeichen auch hier nicht mehr auftaucht? Wenn Tom gerade mit dem Roller die Landstraße langdüst und wir uns verpassen? Ich bleibe stehen und schaue mich um. Die Stämme der Pappeln glänzen grau. Heute biegt sie kein Lüftchen. Auch das Meer dahinter schimmert eher silbrig. Selbst am Himmel nirgends Blau. Also wende ich mich nach rechts zum Ferienhaus.

Am Warnschild beim Vorsprung taucht das *mare* wieder auf. Ein Grinsen schleicht sich in mein Gesicht. Ich beuge mich über den Klippenrand.

Auf einem Findling unten am Strand schimmert es ebenfalls, und oben auf dem Stein wartet Tom.

Ich winke, obwohl mein eigentlicher Impuls lautet, umzudrehen und wegzulaufen. Ich klettere das erste Stück, dann schlittere ich ungeschickt den Abhang hinunter.

Unten streife ich meine Docs und die Socken ab und binde sie an den Rucksack. Es ist das erste Mal in diesem Jahr, dass ich barfuß über den Sand laufe.

»Tom!« Meine Stimme hallt über den Strand.

Er steht auf, und ich renne. Heute renne ich schon den ganzen Tag. Auf den letzten Metern kommt mir mein ungestümer Lauf kindisch vor, also bremse ich ab.

Sag du was, bitte! Sag du den ersten Satz!, bete ich stumm beim Näherkommen.

»Hallo, Marie!«

Ich suche mir seine Arme zum Anlächeln. Seine Haut ist noch winterbleich und weich, bestimmt ganz weich. In Gedanken traue ich mich kurz, sie zu streicheln. In der wirklichen Welt schaue ich schnell in seine Augen.

Sie strahlen. Das ist gut.

Mein Blick rutscht tiefer zu seinen Lippen.

»Marie«, sagen die Lippen, mehr nicht.

Wir stehen uns gegenüber, als wären wir uns rein zufällig über den Weg gelaufen, überrascht und unsicher. Und ich weiß nicht, ob Toms Graffiti und der Kuss für ihn das Gleiche bedeuten wie für mich.

»Du hättest mich vorwarnen können, dass du 'ne Schnitzeljagd für mich veranstaltest.«

»Oh«, sagt er und hört auf zu strahlen. »War das blöd? Wegen dem Rucksack … Oh Mann … war das zu weit zum Laufen? Hab ich nicht dran gedacht.«

»Nein«, beeile ich mich, ihn zu unterbrechen, auch wenn ich es niedlich finde, wie er verlegen stottert. »Das *mare* ist toll! Also, die hier, die alle, aber auch das riesige gegenüber von unserem Haus.« Und nach einer kleinen Pause schiebe ich hinterher: »Warum hast du nicht geklingelt?«

»Drei Uhr nachts?«

»Du warst mitten in der Nacht in Hamburg? Wo hast du geschlafen?«

»Bei einem Freund.«

Wir schweigen, dann tritt mir Tom auf meinen nackten Fuß.

»Na?«, sagt er. Mir fällt nichts weiter ein, als zu lächeln.

Ich lasse meinen Rucksack von den Schultern in den Sand gleiten und lehne mich an den Findling.

»Rutschst du ein Stück?«, bittet Tom, und ich zwinge mich, ganz lässig, ein paar Zentimeter Platz zu machen. Sein Arm streift meinen, so selbstverständlich wie eh und je. Wir blicken auf die Ostsee, die glatt und unbewegt den Himmel reflektiert.

Wir sind Cousin und Cousine, wir dürfen eng nebeneinander an einem Findling lehnen, wir dürfen uns berühren, auch umarmen oder Dinge schenken, wann immer wir wollen, aber küssen geht nicht.

Stumm betrachten wir die trägen Wellen, die sich vor unseren Füssen in nassen Sand verwandeln.

»Weißt du, dass unter der Meeresoberfläche alles Mögliche schwimmt, nicht nur freundliche Quallen?« Er hält inne, und ich weiß, dass er mich ansieht.

»Verminte Wracks liegen am Grund, U-Boote kreuzen umher«, fährt er fort.

Ich sehne mich nach etwas, womit ich meine Hände beschäftigen kann, etwas, das meine Nervosität überspielt.

»Glaubst du mir nicht? Da draußen liegen endlos Wracks und abgeschossene Flugzeuge aus dem Zweiten Weltkrieg. Bis in die 60er-Jahre sind Knochen von den *Cap-Arcona*-Leichen angeschwemmt worden.«

Ich hocke mich hin und wühle das Skizzenbuch und den Tintenroller aus meinem Rucksack, lehne mich mit dem Rücken an den Stein, Toms Beine so dicht neben meinem Kopf, das Schwappen der Wellen im Ohr, und atme durch. Ich schlage den Block auf, oben quer über das Blatt ziehe ich eine schnurgerade Linie und am unteren Ende des Blatts eine zweite, dazwischen beginne ich, die Unterwasserwelt zu zeichnen, wie Tom sie beschrieben hat. Quallen, Wracks, Knochen und Minen.

Tom gleitet neben mir zu Boden, nimmt mir den Tintenroller sanft aus der Hand und malt in mein Bild einen Fisch. Ich hole mir den Stift zurück und ziehe dem Fisch einen Scooter-Helm auf.

»So, jetzt ist er gewappnet«, sage ich. »Falls was detoniert von den altem Zeugs.«

Tom schnappt sich den Stift wieder und schreibt Marie auf das gesunkene Schiff.

»Ey, ich bin kein altes Wrack!«, schimpfe ich und ziehe ihm den Stift aus den Fingern. Plötzlich kann ich es mir nicht verkneifen und male einen Strich auf seinen Arm, von einem Leberfleck zum anderen.

Er zuckt, wahrscheinlich kitzelt es ein bisschen. Der Stift fährt weiter zum nächsten Leberfleck und zum nächsten.

»Was wird das?«, fragt er.

»Keine Ahnung. Das ist das Leberfleck-Orakel. Erst wenn alle Pünktchen verbunden sind, werden wir wissen, was es uns zu sagen hat.« Ich halte kurz inne, um zu schauen, ob sich eine erkennbare Form ergibt.

»Ziemlich wirr«, kommentiert Tom das Zickzackmuster.

»Ja, dann will uns das Orakel auf deinen verwirrten Geisteszustand hinweisen, vermute ich.«

»Verwirrt haut hin«, sagt er. Seine Lippen öffnen sich, als wollte er etwas hinzufügen, dann angelt er sich den Stift zurück. »Mal sehen, was bei dir herauskommt«, und schiebt meinen Jackenärmel hoch.

»Ich habe keine Leberflecken«, protestiere ich.

Da tupft Tom bereits Pünktchen auf meinen Unterarm, die er zu verbinden beginnt. Aufwärtsstrich, ein Bogen … Ein Herz!, hoffe ich. Doch der Stift fährt weiter und es entsteht etwas, das aussieht wie …

»Eine Tatze?«

»Nein, eine Muschel!«

»So malt man doch keine Muscheln.«

»Beschwer dich beim Orakel.«

»Und was bedeutet die Muschel?«

»Was denkst du?«

»Finde ich eine Perle?«

»Vielleicht. Oder es heißt, dass du dich mehr öffnen sollst.«

»Mehr öffnen? Hä? Ich bin total offen!«

Toms Hand liegt plötzlich an meiner Wange.

»Schön«, sagt er, und ich schlucke und traue mich gar nichts mehr. Halte still und hoffe.

Hör auf, dich wie ein Kaninchen zu benehmen! Tom anlächeln, jetzt! Ein Signal senden, das ihn ermutigt.

Eine Millisekunde zu spät drehe ich mich zu ihm, da hat er die Hand schon gelöst und greift in den feuchten Sand.

»Gehen wir hoch?«, fragt er und deutet zum Ferienhaus.

»Wartet Conny nicht auf uns?«

»Eigentlich weiß sie gar nicht, dass du kommst.« Verlegen wischt er sich den Sand von den Fingern.

Okay, dann bin ich schon mal nicht zum Trösten hier.

Ich packe das Skizzenbuch und den Stift in meinen Rucksack. Tom hebt eine Tüte auf, die mir bisher nicht aufgefallen war. Als sie gegen einen Stein stößt, höre ich ein leises *Pleng* und ahne, was sie enthält.

»Bekommst du nicht Ärger mit der Polizei?«, frage ich. »Klar, wenn sie mich erwischen. Aber …« Er zieht ein paar Latexhandschuhe aus der Hosentasche, an denen tiefblaue Farbe klebt. »Werden sie nicht.«

Am Klippenvorsprung wirbelt eine Windhose gerade Sand auf. Etwas daran wundert mich, auch wenn ich nicht sagen kann, was es ist.

»Weißt du«, entscheide ich, »dann übernachte ich im Ferienhaus. Wer als Erster oben ist«, rufe ich und rapple mich auf.

Das Haus ist immer noch feuchtkalt, und die Fensterläden sind immer noch verzogen. Im Wohnzimmer versucht Tom, den Kamin anzufeuern. Von der Küche aus höre ich, wie er die Asche aufkratzt.

Bald wird es warm, denke ich und grinse.

Ich bin verliebt! Ich bin in meinen *Cousin* verliebt, aber das ist mir gerade egal. Meine Lippen kribbeln.

Die Vorräte im Küchenschrank sind mager, ich finde bloß etwas Beuteltee, verklumptes Salz und mehrere Packungen Spirelli, die ich sogar noch ein Jahr aufbewahren könnte, wenn es nach dem Haltbarkeitsdatum ginge und nicht nach meinem Magen.

»Der Ofen braucht mindestens eine halbe Stunde.« Tom stellt sich hinter mich, seine Hände rutschen um meine Taille.

»Ich koche uns Tee«, sage ich hastig.

Die Hände wandern zu meinem Bauch. Kalte Luft streicht über meine Haut. Der Wasserkocher klickt. Gluckernd fließt das kochende Wasser über die Teebeutel.

Ich trage die Kanne und zwei Tassen in die Stube, wo der Kamin bereits etwas Wärme und zusätzlich den Geruch nach verbranntem Staub im Zimmer verbreitet.

Es klirrt leise, als ich den Tee auf dem Couchtisch abstelle, dann sitzen Tom und ich nebeneinander.

»Komisches Gefühl, oder?«, sagt er, während er uns einschenkt.

Ich nicke.

»Sollen wir besser aufhören?«

»Ist nicht verboten«, flüstere ich. »Hab nachgeschaut.«

»Ich auch.« Er schiebt mir eine Tasse hin.

»Musik?« Ich krame in meinem Rucksack nach dem Ladekabel, dabei fällt meine Unterhose heraus, die ich hastig zurückstopfe.

Oh, wieso ist das so schwer? Sonst breche ich mir keinen ab, wenn mir jemand gefällt. Aber sonst bin ich auch eigentlich nie allein mit einem Jungen. Wenn ich knutsche, dann nur im Park oder im Schwimmbad oder im Club, wenn Emma oder Kassy in der Nähe sind, um mich zu retten. Und bisher wollte ich keinen festen Freund. Vielleicht, weil ich nicht an so was wie Liebe glaube …

Ich nehme an, das ist kein Wunder, wenn man so Eltern hat wie ich. Aber mit Tom ist es anders: Vertraut und trotzdem kribbelt es mehr als bei jedem anderen vorher.

Ich stöpsle mein Handy an die Anlage.

Kein Mensch ahnt, dass wir hier sind. Das ist ziemlich cool, und gleichzeitig etwas beängstigend.

Ich suche einen meiner Lieblingssongs. »Magst du den?«, frage ich und tippe auf den Pfeil.

Ohrenbetäubend laut startet die Musik. Ich fahre zusammen, drehe die Lautstärke herunter, die bis zum Anschlag aufgedreht war. Seltsam, ich hab sie das letzte Mal nicht so laut gestellt, denke ich noch, doch da packt mich Tom an der Taille und zieht mich zu sich aufs Sofa. Er schiebt meine Haare beiseite. Sein Atem kitzelt in meinem Nacken.

»Wo hast du nachgeschaut?«, fragt er. »Wiki?«

»Ja.«

»Inzest«, haucht er mir ins Ohr, was wieder kitzelt. Ich muss lachen, ziehe meine Schulter hoch und presse das Ohr dagegen. »Hör auf! Das Wort klingt schrecklich!«

Mit dem Kinn schiebt mir Tom das T-Shirt von der Schulter, sein Kinn kratzt. Er schaut mich kurz fragend an, dann berührt er ganz behutsam meine Haut mit seinen Lippen. Kein richtiger Kuss, nein, aber so wunderschön, dass es fast wehtut, so sehr wünsche ich mir Toms Lippen auf meinen. Ich rutsche auf seinen Schoß, und wir küssen uns. Bis der nächste Song anfängt. Zwischendurch halten wir inne, weil wir grinsen müssen, nichts sagen, die Musik genügt. Irgendwie scheint jeder Song genau das auszudrücken, was ich empfinde. Die Bässe, das Schlagzeug, mein Herzschlag – eine Rhythmusgruppe.

In Toms Jeans klimpert der Schüsselbund, als er sich umdreht, rutscht er heraus. Der Sand an meinen Füßen ist längst getrocknet und rieselt auf das Polster.

»In Bayern«, Toms Fingerspitzen drehen Kreise auf meinem Handrücken – ich hab nicht gewusst, wie viele Nervenenden sich dort befinden –, »gab es ein Mädchen, das fand mich gut.«

Will ich jetzt von anderen Mädchen hören?

Tom lässt mir keine Wahl. »Wir hatten an dem Abend geskypt. Ich wollte dir eigentlich von ihr erzählen, aber du warst so aufgekratzt, du hast mich nicht mal gefragt, wie es mir geht. An dem Tag hatte dir Ilsa die Erlaubnis für Australien gegeben. Anschließend bin ich mit dem Mädchen ins Kino. Der Film lief, und ich bin unruhig auf meinem Kinosessel rumgerutscht. Das

Mädchen hat es falsch verstanden, hat gedacht, ich wäre ihretwegen nervös. Aber in Wirklichkeit hab ich an dich gedacht. Weil mir klar geworden ist, dass du dein Leben immer so weiterführen wirst und ich meins. Und du mir dann vielleicht auch von einem Typen erzählst, mit dem du im Kino warst und der dir etwas bedeutet … Ich will derjenige sein, der dir etwas bedeutet.«

Ein Schleifen in der Musik. Meine Finger tauchen langsam unter Toms Ärmel, die Haut fühlt sich warm an. Ich greife das T-Shirt am Kragen, ziehe es hoch. Seine Hände kommen mir zur Hilfe, raffen den Stoff am Rücken und lassen ihn geschmeidig über den Kopf gleiten.

Tom legt sich hin, zieht mich mit sich.

Wir haben schon hundertmal so nebeneinandergelegen, mindestens. Wir haben nackt nebeneinander am Strand gebuddelt, in der Badwanne gesessen, wir sind mehr als einmal aneinandergekuschelt eingeschlafen, aber als er nun nach meinem T-Shirt greift – das Schleifen in der Musik setzt wieder ein –, flüstere ich: »Ich kann nicht«, genau in dem Augenblick, als er mir das Shirt über den Kopf zieht.

Meine Worte bleiben im Stoff hängen.

»Was hast du gesagt?«

»Mir ist kalt.«

Tom umarmt mich mit seiner Körperwärme, wir liegen bloß da, still, nichts Verbotenes. Wir berühren uns. *Nicht schlimm.* Toms Lippen verteilen zarte Küsse auf meinem Oberkörper.

Er erhebt sich plötzlich. »Muss aufs Klo.«

Allein auf dem Sofa schenke ich Tee nach. Trinke. Werfe Holz in den Kamin. Schaue aus dem Fenster auf die reglosen Pappeln und weiß plötzlich, was mich vorhin am Vorsprung so gewundert hat: der aufgewirbelte Sand. Wie kann an einem windstillen

Tag Sand durch die Luft wirbeln? Gänsehaut kriecht über meine Arme.

Tom kommt zurück, seine Jeans schlackert um die Hüfte, sodass die halbe Boxershorts zu sehen ist.

»Wie jetzt? Eine verschlossene Muschel auf der Couch?«, flüstert er und tritt vor mich.

Ich fasse seine Hose am Bund – sie sitzt so locker, dass sie mühelos an den Beinen herabrutscht – und lehne meine Stirn an seinen Bauch. Meine Lippen beinahe auf seinem Oberschenkel. Die Musik hat aufgehört zu spielen.

Er beugt sich herab und fährt sanft mit den Fingern meine Rippen entlang.

»Wie das Wellenmuster im Sand«, flüstert er. »Ich muss dich unbedingt mit Nudeln aufpäppeln.«

»Jetzt?«, frage ich irritiert.

Tom schüttelt den Kopf und drückt mich behutsam auf das Polster zurück. Etwas Kaltes presst sich in meinen Rücken. Toms Schlüsselbund. Leicht hebe ich meine Hüfte, um das Bündel unter mir hervorzuziehen. Ein tiefer Atemstoß entweicht Toms Brust. Ich will an gar nichts mehr denken, denn ich habe mich entschieden, dass es hier sein wird, heute. Zum ersten Mal. Und mit Tom.

Wir erkunden unsere Körper wie verwegene Eroberer. Toms Hände, seine Lippen helfen mir, den richtigen Pfad zu finden. Irgendwann angelt Tom nach seiner Jeans und bringt knisternd ein quadratisches Päckchen zum Vorschein, das ich am liebsten nicht gesehen hätte. Aber klar, er hat natürlich recht.

Ich muss trotzdem fragen: »Hast du das geplant?«

Wir haben Ewigkeiten kein Wort gesprochen, so kommt es mir wenigstens vor.

»Nach dem Kuss am Bahnhof hatte ich befürchtete, du würdest … nee, also ich hab nicht daran geglaubt, dass du mehr für mich empfindest als, na ja, normal eben.«

Normal, schnell verdränge ich das Wort und ziehe ihn zu mir. Unsere Lippen öffnen sich für einen weiteren langen Kuss. Vorsichtig legt sich Tom über mich. Ich spüre ihn an meiner Hüfte. Am ganzen Körper. Seine Hände berühren meine Brüste so leicht, als wären sie kleine Vögel, etwas Zerbrechliches.

»Bin ich zu schwer?«

Ich schüttle den Kopf. Wir schauen uns schweigend an, während Tom langsam in mich eindringt.

»Tut es weh?«, fragt er.

Ich schüttle wieder den Kopf, obwohl es jetzt doch ein wenig zieht. Aber ich mag nicht reden, ich kann nur noch fühlen. Ich spüre unsere nackte Haut, die sich berührt, seine Hände an meinem Rücken und Toms Atem, schnell und warm an meinem Hals.

Später tastet er unter dem Sofa, zieht eine Decke hervor, die er ausschüttelt und fürsorglich über uns ausbreitet.

Wie gut er sich hier auskennt … Aber eigentlich bin ich zu aufgekratzt, um über irgendetwas nachzudenken.

»Alles gut?«, fragt Tom.

Ich nicke.

»Komm her, du!« Er pustet mir ins Ohr.

Ich kichere wieder.

»Ah, Kitzeln hilft! Vielleicht muss ich dich zum Öffnen auch einfach ins Wasser werfen, damit du nicht so muschelig bist.«

»Aber kein kochendes!«

»Nee, Ostseewasser, logisch.« Er redet mit geschlossenen Augen. Gähnt.

»He. Wie kannst du jetzt bloß müde sein?« Bei mir schütten sich Hormone in hohen Dosen aus, vermutlich alles Zeugs, was auf dem Drogenindex landen würde. Schlimme Aufputschmittel, die gleichzeitig vernebeln und glücklich machen.

Tom rekelt sich zufrieden neben mir und schläft ein. Ich stehle mich zum Kamin, werfe noch ein paar Holzscheite nach, um dann mit einem wohligen Seufzer neben Tom unter die Decke zu gleiten und mich an seinen warmen Oberkörper zu schmiegen.

✢

Etwas weckt mich. Das Knarren von Holz.

Udo!, flüstert mein verschlafenes Unterbewusstsein, aber gleich darauf weiß ich, dass das Unsinnn ist.

Es knarrt erneut. Irgendjemand schleicht durchs Haus! Durch die Tür zieht kalte Luft herein, dabei weiß ich, dass Tom sie vorhin geschlossen hat, als er von der Toilette zurückkam.

Ich richte mich auf, stütze mich auf meinen Unterarmen ab. Konzentriert lausche ich in den dämmrigen Flur. Da ist niemand. Minutenlang verharre ich, bis meine Oberarme zu zittern beginnen.

Soll ich aufstehen und nachschauen? Aus dem Flur dringt kein Laut. Nur das Kaminholz knistert. Niemand weiß, dass wir hier sind. Sollte ein Einbrecher im Haus umherschleichen, hätte er sich schon längst verraten. Vielleicht habe ich nur geträumt. Tom liegt neben mir, alles ist gut! Seufzend gleite ich in den Schlaf zurück.

✢

Vergeblich versuche ich, meine Zunge gegen den Gaumen zu drücken. Etwas Schweres hält sie. Eine Hand. Mein Herz beginnt zu rasen. Ich will schlucken, doch dafür sitzt meine Zunge zu fest im Griff der fremden Finger. Panisch versuche ich, danach zu schlagen. Doch es gibt keine Person, nur diese Hand, die mich am Atmen hindert. Wenn ich nicht bald Luft hole, ersticke ich. Plötzlich schmeckt es metallisch. Mein Mund ist randvoll mit dickem, schwerem Blut. Ich versuche, zu schreien, und wache mit Herzrasen auf. Hole Atem. Es funktioniert. Kein Blut im Mund. Ich öffne die Augen.

»Alles in Ordnung, Marie?«

Ein paarmal durchatmen, räuspern, dann antworte ich: »Na, schau uns doch an«, und wir grinsen.

»Hast du Hunger?«, fragt Tom.

Ich nicke, und er steht auf. Sein nackter Körper schimmert im Schein des Kaminfeuers. Und fast schäme ich mich, weil mich sein Anblick so umhaut. Er ist immer noch mein Cousin, auch wenn ich mir darüber keine Gedanken mehr machen möchte.

»Ich mach uns Nudeln.« Er zieht sich an und geht in die Küche.

Allein auf dem Sofa stiehlt sich Beklommenheit zurück in meine Brust. In der Luft liegt immer noch der brenzlige Holzgeruch. Aber da ist noch ein anderer, ein vertrauter. Nicht Toms, nicht der des Hauses. Ein anderer Geruch, den ich sehr gut kenne, aber ich kann ihn nicht einordnen.

Später verschlingen wir die Nudeln wie wilde Tiere. Tom schreibt Conny, dass er bei Ullsen übernachtet, und ich schicke Kassy eine Sprachnachricht, in der ich frage, wie es bei Reena gelaufen ist. Dabei ahne ich die Antwort bereits.

»Egal, bald bin ich in Australien«, brumme ich mein übliches

Mantra vor mich hin, und als die Worte in mein Hirn sickern, stockt mir der Atem. Bald bin ich weg! Shit!

Wir schlafen wieder miteinander. Merkwürdig, dass wir erneut allen Mut zusammennehmen müssen, um uns nahzukommen. Aber dann fühlt es sich an wie tanzen.

»Ich finde es gut, dass wir uns nicht erst kennenlernen müssen«, flüstert mir Tom ins Ohr.

»Ich weiß nicht«, flüstere ich zurück. »Du wirkst in letzter Zeit manchmal fremd.«

Er hält inne. »Ja, ich kenne das.« Dann küsst er mich weiter.

Kapitel 9

Sonntag, 26. April

Die Zugfahrt nach Hamburg zieht sich endlos in die Länge. Um mich herum benehmen sich die Menschen, als würde alles wie gewohnt weitergehen, aber ich bin mir nicht sicher, ob das stimmt. Die Wortfetzen, die ich aufschnappe, klingen hohl, aber ich fühle mich so unglaublich lebendig, fühle Tom noch auf meiner Haut und schmecke ihn. Mein Film, mein ureigener Liebesfilm, spielt unablässig, und er ist besser als jeder Ryan-Gosling-Streifen.

Die Schaffnerin kommt, kontrolliert die Fahrkarte und runzelt missbilligend die Stirn, weil ich meine Knie gegen die Rücklehne des Vordersitzes stemme. Ich hole das Skizzenbuch hervor und schreibe.

26.04.2015

Den Samstag haben wir im Ferienhaus verbracht. Wir haben nicht sehr viel mehr getan, als uns zu küssen, zu reden und Musik zu hören. Na ja, ein bisschen mehr schon. :-DD Zwischendurch sind wir zum Penny gelaufen,

um Essen einzukaufen. Dafür mussten wir den Uferweg bis zum nächsten Ort hin- und zurückwandern. Mehr als sieben Kilometer. Keiner hat es ausgesprochen, doch den Umweg haben wir auf jeden Fall wegen Conny auf uns genommen.
Dass Tom genauso Schiss hat, ihr über den Weg zu laufen, reime ich mir nicht bloß zusammen. Er hat gesagt: »Conny ist locker, aber ist sie locker genug für die Vorstellung, dass ihr Sohn und ihre Nichte Sex haben?« Ich kenne ihn gut genug, um zu wissen, wie viel ihm Connys Meinung bedeutet.
Ich habe Schiss, überhaupt jemanden einzuweihen. »Vielleicht sollten wir es eine Weile für uns behalten«, habe ich deshalb vorgeschlagen. »Wenigstens bis wir selbst nicht mehr so verwirrt sind.« Und dabei auf das verblasste Leberfleck-Orakel auf Toms Arm gedeutet.
»Ja, vielleicht besser. Auch wenn ich es am liebsten in die Welt hinausbrüllen möchte«, hat Tom geantwortet. Und ich: »Tu's doch!« Also hat er sich Richtung Ostsee gedreht und laut gerufen: »Ich liebe Marie Zander!«
Und ich hab mindestens genauso laut gegen die Wellen gebrüllt: »Ich liebe Tom Wenke!«
Wir sind weitermarschiert, die Einkaufstüte schnitt mal in meine, meistens in seine Hand, aber an der anderen konnten wir uns festhalten ohne Angst, dass überraschend jemand,

den wir kennen, um die Ecke biegt. Dafür haben sich die roten Striemen in unseren Handflächen und der weite Weg gelohnt.
Wir sind zum Strand gerannt, haben uns tatsächlich ins eisige Wasser gewagt. Tom hat gequietscht vor Kälte.
»Stell dir einfach vor, es ist Champagner, was so prickelt!«, hab ich zurückgequietscht und es keine Sekunde länger ausgehalten als er.
Dann sind wir hoch. Im Haus war es mittlerweile richtig warm.
Ich will, dass nur das mein Leben ist: mit Tom im Häuschen. Für immer und ewig.

Ich löse den Verschluss des Rucksacks und ziehe Toms Shirt hervor, das ich über meinen Knien ausbreite. Dann versenke ich mein Gesicht im Stoff. Du bist verliebt in deinen Cousin, hämmert es sofort wieder in meinem Hirn, aber das hat längst verloren. Mein Herz lässt sich nicht mehr davon überzeugen, dass das irgendwie schlimm ist. Dafür bin ich viel zu glücklich.

Nur Conny habe ich nicht ausquetschen können, doch im Moment interessiert es mich eigentlich gar nicht mehr, was zwischen meinen Eltern vorgefallen ist.

Ich krame mein Handy hervor, stecke mir die Kopfhörer ins Ohr und versinke in der Musik. Dabei scrolle ich durch die Textnachrichten und entdecke neben Kassys Antwort – `Läuft!` – eine ungelesene Nachricht von Marion: `marie!? rätselhafte message von reena. asiatin? bitte um aufklärung!`

Ich schreibe zurück, dass ich bis eben über der Kloschüssel hing und deswegen meine Freundin eingesprungen ist.

Prompt kommt die Antwort: `entschuldigung kommt reichlich spät! deine alleingänge stressen. für berlin nimmt reena nun ein anderes mädchen. von mir vorerst keine castings mehr!`

Eigentlich müsste ich jetzt am Boden zerstört sein oder Marion panisch anrufen und sie anbetteln, mich nicht fallen zu lassen, doch tatsächlich stiehlt sich ein Lächeln auf mein Gesicht. Nun bleibt mir vor Australien mehr Zeit für Tom.

Ich kann mich nicht erinnern, ob ich am Freitagmorgen meine Zimmertür abgeschlossen habe. Als ich zur Schule gestürmt bin, hatte ich bloß das bevorstehende Wiedersehen mit Tom im Kopf. Die Tür springt auf, als ich die Klinke runterdrücke. Scheiße! Nicht abgeschlossen. Der Schlüssel steckt von innen.

Die zerknitterte Mulde auf meinem Bett sticht mir sofort ins Auge. Das ist nur der Abdruck meines Hinterns, beruhige ich mich, da fällt mein Blick auf ein kleines steinweißes Etwas, das ich für einen alten Kaugummi halte. Doch als ich es berühre, ist es leicht und knistert. Ein zusammengeknülltes Zettelchen. Während ich es entfalte, ahne ich bereits, dass es mit diesem kleinen Ding in meiner Hand etwas auf sich hat. Nichts Gutes. Du bist bloß nervös, weil das Wochenende so verrückt verlaufen ist, versuche ich mich zu beruhigen.

Es ist ein Kassenbon. Ausgestellt in einem Feinkostladen in der Hafencity. Ich war nie in diesem Geschäft. Vielleicht war Mama in meinem Zimmer, rede ich mir ein. Doch dann fällt mir plötzlich Udos Bemerkung ein, über meine Wand, die eine schöne Erinnerung an mich darstellt, wenn ich fort bin. Ein Bild schießt mir in den Kopf: Udo in meinem Zimmer, auf meinem Bett! Panisch beginne ich, den Bezug herunterzureißen.

Das Tagebuch! Ich lasse den Bezug fallen und schließe die Tür hinter mir ab. Dann krieche ich unter den Sessel. Durch die Gurte fummele ich die dunkelgrüne Kladde heraus, was viel schwieriger ist als das Reinschieben. Nein, unmöglich! Außer mir wird kein Mensch jemals das Versteck entdecken.

Im Tagebuch sind vielleicht noch zwanzig freie Seiten übrig. Ich blättere zurück und lese meine Notizen der letzten Wochen. Viele kleine geschwärzte Balken, drei Buchstaben groß, die sofort ein Lächeln in mein Gesicht zaubern. Selbst dieser kleine Zettel auf dem Boden kann das nicht verhindern.

Ich klebe die Seite von heute aus dem Skizzenbuch ein. Sie zu zensieren fällt mir schwer, aber etwas warnt mich, nicht unvorsichtig zu werden. Also bearbeite ich die Zeilen mit einem schwarzen Filzer und streiche alles Verräterische dick durch.

Bis Emma und Kassy zur Partyplanung vorbeikommen, habe ich noch etwas Zeit. Also blättere ich um und fange an zu schreiben. Ich will jedes winzige Detail über meine zwei Tage mit Tom notieren. Doch dann drängen die Worte in eine andere Richtung. Alles, was mich in den letzten Wochen bedrückt hat, strömt förmlich aufs Papier: Wie schrecklich es manchmal ist, als Mädchen gut auszusehen, weil jeder Depp glaubt, dich anquatschen zu müssen. Inklusive Udo, den ich hasse. Ich kritzle: Go fuck yourself SZ! quer über die Seite, diese Platzverschwendung gönne ich mir, und es tut saugut, meinen Frust rauszulassen. Auch den rätselhaften Brief in Ilsas Schublade erwähne ich und meine Angst vor dem Jahr in Australien. Alle beneiden mich um diesen Trip, aber niemand ahnt, wie sehr ich Schiss habe, dort zu vereinsamen.

Als ich die Seiten überfliege, geht mir auf, dass sich ein Berg aus Ängsten und Problemen vor mir türmt. Und mein letzter

Absatz liest sich schräg, wie die Zeilen einer Selbstmordgefährdeten:

Ich hab es so satt! Manchmal wünschte ich mir, einzuschlafen und nie wieder aufzuwachen.

Ich muss lachen und will auch darüber schon einen fetten schwarzen Balken kritzeln, weil es wirklich sehr melodramatisch ausgedrückt ist, doch dann lasse ich es stehen.

Noch zehn Minuten, bis Kassy und Emma hier aufschlagen. Tom und ich haben uns versprochen, dass wir erst mal dichthalten, aber ich merke, wie ich darauf brenne, ihnen vom Wochenende zu erzählen. *Hey, ich bin keine Jungfrau mehr!* Wenn das keine Neuigkeit ist, die man mit seinen besten Freundinnen teilen muss!

Gut angekommen?, blinkt es auf meinem Handy.

Dann blinkt es gleich noch mal: ich frag, weil es mir vorkommt, als wäre ein teil von dir immer noch hier bei mir.

Hoffentlich fällt ihm nicht gleich noch der Spruch mit dem Vater als Dieb und den Sternenaugen ein.

Ich antworte: bitte halte ihn mir im tiefkühlfach frisch!

– wollt den in die pfanne hauen. könnte dich auffressen, weißt du ja!

– Iiiih! du bist komisch! ich dich auch!

– bis freitag?

– yeaaahhhh!!!

Kassy trudelt ausnahmsweise mal pünktlich ein. Was daran liegt, dass Emma sie im Schlepptau hat. Ich höre die beiden durch mein auf Kipp gestelltes Fenster auf der Straße streiten, und meine gute Laune von eben verpufft.

Ich steige die Treppen hinab, um ihnen zu öffnen, bevor Udo mitbekommt, dass sich Sechzehnjährige im Haus tummeln, deren Gefühlsleben er ergründen könnte.

Einmal atme ich tief durch, dann drücke ich die Tür mit einem Lächeln auf. Ich versuche auch, mit den Augen zu lächeln, weil ich mal gelesen habe, dass man daran erkennen kann, ob jemand es ehrlich meint oder nicht. Kassy stiefelt an mir vorbei, unter ihren Augen hängen dunkle Schatten.

»Sag nix«, flüstert Emma, als sie an mir vorbeikommt. »Ich hab sie aus dem Bett geklingelt. Sie hat in Klamotten gepennt!«

Okay, das war dann wohl das Streitthema.

Kassy liegt auf dem Fußboden, als wir in mein Zimmer kommen, die Lederjacke über ihr Gesicht gebreitet.

Emma lässt sich in meinen Sessel sinken, unter dem ich gerade noch mein Tagebuch versteckt habe. In genau diesem Augenblick beschließe ich, dass jetzt und heute *nicht* der richtige Zeitpunkt ist, um über Tom und mich zu reden.

Und plötzlich stehe ich in meinem Zimmer herum und weiß gar nicht, wohin mit mir.

»Okay, unsere Party.« Ich versuche, aufgeregt zu klingen, und in Kassy und Emma kommt Leben.

»Ich schlage vor, wir fahren an einem Freitag nach der Schule hin, haben einen gechillten Abend nur für uns, und am Samstag steigt die Sause. Inklusive des Sofas« – als ich das erwähne, hopst mein Herz – »gibt es fünf richtige Schlafplätze. Die Betten gehören natürlich uns! Alle anderen müssen sich Isomatten und Schlafsäcke mitbringen und auf dem Fußboden pennen.«

Noch während ich diesen ganzen Quatsch von mir gebe, merke ich, dass die Party unter keinen Umständen steigen darf. Nicht, solange Tom und ich unsere Gefühle vor der Welt verstecken.

Noch mehr Lügen, denke ich, ein Abend voller Lügen.

»Welche anderen?«, kommt es von Emmas Seite.

»Ich dachte, du willst Daniel einladen? Und vielleicht ein paar aus der Klasse. Soll ja immerhin eine Party werden«, füge ich hinzu.

»Daniel kannst du von der Gästeliste streichen! Der benimmt sich wie ein Assi!«

»Wieso?«

»Ach, er hält sich nicht mehr an die Regeln. Was weiß ich, Schuhe nicht ins Regal, was Mama zur Weißglut treibt, lässt sein Geschirr stehen, und den Wäschedienst knickt er sich ebenfalls. Und wer erledigt seine Jobs mit? Genau. Ich! Und wenn ich was sage, kommt ein abgefuckter Kommentar.«

Kassy geht plötzlich wortlos aus dem Zimmer. Wir blicken ihr verdattert hinterher, da kommt sie mit dem Zahnputzbecher meiner Mutter in der Hand zurück.

»Durst«, röchelt sie und nimmt einen kräftigen Schluck. »Sorry, redet einfach weiter!«

»Ähm … also dann sollten wir überlegen, wie viele überhaupt kommen dürfen«, versuche ich den Faden wieder aufzunehmen, »auch wegen der Betten«, dass Kassy so ungerührt aus dem fleckigen Becher meiner Mutter trinkt, bringt mich irgendwie raus.

»Könnten wir nicht am Strand schlafen?«, platzt Kassy hervor.

»Da frieren wir uns den Arsch ab«, erwidert Emma.

Ein Papierknäuel landet an ihrem Kopf. Es ist der Kassenbon, den Kassy vom Boden gepickt hat.

»Emma hat recht. Damit es Spaß macht, müssen wir auf wärmere Nächte warten. Also wenigstens bis Ende Mai.«

Oder Juni, oder Juli – oder nie. Je nachdem, wann ich den beiden erzählt habe, dass ich mit meinem Cousin zusammen bin.

»Wir verlegen die Sause auf den Ferienbeginn!«, schlägt Kassy vor. »Und nüchtern eine Woche aus.«

»Hörst du nie zu, wenn man was erzählt?«, empört sich Emma. »In der ersten Ferienwoche fahre ich zu meinen Großeltern.«

Ich hämmere mir gerade ein plausibles Gegenargument zurecht, denn die erste Ferienwoche will ich mit Tom allein im Ferienhaus verbringen, da kommt von Kassy dieser wirklich miese Satz: »Wer sagt denn, dass du unbedingt dabei sein musst? Marie und ich können sicher auch eine Woche ohne dich an der Ostsee durchstehen.« Und nach eine kleinen Pause fügt sie hinzu: »Nach Australien kommst du ja auch nicht mit.«

Emma springt auf und rennt aus dem Zimmer.

»Sag mal, geht's noch?«, fahre ich Kassy an und laufe Emma hinterher.

Sie hockt mit bebenden Schultern auf der obersten Treppenstufe. Ich setze mich neben sie, lege tröstend meinen Arm um ihre Schulter. Warum lässt sie sich von Kassy so provozieren?

»Wir würden niemals ohne dich feiern«, fange ich an. »Außerdem hat meine Mutter das Ferienhaus schon vermietet.«

Meine Mutter hat das Ferienhaus noch nie vermietet. Sie vermietet das Ferienhaus ja nicht einmal an ihre Schwester.

»Los, wir suchen jetzt alle zusammen nach einem guten Tag für die Party. Okay? Irgendwann im Juni.«

Bis dahin habe ich den beiden hoffentlich erzählt, was zwischen mir und Tom läuft.

Dienstag, 28. April

Verdammt! Gerade noch haben wir darüber diskutiert, wen wir alles einladen wollen, und dann lief es irgendwie schief. Kassy hat zu Emma gesagt, sie soll bloß nicht auf die Idee kommen, rosa Einladungskärtchen zu verteilen. Emma hat gemotzt, Kassy würde wohl so blöd sein und 'ne Veranstaltung auf Facebook erstellen. Woraufhin Kassy gemeint hat, das wäre genauso uncool wie Emmas Einladungskarten.

Erst ist Emma abgehauen, dann Kassy, nachdem ich ihr deutlich meine Meinung gesagt habe. Und nun sitze ich hier alleine.

Warum glauben alle, dass es nur ihnen scheiße geht? Mit voller Wucht schlage ich auf das Dach und reiße mir natürlich die Hand an einer scharfen Kante auf. Ich spüre keinen Schmerz, aber der kleine rote Mund, ein ziemlich akkurater Schnitt, macht mich plötzlich wahnsinnig traurig. Aus meinen stillen Tränen wird ein hemmungsloses Heulen.

Ich krieche vom Dach, halte die verletzte Hand in die Höhe, das Blut rinnt kitzelig am Arm entlang. Bevor es Toms T-Shirt versaut, nehme ich den Arm runter. Genau dann, wenn es einem richtig mies geht, ist niemand für einen da. Keine einzige Freundin, die sich meinen Kummer anhört.

Linkshändig fummle ich mein Handy aus der Hosentasche, lese schniefend alle fünfzig Tom-Nachrichten der letzten drei Tage, meine Atmung beruhigt sich.

Ich tippe: `tom???`

Die Antwort lässt keine Sekunde auf sich warten: `alles gut bei dir? ich ruf dich an, ja?`

Und schon klingelt mein Telefon, ich hebe ab, und Toms Stimme erleichert mich dermaßen, dass ich erneut aufschluchze.

»Marie? Was ist denn los?«

»Ach nichts, ich freu mich nur so auf das Wochenende. Ich vermisse dich!«

»Ich dich auch! Aber deswegen weinst du?«

»Nein, na ja. Bleibt es dabei? Wir treffen uns wieder im Ferienhaus?«

»Hab schon gesagt, dass ich mit Ullsen das Wochenende bei ihm durchschrauben will. Aber sag mal, war nicht Zeitumstellung?«

»Was? Nö, ist das nicht im März gewesen?«

»Komisch, mir ist so, als wären die Uhren drei Tage vorgestellt.«

Ich lache auf.

»Genau, auf Freitag! Gleich bin ich bei dir!«

Tom ist toll. Er ist für mich da, und er versteht, dass auch ein Sonnenschein wie ich seine Schattenseiten hat. Er kennt mich einfach.

Nach dem Auflegen schicke ich ihm ein Handyfoto meines blutbekleckerten Arms:

– upps, zeitreiseverletzung … hat leider nicht geklappt. hänge immer noch im dienstag fest.

– autsch!! hast du deswegen geweint? warum sagst du das denn nicht?

– halb so wild, bin selbst schuld. erzähl ich dir später. und vielleicht können wir ja über unseren geheimhaltungspakt noch mal nachdenken. so, stehe vorm einkaufszentrum und hole pflaster! bis später! danke! kuss!

Im Mercado hole ich mir aus dem Klo im ersten Stock etwas Papier, mit dem ich mich sauber wische. Während ich in den Keller zum Drogeriemarkt runterfahre, erspähe ich plötzlich von der Rolltreppe aus einen schwarzen Bob mit blauen Spitzen. Seltsam, denn Kassy ist vorhin mit den Worten abgehauen, sie müsse jetzt kellnern gehen.

Ich folge ihr. Sie bleibt kurz vorm Edeka stehen, checkt ihr Handy und läuft dann, mit Blick aufs Telefon, weiter zum Ausgang Rainstraße. Was hat sie vor? Geocaching? Ein Date? Als ich nur noch zwei Geschäfte entfernt bin, will ich rufen, doch da betritt Daniel das Einkaufszentrum. Sein Ziel ist eindeutig Kassy.

Die beiden stecken ihre Köpfe zusammen, tuscheln. Sind sie ein Liebespaar? Man muss kein Genie sein, um zu wissen, dass Daniel auf Kassy fliegt. Aber sie auf ihn? Ehrlich? Wenn die zwei heimlich zusammen sind, motzt sie Emma vielleicht deswegen so häufig an? Jetzt umarmen sie sich, fassen sich an den Händen und trennen sich auch schon wieder. Er sagt etwas, sie nickt, und, ha, jetzt küsst er sie, aber nur auf die Wange. Und als er sich umdreht, wischt Kassy mit der Faust darüber. Sie steckt die Faust in die Jackentasche. Ich könnte schwören, dass sie etwas in den Fingern hält. Die Vorstellung, dass der coole Daniel Liebesbriefe schreibt, bringt mich zum Lächeln.

Kapitel 10

Mittwoch, 29. April

Ich stehe im Flur auf der Treppe. Meine Mutter telefoniert im Arbeitszimmer, und ich glaube, ich weiß, wer am anderen Ende der Leitung ist.

»Was willst du?«, höre ich sie sagen, dann lauscht sie.

»Nein«, kommt nach einem Augenblick ihre Antwort, schroff und knapp.

Der Streit zwischen Mama und Conny dauert nun schon über ein halbes Jahr, alles wegen eines blöden Ferienhauses, das den größten Teil des Jahres leer steht. Ich kapier's nicht!

»Nein, sie war hier. In Hamburg«, sagt Ilsa nun, lauscht wieder und fährt auf: »Ich weiß, wo sich meine Tochter aufhält, selbst wenn ich am Wochenende arbeite.«

Eindeutig, die Person am anderen Ende ist Conny. Und sie reden über mich! Conny hat gefragt, wo ich am Wochenende gewesen bin.

Unruhig steige ich ein paar Treppenstufen tiefer. Hat Tom ihr von uns erzählt?

»Weißt du, Conny«, höre ich Ilsas Worte, als würden sie direkt über mir schweben. Kleine dreckige Wortdinger, die platzen und Schmutz auf mich herabrieseln lassen. »Im Grunde ist mir das egal. Selbst wenn die beiden miteinander geschlafen haben, bist du diejenige, die das Problem lösen muss. Du hast es schließlich auch in die Welt gesetzt.«

Damit legt sie auf.

Langsam trete ich noch die letzte Stufe runter, aber Mama läuft an mir vorbei, als stünde nicht ich auf der Treppe, sondern ein Kleiderständer. Und ehrlich, ich fühl mich auch genauso. *Miteinander geschlafen.* Woher weiß Conny davon?

»Mama?«, flüstere ich.

Ilsa bleibt stehen.

»Was hat Conny gewollt?«, frage ich. »Ging es um mich?«

»Warst du in Nienbrook?«

»Wann?«, frage ich dämlich zurück.

»Am Wochenende.«

Ich schüttle den Kopf. »Wieso sollte ich? Ich war bei Emma.«

Meine Mutter kann durchaus erkennen, wenn ich lüge. Aber nicht immer.

»Sag mir Bescheid, wenn du das nächste Mal vorhast, hinzufahren. Vielleicht komme ich mit. Schließlich muss ich mich mal wieder ums Häuschen kümmern.«

»Okay«, sage ich.

Die nächste Lüge wartet schon. Spätestens Freitag, wenn ich nach Nienbrook fahre, werde ich sie von der Leine lassen.

– `hast du irgendwem von uns erzählt?`, frage ich Tom übers Handy.

– `nein.`

– `ehrlich?`

– `mare, mir fällt es schwer, aber ich schweige.`

Kurz überlege ich, ob ich ihm von dem Anruf berichten soll, da fällt mir etwas ein: Dieses Geräusch, der Einbrecher im Ferienhaus, das war Conny. Sie war dort und hat uns beim Schlafen beobachtet, schutzlos nackt. Conny, meine liebste Tante, der Mensch, dem ich mit am meisten vertraue, hat uns hinterherspioniert und dann ahnungslos liegen lassen. Und nun, Tage später, ruft sie bei Ilsa an, weil sie verhindern will, dass ich ihren Sohn date?

Vielleicht gibt es doch gute Gründe für den Streit zwischen meiner Mutter und ihr. Ich spüre, dass ich dabei bin, die Seiten zu wechseln, und beschließe, abzuwarten, ob Conny uns von sich aus anspricht. Ich jedenfalls werde das Thema von mir aus nicht auf den Tisch bringen.

10.05.2015

Ich warte jetzt seit zwei Wochen. Aber weder hat Ilsa irgendetwas zu mir gesagt, noch hat Conny Tom auf uns angesprochen. Das ist doch seltsam. Tom und ich ignorieren den blöden Streit. Wir schreiben uns, telefonieren, sooft es geht. Und letztes Wochenende, endlich, endlich!, haben wir uns wiedergesehen. Und das war genauso schön wie unser erstes Wochenende im Ferienhaus. Nein, schöner! Und so viel zu kurz!

Gestern Nacht lag ich dann ewig wach in meinem Bett, das mir noch nie so höllisch groß vorgekommen ist. Da schrak ich plötzlich auf, weil es an mein Fenster klopfte. Stinksauer riss ich es auf, weil Kassy sich nicht an unsere Vereinbarung gehalten hat und über das Ga-

ragendach geklettert ist. Doch auf dem Dach stand nicht Kassy, die um Einlass bettelte, sondern Tom mit einem Fliederzweig in der Hand. Er ist kein Kletterpro, deswegen hab ich kurz befürchtet, dass Udo und Ilsa von dem Lärm aufgewacht seien.
Nö! Im Gegensatz zu uns haben sie die ganze Nacht tief und fest geschlafen. ☺
Bevor es richtig hell wurde, hat er sich davongeschlichen.
Zum Abschied war es diesmal er, der gegrübelt hat, ob wir nicht aufhören sollten mit der Heimlichtuerei. Dabei hat mir das Heimliche in dieser Nacht ganz gut gefallen. ☺
Aber nicht deshalb habe ich ihn gebeten, unser Geheimnis für sich zu behalten. Ich möchte abwarten, ob Conny irgendwann von sich aus mit der Sprache herausrückt. Ich finde es seltsam, dass sie vor ihm so tut, als wüsste sie von nichts, und hintenrum mit meiner Mutter telefoniert.

Dienstag, 19. Mai

Auf dem Weg zur Schule höre ich diesen einen Song. Tom hat mir gestern den Link zu einer Playlist geschickt, die ich nun rauf und runter höre. Die Lieder sind alle genial, aber *Run* von *Daughter* ist mein Herzenssong. Vom Text kriege ich Gänsehaut und stelle mir Tom vor, wie er mich in seine Arme schließt.

Ein ungewohntes Bild bringt mich in die Hamburger Realität zurück. Noch vor der Schule empfängt mich der Anblick von Emma und Kassy, die einträchtig in einem Hauseingang sitzen. Die Köpfe stoßen über einem Handy aneinander, die eine hat der anderen den Arm um die Schulter gelegt. Kassy und Emma können sich wegen jedem Mist fetzen, was unendlich nervt, aber wie sie gerade so vertraut aneinandergekuschelt auf der Stufe sitzen, werde ich fast ein wenig neidisch.

Daniel, denke ich. Kassy hat es Emma gesteckt.

Ich überlege schon, die zwei nicht zu stören, da heben sie wie auf Kommando die Köpfe und blicken mich an. Ein Gesicht ist tränenverschmiert. Nein, nicht Emma heult – Kassy!

»Ich geh da nicht rein«, schnieft sie mit Trotz in der Stimme und nickt in Richtung Schule.

»Krass, oder?« Emma sieht mich fassungslos an. Dann streicht sie Kassy einen blauen Zipfel aus dem Gesicht, der sich an der nassen Wange festgeklebt hat.

Habe ich was verpasst? Mein Blick fällt auf das Display. Die beiden schauen sich eine Facebook-Seite an, und ich kapiere immer noch nichts.

»Was ist krass?«, frage ich.

Emma will mir das Handy reichen, da klingelt die Schulglocke. Wir blicken alle drei in dieselbe Richtung, sehen ein paar Nachzügler die Straße entlangsprinten, und man merkt Emma an, wie sehr sie mit sich ringt.

»Geht mal ohne mich.« Kassy fuchtelt eine Abschiedsgeste dahin.

»Die haben dich eh schon auf dem Kieker wegen der Schwänzerei«, wende ich ein.

»Das ist mir gerade scheißegal!«

»Kassy«, versucht es jetzt Emma. »Wer das Profil angelegt hat, hat bestimmt nicht richtig nachgedacht. Das ist irgendein Idiot, vor dem du dich nicht verstecken solltest. Dann fliegst du wegen dem von der Schule …«

»Ich will sowieso nicht mehr auf diese Kackschule!«, murmelt sie trotzig.

»Was ist denn eigentlich los? Von welchem Profil redet ihr?«

»Komm jetzt, Kassy!« Emma fasst sie an der Hand und fordert mich auf, ihr zu helfen. »Vielleicht bereut es der Depp ja bereits.«

Gemeinsam ziehen wir sie auf die Beine und zwängen sie in unsere Mitte. So entern wir das Schulgebäude. Im Klassenzimmer drehen sich alle Köpfe zu uns um. Verstohlen schüttelt Kassy uns ab.

Jetzt möchte ich ehrlich gern wissen, was auf diesem Facebook-Profil zu sehen ist.

Das Handy unter der Bank verborgen, finde ich auf Facebook eine Freundschaftseinladung von kASSy. Ich schaue mir das Profil an, ohne die Freundschaftsanfrage anzunehmen.

kASSy - see the ASS inside? steht fett im Titelbild. Ein unschmeichelhaftes Foto von Kassy klebt als Profilbild links darunter. Gerade nicht entstellt genug, um sie darauf zu identifizieren. Sieht irgendwie aus, als wäre Kassy da betrunken.

Der einzige Post der angeblichen *kASSy* lautet:

- Hi folks! This is an invitation to kick the biggest ASS in school! ME!

Garniert wird er vom GIF eines nackten Schwabbelarschs.

Darunter tummeln sich schon diverse Likes und Kommentare.

RobsTobs: Haha, right!

Beenchen: OMG!

Norman Bates: Kassy, ich liebe deinen Arsch!

San Drew: Is das ihrer?
Theo Retisch: Wiggle wiggle?
Nadia Folkers: Hat euch jemand ins Gehirn gesch …?
Finn M: Ja, und zwar Kassys Arsch!

Entgeistert schließe ich die Seite. Wer macht so was? Warum? Wut packt mich, auf diesen miesen Feigling und alle, die mit ihren Kommentaren das üble Spiel unterstützen. Ich blinzle durch meine Haare zu Kassy. Ihre Knie stemmen gegen die Schulbank, der Reißverschluss der Lederjacke ist bis zum Kinn hochgezogen. Mir fällt ihr zarter Gesang zur Ukulele ein. Selbst Emma und ich sind manchmal blind für diese weiche Seite an ihr. Aber ich muss zugeben, meistens gibt sie sich auch alle Mühe, die gut zu verbergen.

Gerade springt die Anzahl der Likes auf 56. Von denen, die einen Kommentar hinterlassen haben, kenne ich niemanden. Wer bitte schön ist RobsTobs, wer Norman Bates?

Hat einer von ihnen diesen Müll gestartet?

Ich schicke Kassy eine Nachricht:

– dummer scheiß! mach dir nix draus! sicher irgendein achtklässler, der eigentlich auf dich steht. Und sooo viele haben es ja nicht gesehen …

– scherz? Die GANZE schule hat ne einladung auf »mein neues« profil!!!!!! seit gestern abend!

Gestern? Gestern habe ich eine Playlist für Tom erstellt, in meinem Tagebuch über meine Zweifel philosophiert, und am Abend haben wir telefoniert.

Gestern war ich ziemlich viel mit ihm beschäftigt. Und *ziemlich viel* ist in dem Fall das Synonym für *ausschließlich*. Wie auch an den anderen 26 Tagen, seit wir ein Paar sind.

– sorry, ich bin gerade kaum noch auf fb. warum hast du mir nix gesagt?

– du hattest zu tun … schon okay! hab mit emma geredet. im trösten ist sie ein pro!

Mit dem Handy auf meinem Schoß begreife ich, dass ich etwas Wesentliches habe schleifen lassen. Statt mich nur darum zu kümmern, wie ich mehr Zeit für Tom freischaufeln kann, zum Skypen, Telefonieren, Treffen, hätte ich ein bisschen was in unsere üblichen Rituale investieren sollen, denn gerade verliere ich anscheinend das, was mir am wichtigsten ist: unsere Freundschaft.

Wenn ich daran denke, wie lasch ich auf Emmas Kummer über das Australienverbot reagiert habe, schäme ich mich. Aber jetzt, mit Kassy, wird das nicht noch einmal passieren.

Da reißt mich unsere Geschichtslehrerin aus meinen Überlegungen, indem sie mir einen Aufgabenzettel für eine Klausur aufs Pult schiebt. Kein Ansichtsexemplar oder so. Wir schreiben eine Klausur. Jetzt gleich! Und ich habe es völlig verpeilt. Okay, das wäre dann wohl eine weitere Sache, die ich vernachlässigt habe. Bisher musste ich für meine Noten nie sonderlich viel zu Hause arbeiten, weil ich im Unterricht genug mitbekommen habe, um wenigstens eine Zwei zu kassieren. Nie schlechter. Ich krame in meinem Hirn nach Zahlen und Ereignissen, die zu den Fragen auf dem Aufgabenblatt vor mir passen könnten, doch ich finde erschreckend wenig. Dann rechne ich kurz, und als ich feststelle, dass selbst mit einer Sechs mein Durchschnitt in Geschichte auf Zwei bleibt, lege ich den Stift zur Seite und beobachte wieder Kassy, die auf einer Strähne herumkaut.

Irgendwer hat es auf sie abgesehen. Aber wer? Warum?

In der Pause hat Kassy etwas bessere Laune: »Wisst ihr, was die einzig richtige Antwort darauf ist? Ich ignorier das einfach!« Sie zieht ihre Knie unters Kinn. »Paul gibt eine Party, und wir gehen feiern, okay?«

»Samstag?«, frage ich mit einem Anflug von Panik, denn dieses Wochenende ist wieder Nienbrook dran.

»Quatsch. Heute!« Kassy stempelt ihre Entschlossenheit mit einem Fausthieb auf die flache Hand.

»Ähm, morgen ist Mittwoch!«, wendet Emma ein.

»Ja, und?«

»Schule?«, erinnert sie vorsichtig.

»Who cares? Ab jetzt lassen wir uns nicht unterkriegen, hab ich gesagt.« Kassy öffnet ihre Lederjacke, und darunter kommt ein T-Shirt zum Vorschein, auf dem steht: *I wipe my ass with what you think!*

Für einen Moment fühle ich mich richtig verwegen, und mit Arschgewackel stürmen wir die Treppen hoch.

✢

Unsere Gesichter glühen erwartungsvoll grün und rot in der LED-Reflexion des Kiosks, vor dem wir auf Kassy warten. Mit zwei prallen Tüten stolpert sie wieder heraus. Ein Arm fährt in den Wunderschlund und bringt Wassereis mit Colageschmack zum Vorschein. Sie wirft jeder von uns eines zu. Die kalte Pappröhre flutscht mir durch die Finger, und ich fange sie gerade noch, bevor sie auf dem Boden landet. Wir lehnen uns auf dem Sims ans Schaufenster, Kassy hat die Tüte zwischen den Beinen abgestellt, und lutschen.

»Fragt mich nicht, wie sich das ausspricht. Irisch oder Gälisch oder so. Ich hab bloß draufgezeigt.« Damit zieht sie eine Flasche mit dunkelgrün-silbernem Etikett aus der Tüte. Whiskey. Der war bestimmt megateuer. So was packt Udo abends auf unseren Wohnzimmertisch, wenn Besuch kommt, der beeindruckt werden soll.

Es folgen Säfte, Johannisbeersirup. Emma quietscht auf, als sie das Etikett sieht. »Wie witzig! Cassis, der Sirup heißt ja wie du!«, und wir müssen lachen, weil Emma sich wie eine Zehnjährige benimmt, was ganz und gar nicht zu unseren Outfits passt, höchstens zum Colaeis. Emma haben wir zu einem Maxikleid überredet mit tiefem Ausschnitt am Rücken, und vorn ist es – na ja, auch tief genug, würde ich sagen. Es steht ihr jedenfalls gigantisch gut.

Kassy kann anziehen, was sie will, sie schafft es immer, ihrer Kleidung ein bisschen Piratenbrautflair einzuhauchen. Liegt wohl an ihrer blassen Haut und den Kajal-Augen. Ich trage meine Docs, dann längere Zeit nichts, und dann folgt ein hellgrünes Minikleid.

»So, da wären noch etwas Tonicwater und je eine Flasche Gin und Rum.« Einhändig reicht sie uns die Flaschen, die wir mit klebrigen Fingern entgegennehmen, weil wir immer noch Eis schlecken.

»Wer soll das denn alles trinken?«, frage ich.

»Paul hat mich gebeten, dass ich das mitbringe für die Bar«, gibt Kassy zur Antwort.

Wir verteilen die Getränke auf unsere Turnbeutel, und ich denke bei mir, dass Kassy im Café nicht nur Milchschäumen gelernt hat.

»Das sind Zutaten für Cocktails«, stellt auch Emma fest. Sie greift sich nur die Säfte. Wahrscheinlich machen ihr die anderen Flaschen ein bisschen Sorgen.

»Genau!«, nuschelt Kassy und legt ihren Kopf in den Nacken,

weil ihr rechts und links braune Eissoße aus den Mundwinkeln rinnt.

Wir müssen lachen und laufen los durch die bunt erleuchteten Straßen weiter nach St. Pauli. Emma hopst ein bisschen, was die Saftflaschen auf ihrem Rücken zum Klirren bringt.

»Tschuldigung, in dem Kleid kann ich nicht richtig laufen. Das verheddert sich um die Beine.«

»Warte mal«, sagt Kassy. Wir bleiben stehen, und sie verpasst Emma auch den Piratenlook, indem sie den Kleidsaum hochrafft und in Emmas Unterhose stopft, sodass das Kleid nun auf einer Seite in weichem Schwung nur noch bis zum Knie hinabfällt.

»Geht's so?«, fragt sie, und mein Herz platzt beinahe vor lauter Liebe für diese zwei Mädchen. Wir schlendern über einen kleinen Platz, auf dem die Stühle der Cafés kreuz und quer über das Pflaster auf die Mitte zuwandern. Das muss ein Trick sein, damit die Menschen sich begegnen.

Ich rieche die alte Brauerei und die blühenden Bäume. Die Gespräche um uns herum branden an mein Ohr. Ich fühle mich so glücklich heute Abend, und leicht!

Kassy zeigt auf ein mit reichlich Stuck verziertes weißes Haus. »Da sind wir.«

Unsere Aufregung steigt. Wir fassen uns an den Händen, und ich bin froh, dass Kassy nicht lockergelassen hat. Emmas Eltern haben wir weisgemacht, wir würden an einem Schulprojekt arbeiten, was sie zögerlich geschluckt haben. So wie auch Tom meine Absage für das allabendliche Skypen. Im Moment spüre ich kein bisschen Sehnsucht.

Die Party findet nicht in der Wohnung statt, wie ich gedacht hatte, sondern im Hinterhof, der hergerichtet ist wie das Filmset für einen alten Liebesfilm, nur in bunt. Girlanden aus roten und gelben Lampions ranken sich durch die Bäume. An manchen Ästen hängen Moskitonetze, unter deren Baldachin sich Kissenlager bilden über dem Laub vom Vorjahr. Gruppen von 50er-Jahre-Cocktailsesseln und Sofas warten nur darauf, dass wir uns mit einem Drink in der Hand hineindrapieren. Über zwei Kühlschränken liegt ein Brett. Stehlampen mit großen Kugelschirmen beleuchten die improvisierte Bar. In einer Badwanne an der Hauswand dümpeln Bierflaschen in Eiswürfelwasser. Nur Partygäste sehe ich keine, wir sind viel zu früh. Zwei junge Frauen in weit ausgestellten Kleidern versuchen, eine Feuerschale in Gang zu bringen. Ein paar Typen schleppen ein weiteres Brett in den Hof, gefolgt von zwei Prinzessinnen, die Salatschüsseln in den Händen halten.

Kassy zieht uns zu den Typen. »Wisst ihr, wo Paul ist?«, fragt sie.

»He, Kassy! Wie schön, dass du da bist!« Einer der Typen beugt sich zu ihr und gibt ihr ein Küsschen auf die Wange.

»Lass mal Brett wegstellen«, drängt der andere, der verschwitzt aussieht.

Die Prinzessinnen rauschen heran und begrüßen Kassy ebenfalls mit Küsschen.

»Das sind Marie«, ich lächle, »und Emma.«

Wir sagen »Hi!«, und die Prinzessinnen sagen ebenfalls »Hi!« und fragen, ob wir Lust hätten, ihnen beim Büfettaufbau zu helfen. Wozu wir natürlich Lust haben, denn so stehen wir wenigstens nicht blöd rum.

»Wartet«, ruft Kassy und schleift uns mit sich zur Bar, wo wir unsere Gaben aus den Turnbeuteln abliefern, die einer der Typen, der gerade noch das Brett geschleppt hat, wohlwollend abnickt. Besonders den Whiskey. Und Kassy ordert für uns alkoholfreie Cocktails, die wir abholen wollen, wenn wir mit dem Büfett fertig sind.

Ein Fenster im ersten Stock öffnet sich, und Lautsprecher werden herausgeschoben, ein Uraltsong beginnt, in dem ein Mann über *magic moments* singt, und die paar vereinzelten Leute im Hof grölen begeistert auf. Ich denke, es ist ehrlich magisch hier, da taucht im Fenster ein bärtiger Typ auf und winkt seinen Leuten zu.

»He, Paul«, ruft Kassy, und ich erkenne den Barkeeper aus ihrem Café, der mir den Baileys angeboten hat.

»*Er* ist der Gastgeber?«, raune ich Kassy zu.

»Ja, Paul«, antwortet sie, als wäre meine Frage irgendwie überflüssig. Mir fällt plötzlich ein, dass Kassy bei diesem Vorstellungsgespräch damals sehr sonderbare Arbeitszeiten aufgeschrieben hat. Vielleicht arbeitet sie ja auch nachts? Das würde ihre Cocktail-Skills erklären, wieso sie Geld für die ganzen Getränke übrig hat und weshalb sie in der Schule zu spät kommt und manchmal so müde aussieht.

»Los?«, fragt Emma.

Wir steigen also hoch in den ersten Stock, wo Paul uns im Flur empfängt. Kassy begrüßt er mit Küsschen auf die Wange und mich ebenfalls.

»Die Frau mit den Elfenhaaren! Schön, dich wiederzusehen«, sagt er.

Dann dreht er sich zu Emma, die er ebenfalls küsst. Sie fühlt sich bestimmt auch gleich erwachsener. Mann, heute sind alle Menschen so nett zu uns!

Als das Büfett steht – weiße Tischdecken, Pfingstrosen und sämtliche Speisen vegan oder rohvegan –, schnappen wir unsere Drinks und fläzen uns auf ein Sofa.

»So soll unsere Party auch werden«, stifte ich die beiden an. Wir träumen von einer Schaukel im Baum, und wir wollen Lichterketten aufhängen. Ich schlage ein Knutschzelt vor, was Emma entsetzt.

Soll ich den beiden jetzt von Tom erzählen? Der Augenblick wäre perfekt. Und ich würde vielleicht sogar etwas Gutes tun, weil es Kassy von diesem Facebook-Bashing ablenken würde. Auch wenn sie es nie zugeben würde, das Hetzprofil geht ihr keine Sekunde aus dem Sinn. Emma und ich mussten schwören, das Profil heute Abend nicht zu erwähnen. Doch ich kneife, mal wieder. Na ja, bis zu unserer Party ist noch massig Zeit.

Drei Stunden später ist es brechend voll und laut. Die Menschen sind immer noch nett, doch das Magische ist verflogen. Statt Oldies wummert Elektromusik aus den Lautsprechern, zu der ich nicht tanzen kann, selbst wenn ich es wollte. Nach dem alkoholfreien Cocktail hatte ich einen mit und anschließend ein Glas Wein, weswegen mir gerade etwas schwindelig ist. Ich lehne hinter einem Baumstamm, wo ich mir die Strumpfhose aus meinem Turnbeutel anziehen will. Mittlerweile ist es zu kalt für nackte Beine. Emma müsste oben in der Schlange zum Klo anstehen, zumindest wollte sie dorthin, und im Hof finde ich sie nirgends, aber der Hausflur ist verstopft mit Menschen. Gerade geht über der Bar ein Lampion in Flammen auf. Eine Gruppe kreischt auf, als brennende Fetzen zu Boden trudeln. Der Rest tanzt einfach weiter. Mit einem Mal fühle ich mich ausgeschlossen. Abseits bei der Bierwanne entdecke ich eine Fata Morgana, die sich dann doch als echt entpuppt: Daniel, der nach einem Astra fischt. Zwischen den Studenten wirkt er wie ein zappeliger Junge. Wirken wir auch so grün hinter den Ohren? Immerhin hat Paul mich vorhin Frau genannt, Frau mit dem Elfenhaar. Ich schüttele ein bisschen festgeklebtes Laub aus der Strumpfhose.

Bestimmt hat Kassy ihn eingeladen. Nicht wirklich clever wegen Emmas Lüge ihren Eltern gegenüber. Andererseits, Daniel würde seine Zwillingsschwester nie verpfeifen. Nicht zuletzt, weil sie schließlich gerade im gleichen Boot sitzen und er genauso Schwierigkeiten bekommen würde.

Ehrlich, ich weiß, wie mies sich Sehnsucht anfühlt, besonders zwischen flirtenden, lachenden, knutschenden Menschen. Wenn Kassy Daniel aus diesem Grund hergebeten hat, kann ich sie nur zu gut verstehen. Auch wenn ich finde, dass sie uns langsam in ihr Geheimnis einweihen könnte.

Als ich mich aufrichte und das Kleid fallen lasse, steht Paul plötzlich vor mir mit einem Glas in der Hand.

»Hier. Für dich. Ein Sidecar.«

Ich nehme, koste, tue so, als wäre es normal, mit eben noch hochgezogenem Minikleid ertappt zu werden. Oder soll ich Paul das erklären, damit er nicht glaubt, ich hätte in den Hof gepinkelt?

Er schiebt die Hände in die Hintertaschen seiner Jeans. Die Geste erinnert mich verdammt an Tom.

»Und?«, fragt er.

»Zwei Schlucke, und ich kippe aus den Latschen, zu viel Alkohol.«

»Soll ich dir lieber eine Cola bringen?«

Er benimmt sich schon verdammt zuvorkommend. Und er ist der Gastgeber. Und er sieht gut aus. Trotz Bart. »Nein, danke! Ist lecker.«

Aus dem Augenwinkel beobachte ich, wie Kassy sich durch die

Massen schlängelt bis zu Daniel, dem sie auf die Schulter haut. Einen echt hemdsärmligen Klatscher landet sie da, dem wenig Romantik innewohnt, dafür tausend Prozent Kassy. Und gleich werden sie weg sein.

Meine zerknirschte Miene bezieht Paul auf den Cocktail. »Wirklich, kein Umstand, dir etwas Leichteres zu mixen. Ist ja mein Job.«

Ich umklammere das Glas, Daniel Kassys Arm, kalter Sidecar schwappt mir auf die Hand. Daniel schleppt Kassy aus meinem Blickfeld. Shit!

In diesem Augenblick wünsche ich mir nichts sehnlicher, als dass Tom auftaucht, genauso unvermittelt und von Zauberhand wie Daniel, und dass er mich ebenfalls am Handgelenk packt und aus den Massen führt. Wie kühl es geworden ist. Ich trinke noch einen Schluck vom Cocktail und hebe mein Gesicht zu Paul, dessen Umrisse kurz verschwimmen, bevor ich ihn wieder klar sehen kann.

»Sag mal, arbeitet Kassy eigentlich auch nachts?« Wahrscheinlich lalle ich schon ein bisschen.

»Nachts? Nee, auf keinen Fall. Andi lässt Schüler maximal bis acht Uhr jobben. Höchstens mal am Wochenende bis zehn.« Er reibt sich den Bart, schaut kurz über die Schulter und flüstert mir dann zu: »Ich geh mal rein, wir sehen uns später noch, ja?«

Ich trinke noch einen Schluck, bücke mich und stelle das Glas ins feuchte Laub, aus dem ein unscheinbarer Pilzgeruch aufsteigt. Da verliere ich das Gleichgewicht und kippe mit dem Kopf vornüber gegen den Baumstamm. Ziemlich doll, denn einen Augenblick lang wackelt das Bild. Ich reibe meine Stirn, wo morgen sicher eine dicke Beule prangt. Ich bleibe hocken und atme durch.

Scheiße, meine Brust fühlt sich so verdammt eng an, mein Herz rast. Ich werfe einen Blick auf die vielen Füße, die achtlos über Kippen trampeln und zerschlagene Glassplitter in die Erde einarbeiten. Barfuß reißen sie sich die Sohlen blutig, Wunden brennen sich an halb ausgetretenen Zigaretten ins Fleisch. Nein, das stimmt nicht. Mir ist schlecht. An den Stamm gestützt stehe ich auf.

Im Treppenhaus tanzen sie auf den Stufen. Ich will durch die Massen hoch zu Emma, aber immer wieder rempelt mich jemand an, und ich stolpere einen Schritt rückwärts. Ein Typ zieht mich an sich heran, ich schlüpfe unter seinen Armen hindurch, schiebe mich weiter verbissen die Stufen hoch bis zum ersten Stock. In der Wohnung stinkt die Luft heftig nach Gras. Ich warte vor dem Klo, doch als endlich die Tür aufspringt, kommt nicht Emma heraus, nur ein kleiner Typ mit Tattoos.

Ich gehe durch die Küche ans offene Fenster zur frischen Luft. Der DJ, ein Typ in Kordanzug und mit Holzperlenstirnband, wird nervös. Wahrscheinlich glaubt er, ich sei zu blöd und würde die Boxen aus Versehen runterschubsen. Von oben suche ich die Menge ab, doch Emma ist nirgends zu sehen. Wieder packt mich der Schwindel. Mann, der Sidecar hatte es wirklich in sich. Kurz atme ich durch, dann suche ich weiter. Endlich finde ich Emma. Ein Zipfel des Maxikleides, der unter einer Bettdecke hervorlugt, verrät sie. Ich hebe die Decke an, und der Hügel darunter ist tatsächlich die schlafende Emma. Ihre Schultern schimmern weich und unschuldig, ich muss einfach mit den Fingern darüberstreichen. Sie schlägt die Augen auf, als hätte sie den Schlaf bloß gespielt.

»Lass uns gehen«, raune ich ihr zu.

Emma reibt sich übers Ohr und richtet sich auf.

»Wo ist Kassy?«, fragt sie, als wir auf der Straße stehen. »Kommt sie nicht mit?«

»Sie will noch bleiben«, antworte ich und lüge schon wieder.

Schläfrig torkeln wir ein Stück bis zur Reeperbahn. Mir fehlt die Lust auf die nächtliche S-Bahn, also winke ich uns ein Taxi ran, in dem Emma an meiner Schulter vor sich hindöst, während ich gegen die Übelkeit ankämpfe.

In meinem Zimmer schlüpft Emma aus dem Kleid. Sie streift sich eins meiner Shirts über und rutscht unter die Decke, wo sie sofort einschläft.

Ich stehle mich hinunter auf die Terrasse, wähle Toms Nummer und drücke mich an die Hauswand, um der kalten Luft auszuweichen, doch plötzlich überkommt mich das Gefühl, jemand würde lauschen.

»Na?«, antwortet Tom.

»Warte«, flüstere ich und schleiche quer über den Rasen zu den Hecken.

»Bist du noch auf der Party?«

Ich drehe mich zum Haus. Die Fensterscheiben glänzen schwarz. Wahrscheinlich ist es bloß die Nacht, die mich belauert. Trotzdem will die Unruhe nicht weichen.

»Nein. Mir war voll schlecht. Außerdem ist morgen Schule, und ich hab dich vermisst.«

»Und ich dich erst. Seit elf liege ich im Bett, aber ich schlafe nicht ein. Na ja, vielleicht Eifersucht, ein bisschen. Wie war's denn?«

»Überall knutschende Pärchen! Tom, es ist ungerecht, dass wir nicht auch einfach öffentlich rumknutschen können. Lass uns doch wenigstens unsere Freunde einweihen. Kassy und Emma möchte ich von uns erzählen dürfen.«

»Marie«, er atmet hörbar aus, »Ullsen weiß es.«

Ich schweige. Erst jetzt fällt mir das Meeresrauschen auf.

»Sag mal, bist du am Strand?«

»Ja, ich übernachte heute im Ferienhaus.«

»Du schläfst dort?«

»Ja, wie gesagt, ich konnte nicht pennen. Das mache ich manchmal.«

»Seit wann weiß Ulli es denn?«

»Letztes Wochenende, als ich nach Hamburg bin. Er ist ständig mein Alibi, irgendwie konnte ich ihn nicht anschwindeln.«

»Und? Wie hat er reagiert?«

Tom macht ein komisches Geräusch. Dann begreife ich, dass er kichert. »Neidisch.«

»Gut, dann brauche ich ja vor meinen Freundinnen auch kein Geheimnis mehr daraus zu machen«, sage ich und lausche auf die Brandung. »Ich wäre jetzt gern bei dir.«

»Hm, das wäre schön. Marie, ich liebe dich!«

»Ich dich auch!«

Wir schweigen.

»Noch dreimal schlafen«, meint Tom.

Wir schicken uns ein paar Küsse zu, zweihundert oder so, und zählen dann bis drei, damit wir gleichzeitig auflegen, weil keiner der Totenstille der unterbrochenen Leitung zuhören möchte, denn das zieht einen mächtig runter.

»Alles in Ordnung?«, fragt Emma, als ich ins Bett klettere.

»Wieso bist du wach?«

»Da war jemand im Flur.«

»Muss ich gewesen sein. War auf Toilette«, sage ich rasch.

»Ganz schön langer Klobesuch«, meint Emma und berührt mich am Oberarm. »Sag mal, Marie, ist wirklich alles in Ordnung?« Ihre Augen schimmern wie zwei Käfer, locken mich sanft, ihr alles anzuvertrauen. Aber plötzlich fühle ich mich wieder belauscht. Das Geräusch, das Emma geweckt hat, und vorhin unten auf der Terrasse, nein, ich möchte ihr nicht hier von Tom erzählen.

»Mir war schlecht von Pauls Cocktail«, sage ich also. Und das stimmt ja auch.

Kurz darauf, als ich Emmas gleichmäßigen Atem höre, erzähle ich ihr doch noch ganz leise von Tom.

Kapitel 11

Mittwoch, 20. Mai

Wir hängen im Hauseingang wie gestern. Die Haare strubbelig und Ringe unter den Augen, aber wir sind eine Einheit. *Wieder*, denke ich mit schlechtem Gewissen.

Zusammen checken wir, ob das Profil eine neue Gemeinheit parat hält. Bevor wir das Schulgebäude betreten, wollen wir uns wappnen. Außer einem neuen Kommentar unter dem alten Post hat sich Gott sei Dank nichts weiter getan. Aber es sind viel zu viele Likes.

»Na ja, ist doch ganz gut«, sage ich und richte mich auf.

»Abwarten«, meint Emma. »Wenn der nächste fiese Post auftaucht, geht das Spiel von vorne los.«

»Kennst du das Profilfoto?«, frage ich Kassy. »Also, vielleicht weißt du ja, wer dich fotografiert hat, und das wäre zumindest eine hilfreiche Spur zum Täter!«

»Hm, ich habe schon meine blauen Spitzen, kann also nicht älter sein als fünf, sechs Wochen.«

»Und es wirkt dunkel. Entweder abends oder wo mit schummrigen Licht«, meint Emma. »In deinem Café?«

»Ich weiß nicht, ich schaue ja nicht direkt in die Kamera. Wirkt so, als hätte mich jemand zufällig geknipst oder heimlich.«

»Vielleicht ist es auch aus einem größeren Kontext herausgelöst. Gruppenbild. Offensichtlich versteht der Typ etwas von Photoshop!«, sagt jetzt wieder Emma, und ich überlege, wer aus unserer Klasse sich mit Photoshop auskennt, aber nach der gestrigen Party kann ich heute nicht klar denken.

Irgendwie überstehen wir den Tag.

Ich kaufe uns Apfelsaftschorle in der Cafeteria, weil wir abartig durstig sind. Nach Schulschluss gehen Kassy und Emma vor, während ich noch mal aufs Klo verschwinde.

Wie üblich habe ich ein paar kurze Nachrichten von Tom.

Auf dem Weg zum Sportplatz springt mir wieder so ein schwarz-roter Roller ins Auge. Ich werfe ihm ein Küsschen zu und lächle.

Doch das Lächeln löst sich umgehend auf, als ich den Pulk auf dem Kunstrasen sehe. Emma und Kassy mittendrin. Die Aufmerksamkeit bündelt sich um jemanden am Boden. Daniel liegt dort, die Haut im Gesicht glänzt fettig, darüber ein Film aus feinen Schweißperlen.

»Hoch mit dir!«, höre ich Matti sagen. Und auch die anderen beschwören Daniel, wieder aufzustehen, durchzuatmen, keine Panik zu schieben.

»Dieses beschissene Fitnessstudio. Scheiße!« Emma flucht und kramt und hält Daniel den Rest ihrer Saftschorle hin. »Trink!«

Daniel will die Flasche wegschlagen.

»Trink, du Idiot!«, brüllt Emma ihn an.

Gehorsam schüttet er sich die gelbe Brühe in den Mund, was

Emma zum Heulen bringt. Sie hat keine Ahnung davon, dass er gestern Nacht auch auf der Party war.

Die anderen murmeln was von »unterzuckert«, »hat es echt übertrieben«, »macht ihn aggro«.

Nur Kassy steht neben mir und stiert auf Daniel, als hätte sie einen Geist gesehen.

Wie viel Kraft es sie wohl kosten muss, sich nicht zu ihm runterzubeugen vor der versammelten Jungsmannschaft der Klassenstufe. Und vor Emma.

Ich stoße sie unauffällig an, nicke ihr zu.

Ihre Augen werden groß.

»Tu's«, flüstere ich. »Ich weiß, was ihr am Laufen habt.«

»Halt bloß die Klappe!«, raunt sie, dreht sich um und rennt über den Platz davon.

Feige, denke ich, genauso feige wie ich.

Als Daniel sich halbwegs von seinem Schwächeanfall erholt hat und, auf Befehl von Emma, Mattis Müsliriegel kaut, knallt sie ihren Rucksack auf eine der Zuschauerbänke.

»Unglaublich!«, schnauft sie wütend.

»Nicht hoch aufs Häuschen?«, frage ich.

Emma deutet nur auf ihre Knie, die wohl zittern, zumindest ihre Finger beben wie Fliegenflügel. Arme Emma, sie hängt an Daniel, egal wie fies er sich verhält.

Emma boxt in ihre Umhängetasche und schimpft: »Völlig übergeschnappt, sich im Fitnessstudio so zu verausgaben, die Proteindrinks und der ganze Mist, um dann beim leichtesten Kick zusammenzubrechen.«

»Sollen wir ihn zum Vietnamesen schleifen und mit Glutamat vollstopfen?« Ich remple sie leicht in die Seite.

Nicht mal ein müdes Lächeln huscht ihr über die Lippen.

»Emma, mach dir keine Sorgen«, sage ich. »Deinem Bruder geht's doch eigentlich gut. Ich könnte mir denken, er verausgabt sich nicht nur im Studio.«

»Wie meinst du das?«

»Na, kann doch sein, dass ihm etwas anderes zu schaffen macht. Wo ist eigentlich Kassy geblieben?«

Zugegeben, der Zaunpfahl kommt plump, doch Emma hört nicht richtig hin.

In meiner Hosentasche vibriert das Handy.

20.05.2015
Tom hat das Wochenende abgesagt!
Conny hat nun ein Studio für ihre Yogakurse am Ortsrand von Nienbrook gefunden, und er soll ihr beim Renovieren helfen.
Lächerlich!
Sie verbietet ihm, sich mit Ullsen zu treffen, weil sie genau weiß, dass es sich bei »Ullsen« in Wirklichkeit um mich handelt. Erst habe ich vom Fenster aus das mare-Graffiti angeheult, dann wollte ich sie anrufen, um ihr zu sagen, wie verlogen ich das alles finde.

Ich halte inne und schwärze schon mal wie üblich die Stellen, die zu viele Hinweise geben. Mein Tagebuch sieht aus wie eine Akte vom MI6 oder so. Total bescheuert. Eigentlich kann ich mir die Einträge auch sparen, wenn ich hinterher die Hälfte übermale. Dann will ich weiterschreiben, also lese ich das Balkenrätsel vor mir noch mal durch und schlagartig wird mir etwas klar: Ilsa weiß es auch! Conny hat ihr am Telefon erzählt, was sie im Ferienhaus beobachtet hat. Und Ilsa sagt ebenfalls kein Wort!

Ich Idiotin!

Ich war so sehr damit beschäftigt, verliebt zu sein und Conny doof zu finden, dass ich die vielen kleinen Hinweise übersehen habe: den Steit zwischen Ilsa und Conny kurz vor Weihnachten, diesen halb fertigen Brief an Ralf im Januar, Connys Wut auf mich, Mamas Satz am Telefon: »Du hast es in die Welt gesetzt.« Und nun das verklemmte Schweigen von beiden. Es hängt alles miteinander zusammen, und ich will endlich verstehen wie.

Heimlich schleiche ich also noch mal in Mamas Schlafzimmer.

Der Brief liegt immer noch in der Schublade. Ich falte ihn auseinander, und da steckt etwas Neues im Papier. Oder vielmehr etwas Altes. Ein altes Foto von Mama und meinem Vater. Die beiden sind darauf nur unwesentlich älter als Tom und ich jetzt. Sie sitzt auf seinem Moped. Ralf hat von hinten seine Arme um meine Mutter geschlungen. Ich starre das Foto an.

Es ist das erste, das ich von Ralf sehe, auf dem er ein Teenager ist. Er trägt immer schon seine Halbglatze. Dachte ich. Aber jetzt sehe ich, dass er damals den Kopf voller brauner Wuschellocken hatte. Tom und mein Vater sehen sich nicht nur wegen der Haare verdammt ähnlich, nein, auch die Gesichtszüge gleichen sich, mehr als bei Emma und Daniel.

Oder bilde ich mir das ein? Nein, lägen nicht fast zwanzig Jahre zwischen den Aufnahmen, könnte man annehmen, dass die zwei Brüder sind.

Das muss ein Zufall sein. Oder?

Ruhig falte ich den Brief zusammen, schiebe das Foto dazwischen und die Schublade wieder zu.

Kann es sein, dass Ralf auch Toms Vater ist?

Das würde jedenfalls den Streit zwischen Conny und meiner Mutter erklären. Wenn es stimmen sollte, dann hat Ralf Mama mit Conny betrogen, während sie mit mir schwanger war.

Kälte kriecht mir über den Rücken, als ich begreife: Wenn Ralf auch Toms Vater ist, dann ist Tom mein Bruder. Und wenn er mein Bruder ist, hat Conny recht mit ihrer Angst vor unserer Liebe. Dann dürfen wir uns wirklich nicht mehr sehen. Plötzlich ergibt alles einen Sinn: ihre Geheimnistuerei, Connys Verhalten, das Telefongespräch.

Scheiße! Am liebsten würde ich losbrüllen, auf etwas einschlagen, irgendetwas tun – doch ich fühle mich wie gelähmt.

Tom darf nicht mein Bruder sein!

Ich gehe in den Flur, ziehe meine Docs an und laufe aus dem Haus, die Straße entlang und dann die Treppe zur Elbe runter. Und die ganze beschissene Zeit über laufen mir Tränen die Wangen hinab. Ich hasse meine Familie, die nie miteinander redet, wenn es drauf ankommt.

Unten am Wasser atme ich tief ein und aus. Ein Containerschiff schiebt sich an mir vorbei.

Ich hole mein Handy hervor, aber dann weiß ich nicht, mit wem ich sprechen soll. Ich wische über das Glas, klicke mich durch die Fotos von Tom. Prüfend betrachte ich das Selfie, das er bei unserem Wiedersehen auf der Klippe geschossen hat.

Wenn man es weiß, ist es fast offensichtlich: Ralf ist auch sein Vater.

Ist das der Grund, warum Conny nach so vielen Jahren mit der Wahrheit rausgerückt ist? Weil es für Ilsa sowieso nicht mehr zu übersehen gewesen wäre?

Ich starre wieder auf das Selfie.

Okay, versuche ich, irgendwie klar zu denken, also habe ich

einen Bruder. Vielleicht. Scheiße! Bruder – das bedeutet mir gar nichts. Ich liebe Tom. Und das werde ich verlieren, wenn es stimmt.

Ich öffne Whatsapp, tippe auf seinen Kontakt. Der *online*-Schriftzug wechselt gerade zu *schreibt* ... und kurz darauf lese ich, dass er an mich denkt und überlegt, am Freitagabend doch heimlich nach Hamburg zu fahren.

Überstürzt schließe ich die App.

Ich habe keine Ahnung, was ich tun soll, aber ich weiß, dass ich Tom auf keinen Fall wiedersehen kann, denn dann will ich ihn küssen und anfassen.

Und noch eins weiß ich mit Sicherheit: Ich will nicht diejenige sein, die Tom sagt, dass wir Geschwister sind! Das ist Connys Aufgabe oder Ralfs.

Und Ilsa? Ich habe immer geglaubt, sie sei übertrieben streng. Zum ersten Mal verstehe ich, dass meine Mutter unglaublich traurig gewesen sein muss, als mein Vater sie verlassen hat, vor langer Zeit.

Und den Grund dafür hat sie anscheinend erst jetzt, siebzehn Jahre später, präsentiert bekommen. Mir steigen wieder Tränen in die Augen, auch wenn ich nicht weiß, ob ich nun wegen Ilsa heule oder um Tom.

Oh Mann, warum kann ich nicht gleich morgen in den Flieger steigen und auf Nimmerwiedersehen verschwinden?

Ilsa ist noch nicht zu Hause. Wahrscheinlich kommt sie wie üblich gegen halb acht. Ich nehme mir eine Schüssel mit Cornflakes mit in mein Zimmer, die ich jedoch nach wenigen Löffeln beiseite stelle.

Drüben, über den Flur, im Nachtschrank meiner Mutter, liegt immer noch das Foto von Ralf.

Ich schalte den Fernseher an und zappe mich durch den Vorabend-Müll, dann schmeiße ich die Fernbedienung auf die Bettdecke und gehe zum Schlafzimmer, öffne die Tür.

Ich knipse das Licht an und hole das Foto aus dem Nachttisch. Ralfs Ähnlichkeit mit Tom lässt mein Herz rasen und die Hand zittern, aber mein Kopf bleibt klar. Ich fotografiere das Bild ab und gehe.

Zurück in meinem Zimmer schicke ich Tom eine Nachricht.

`– hast du zeit zum telefonieren?`

Ich warte eine halbe Stunde, dann antwortet er.

`– sorry, reißen gerade tapete runter im neuen yogastudio. klar, ruf durch!`

Doch es geht nicht. Ich lege mich auf mein Bett. Das Handy fest an mich gedrückt, als wäre es Tom, weine ich mich in den Schlaf.

Freitag, 22. Mai

Paul hat Kassys Schicht übernommen. Emma und ich wissen nicht, ob wir das blöd finden sollen. Diesmal waren wir ja nicht mit ihr verabredet, sollte eine Überraschung werden, und insofern hat sie uns auch nicht sitzen lassen.

»Unzuverlässig ist es irgendwie trotzdem!«, sagt Emma.

»War sie denn gar nicht da?«, frage ich Paul, denn das würde bedeuten, dass sie uns angelogen hat mit ihrer Schicht.

Paul antwortet, dass sie eine halbe Stunden abgerissen hätte und wegen eines Notfalls wegmusste, also will ich erleichtert sein, da schiebt er hinterher: »Kannst ihr ausrichten, dass es der letzte Notfall gewesen ist, wegen dem ich ihren Arsch rette. Bin nur eingesprungen, weil Freitag ist. Trinkgeldschicht.«

Ich werfe einen Blick in den Spiegel über der Bar auf die Leute. Überall nur Pärchen. Scheiße!

Ich schaue wieder zu Paul, der mich heute nicht dauerangrinst. »War 'ne gute Party. Ging's noch lang?«

»Marie, sorry. Ich hab jetzt keine Zeit für Small Talk. Wenn ihr mögt, könnt ihr mir helfen und die Musik wechseln.« Paul rauscht mit einem vollen Tablett davon.

Ich ziehe Emma an das Retroschränkchen, in dem der Laptop steht, tippe den nächsten Song an. *Run!* Mist, warum läuft ausgerechnet dieses Lied? Ich klicke zum nächsten, das ich ebenfalls von Toms Playlist kenne. Als ich auch das überspringen will, scheucht uns Paul weg.

»Und jetzt? Rufen wir sie an?« Emma schaut erwartungsvoll.

»Trinken wir was!«

Wir sitzen vorm Café auf dem Bordstein, jede einen Gin Tonic in der Hand, weil ich nicht das Gefühl haben will, dass Emma und ich die zwei letzten Deppen sind, die sich an Regeln halten.

Ich trinke in kleinen Schlucken, weil ich keinesfalls wieder so betrunken sein möchte wie letzten Dienstag. Auch wenn ich dann vielleicht aufhören würde, Tom zu vermissen, der meine Absage eifersüchtig hingenommen hat. Ich habe ihm vorgeschwindelt, dass Emma und Daniel Geburtstag feiern. Ich weiß nicht, wenn Conny nicht bald ihren Mund aufkriegt, fahre ich doch noch nach Nienbrook. Im Moment hasse ich alle Erwachsenen.

»Wenn Kassy ständig ihren Job schwänzt, wie will sie jemals die Kohle für den Australienflug zusammenkratzen?«, fragt Emma in die Vorgärten hinein, dann wendet sie mir ihr Gesicht zu. »Und wovon will sie ihren Anteil für unsere Party bezahlen? Ich spare wie 'ne Bekloppte und habe gerade mal fünfzig Euro zusammen.«

»Emme. Lass uns nicht wegen Geld streiten, okay? Weder du noch Kassy müsst für die Party was zusteuern. Ist meine Abschlussparty«, sage ich.

»Ich dachte, es ist unsere«, murmelt sie, sodass ich es gerade noch verstehen kann.

Ich nicke, aber ich bin nicht bei der Sache. Diese Party ist wirklich überhaupt nichts mehr, worauf ich mich nur ein bisschen freue. Ich denke an Tom, egal, wo ich bin und mit wem ich unterwegs bin. Ich kann nicht aufhören, mich nach ihm zu sehnen. Bevor ich losheule, ziehe ich Emma mit mir hoch auf die Füße. »Lass uns gehen.«

So werden also meine zukünftigen Wochenenden aussehen: flacher Spannungsbogen, ereignislos, tomlos.

Donnerstag, 4. Juni

Ich tippe auf Toms Nummer, und während das Wählgeräusch ertönt, habe ich mich entschieden, was ich ihm sagen muss.

Morgen ist das erste Nienbrook-Wochenende, seitdem ich das Foto kenne.

»Na du? Wolltest du nicht gestern anrufen?«

»Tom, also ich falle besser gleich mit der Tür ins Haus. Ich mache Schluss.«

»Was?« Etwas poltert, und ich stelle mir vor, wie er im Bett hochfährt.

»Tut mir leid, ich kann das nicht länger!« In meiner Kehle schnappt etwas zu.

»Marie! Soll ich zu dir kommen?«

»Nein.«

»Doch, ich komme! In zwei Stunden bin ich bei dir.«

»Nein.«

»Du hast jemanden bei der Party kennengelernt, stimmt's?«

»Nein.«

»Marie, hör doch auf mit dem Mist!«

»Es geht nicht mehr, Tom, ehrlich.«

»Ey, Marie, nicht so! Nicht am Telefon!«

»Tut mir leid!«

Ich drückte das Gespräch weg, dieses etwas in meiner Kehle schnappt wieder auf, und ich heule los.

Kapitel 12

Montag, 8. Juni

»Gab wohl wieder mal ’nen Notfall«, sagt Emma rotztrocken.

Kassy kommt die Straße entlang. An ihrem Hals leuchtet ein rotlila Knutschfleck. Drum herum sind vier kleine Hämatome gesaugt, sodass es eine etwas zerrupfte Blutergussblume ergibt.

Mein erster Gedanke lautet: Ich hatte nie einen Knutschfleck von Tom! Mein zweiter: zu brutal für meinen Geschmack.

»No Comment!«, brummt Kassy.

Wir haben uns angewöhnt, morgens im Hauseingang gleichzeitig, jede auf ihrem eigenen Telefon, das Profil zu checken. Wir zählen bis drei, und dann loggen wir uns ein. Ich halte mich an die Vereinbarung, ob Kassy vorher heimlich nachschaut, kann ich nicht beurteilen. Bisher ist kein neues Bild aufgetaucht.

Gestern meinte Emma, das Interesse habe nachgelassen, wir könnten uns locker machen und bräuchten nicht mehr jeden Morgen nachzuschauen.

»Sollen wir?«, frage ich.

»Wie Kassy will«, meint Emma.

Einen Augenblick sieht es so aus, als würde sie »Nein« sagen, doch dann zückt sie ihr Handy und zählt: »Eins, zwei, drei.«

»Ich sag's doch, der Spuk ist vorbei«, ruft Emma freudig. »Glaub mir, Kassy, es ist, wie ich's gesagt habe, dieser Idiot hat längst geschnallt, was er da für einen Mist verzapft hat.«

Kassy lächelt sie an.

»Okay, dann los!« Emma schnappt sich ihre Umhängetasche, und ich will auch gehen, doch Kassy wurzelt weiter vor dem Hauseingang rum.

»Was ist?«

»Hier.« Sie tippt sich an den Hals.

Seitdem das Profil online ist, scheint es ihr nicht mehr so egal zu sein, was alle anderen von ihr denken.

Ich lasse den Rucksack von meiner Schulter gleiten und krame nach dem Schminktäschchen.

»Zweites Klingeln!«, kommt es von Emma.

Mit einer schnell aufgetragenen Schicht Make-up beginne ich die Knutschfleckblüte zu überschminken.

»Daniel?«, frage ich leise.

Eigentlich kann ich mir sie und ihn gar nicht zusammen vorstellen.

Kassy kneift die Augen zu. »Was?« Dann lacht sie auf.

»Denkst du, dass er … ?« Sie tippt sich an die Stirn, und ich komme mir komplett bescheuert vor.

»Ich weiß, dass ihr was miteinander habt«, schiebe ich trotzig nach.

»Marie. Ernsthaft? Mit Daniel?«

»Und warum trefft ihr euch dann heimlich?«

Ich spüre unter meinen Fingern, wie sich Kassy versteift. »Fertig?«

»Na ja, jetzt hast du ’nen Make-up-Fleck am Hals«, sage ich und verreibe mit meinem Finger die Schminkränder.

»Okay, also man sieht nichts mehr?«

Wenn sie nicht über Daniel reden will, okay, dann kann ich nichts daran ändern. Sie wird ihre Gründe haben.

Ich erwische mich bei dem Gedanken, dass dieses Bashingprofil ein Witz ist dagegen, dass ich Tom verloren habe. Für Kassy wird spätestens nach den Ferien Gras über diese Sache gewachsen sein.

Und bei mir? Da kann so viel Gras wachsen, wie es will, Tom wird immer in meinem Leben sein. Ich bücke mich und stopfe umständlich die Schminke zurück in den Rucksack, damit Kassy meine Tränen nicht bemerkt.

Noch neun Wochen, dann fliegst du nach Brisbane, beruhige ich mich.

19.06.2015

Manchmal schiebt mir mein Hirn einen Film ein, wie er mit einer anderen nach gesunkenen U-Booten taucht oder einfach nur jemanden anschaut, so wie er mich bisher angeschaut hat. Vielleicht fährt dieser jemand sogar total gern rasend schnell Roller?

Und es gibt keinen Grund, diesen jemand nicht vor Connys Augen mit in sein Zimmer zu nehmen.

Wahrscheinlich hasst er mich jetzt.

Ab und zu klicke ich seinen Kontakt auf Whatsapp an und schaue, ob er online ist.

Es ist Freitag. Gerade fährt ein Zug im Nien-

brooker Bahnhof ein, und ich wünschte so sehr, ich säße darin.
Ob ich ihn anrufen soll? Nur fragen, wie es ihm geht. Dass ich Schluss gemacht habe, ist ja jetzt schon zwei Wochen her. Vielleicht ist seine Wut verraucht, und wir können wenigstens Freunde sein?
Ich vermisse ihn so sehr!

Samstag, 20. Juni

Wir besuchen Kassy im Café. Sie schleppt die Colas gekonnt durch den Laden und sieht dabei richtig happy aus.

Emma und ich kippen uns einen Club Mate nach dem anderen hinter die Binde, und gegen acht hat Kassy dann tatsächlich mal für ein paar Minuten Ruhe.

Wir sitzen an der Bar.

»Soll ich euch mal was zeigen?«, fragt sie und hüpft vom Hocker.

»Hier«, sie hält strahlend ein Glas hoch, das voll ist mit Münzen. »Ich bin die Trinkgeld-Queen.«

»Bist du.« Andi, der gerade an ihr vorbeigeht, strubbelt ihr durchs Haar.

»Das Geld für den Flug hab ich schon zur Hälfte zusammen.«

»Ihr habt's gut.« Emma wischt ein paar Tröpfchen außen von der Club-Mate-Flasche. »Aber wir haben ja immer noch unsere Abschiedsparty«, sagt sie und hebt hoffnungsvoll den Kopf.

»Weiß nicht«, wende ich vorsichtig ein, »vielleicht hat Kassy ja überhaupt keine Lust mehr, mit den Leuten aus unserer Schule zu feiern. Immerhin könnte jeder von ihnen das Profil auf Facebook angelegt haben.«

Dass eigentlich ich Schiss vor der Party in Nienbrook habe, kann ich nicht zugeben.

»Ach, das lassen wir uns doch nicht verderben. Logisch bleibt's dabei.« Kassy checkt, ob Andi in der Nähe ist, und als klar ist, dass er außer Hörweite steht, flüstert sie: »Um den Hart-Alk kümmere ich mich.«

Ich habe jedes Recht der Welt, mit Kassy und Emma nach Nienbrook ins Ferienhaus zu fahren. Und ich könnte Tom wiedersehen. Mein Brustkorb hebt und senkt sich heftig. Wahrscheinlich merkt jeder, wie aufgeregt ich bin.

Plötzlich will ich die Party unbedingt, mit möglichst vielen Leuten, so vielen Leuten, dass ich Tom ganz unverfänglich einladen kann, ihn und seine Kumpels, wird schließlich 'ne richtig dicke Party, wieso sollte ich ihn nicht einladen? Und wenn er nicht kommt, dann fällt es inmitten des Gedränges nicht auf, wenn ich mich abseile und in den Ort spaziere. Und falls alles katastrophal verläuft mit mir und Tom, habe ich Emma an meiner Seite, die mich trösten kann, und Kassy, die mich aufheitern wird.

Sind schon merkwürdige Kriterien, nach denen ich meine Party plane, denke ich und frage: »Hast du nächsten Samstag Schicht?«

Kassy verschwindet kurz durch eine kleine Tür ins Lager.

»Aber wir feiern jetzt nicht so 'ne riesige Party, oder?«, fragt Emma vorsichtig.

»Nee, natürlich nicht«, sage ich, »höchstens zwanzig Leute hatten wir doch gesagt. Dreißig maximal.«

»Dreißig? Weiß gar nicht, ob ich auf so viele Leute Bock habe.

Am liebsten würde ich nur ein schönes Wochenende mit euch verbringen. Sonst müssen wir uns um die anderen kümmern. Soll doch unser Abschiedsfest sein.«

»Noch haben wir ja niemanden eingeladen«, sage ich, um Emma zu beruhigen.

Kassys Daumen sendet aus dem Lager ein *Okay* für das kommende Wochenende.

Dienstag, 23. Juni

Olessiatag. Ich ziehe den Stöpsel. Das Wasser gurgelt davon, während ich mich trocken reibe. Zu dem Gurgelgeräusch gesellt sich ein Brummen. Kann man nicht mal in Ruhe baden, ohne dass das Handy nervt? Ich schaue nach. Emma.

– badewanne?

– ja. wieso?

– sexualzombie-alarm!

– was?

– u steht im garten, raucht. er schaut hoch ins bad. man kann dich im fenster sehen … also alles!

– woher weißt du das?

– ich stehe hinter ihm. 😎

– sei vorsichtig!

– er kann mich nicht sehen. komme jetzt hoch. also vorn über die Straße.

Ich werfe mir den Bademantel über und renne durchs Haus.

Arschloch!, denke ich und dass ich ihn endlich drankriegen will, diesen Spanner.

Wie die Kätzchen schleichen wir in mein Zimmer. Emma flüstert auch noch, nachdem ich die Tür abgeschlossen habe.

»Krass! Ich wollte über eure Mauer steigen, da stand Udo und guckte.«

»Wieso bist du durch den Garten?«, frage ich.

Emma druckst.

»Sag bloß, du wolltest auch spannen?« Ich grinse sie an.

»Nee. Ich übe Parkour.«

Ich muss mir ein Lachen verkneifen, auch wenn ich 'ne Scheißwut auf Udo verspüre, aber die Vorstellung, wie Emma über die Mäuerchen krabbelt, finde ich ziemlich niedlich.

»Und? Zeigst du ihn an?«, will sie wissen.

»Nichts lieber als das. Aber deine Aussage gegen seine?« Da kommt die Anwaltstochter wieder durch, diejenige, die weiß, wie aussichtslos solche Kämpfe für gewöhnlich sind.

Emma jedoch packt einen Hoffnungsschimmer aus.

»Und mit Fotos als Beweis?«

»Du hast ihn fotografiert?«

Sie nickt und strahlt mich stolz an. »Fünfzehn Bilder mindestens!«

»Zeig her!«, kreische ich, da hält sie mir schon ihr Handy hin.

Udo ist zwar nur von hinten zu sehen, es ist dunkel, er trägt seinen Kapuzenpulli, und man kann ihn nicht wirklich erkennen, dafür bin ich eindeutig nackt am Fenster.

»So!«, sage ich. »Das halte ich ihm nun unter die Nase und drohe ihm, wenn er sich noch einmal in meine Nähe wagt, egal zu welcher Tageszeit, zeige ich das Ilsa.«

»Jetzt?«

»Klar. Später streitet er vielleicht ab, dass er es ist, der da steht.«

»Ich glaube, auf dem allerersten habe ich sein Gesicht mit drauf.«

Ich wische hektisch zurück. Aber auf keinem ist mehr zu erkennen als ein Typ von hinten. Könnte jeder sein.

Ich wische weiter zurück, doch nun startet schon eine neue Serie von Fotos. Tageslicht. Kassy und ich auf dem Spielerhäuschen. Die Bilder sind schon ein paar Wochen alt. Emma wird plötzlich unruhig und streckt die Hand aus.

»Gib her, ich schick sie dir über Whatsapp.«

»Warte«, sage ich. »Ich nehme einfach irgendein Bild und erledige das jetzt gleich.« Ich wische wieder, aber statt nach links schiebt mein Daumen das letzte Foto nach rechts, und plötzlich prangt vor mir auf dem Display exakt das Bild, das Kassy auf Facebook das Leben schwer gemacht hat, dieses Profilfoto, auf dem sie aussieht wie eine Schnapsleiche.

Und da weiß ich es!

»Du?«, frage ich. »Hast du das Profil angelegt?« Meine Stimme klingt eigenartigerweise ganz freundlich.

»Das war ich nicht!« Emma versucht, mir ihr Handy aus den Fingern zu winden. Ich umklammere es, nicke, weil ich ihr so gern glauben will.

Kassys Foto leuchtet zwischen unseren Fingern so hell und gefährlich, als könnten wir uns daran verbrennen.

»Loslassen«, zische ich Emma leise an, deren Zähne sich so fest in die Unterlippe gegraben haben, dass sie fast weiß ist. Sie gibt nach.

Als ich auf die Facebook-App klicke, öffnet sich nicht Emmas Profil, sondern *kASSy*.

»Emma!«, seufze ich traurig und werfe ihr das Handy hin, das sie nicht rechtzeitig auffangen kann. Polternd kracht es auf den Boden. »Das hätte ich nie von dir gedacht!«

Sie bückt sich, und ihre Schultern beginnen zu zittern.

»Bitte sag Kassy nichts. Bitte!«, wimmert sie.

»Sitzt da und tröstest sie auch noch, spinnst du?« Ich schreie sie richtig an. »Wie kannst du nur so gemein sein?«

»Es tut mir leid«, stammelt sie.

»Sag das nicht mir, sag das Kassy. Was soll denn die Scheiße?«

Emma steht auf und greift sich ihre bunte Umhängetasche. »Es tut mir wirklich leid«, schnieft sie, »schon längst. Die Udobilder schick ich dir.« Sie wartet, wahrscheinlich auf eine Erwiderung, doch ich schüttle nur den Kopf.

»Mach's gut.« So fest und rau stemmt sie ihre Stimme, dass es selbst mir im Hals wehtut.

Sie drückt die Klinke, rüttelt daran, schließt auf.

»Warte! Warum hast du das gemacht?«, brülle ich sie an, durch das Wirrwarr ihrer Haare.

»Weil sie sich benimmt wie ein Arsch!«, schluchzt sie. »Ständig reibt sie mir unter die Nase, dass sie nach Australien fliegen wird, dass ihr, wenn ich längst im Bett liegen muss, noch um die Häuser zieht. Seit Kassy da ist, tut sie so, als wäre ich das fünfte Rad! Dabei sind wir viel länger befreundet. Und du merkst überhaupt nicht, wie sie sich zwischen uns drängt. Und wenn wir mal was zu zweit machen, langweilst du dich nur noch.« Sie schaut mich an mit ihren glänzenden Käferaugen. »Hasst du mich jetzt?«

Ich zucke mit den Schultern. »Nein. Aber ehrlich, Emma, das stimmt doch nicht. Und hast du überhaupt darüber nachgedacht, was das für Konsequenzen haben könnte? Was hättest du gemacht, wenn Kassy sich etwas angetan hätte?«

»Die und sich was antun?« Emma schnaubt, als wäre die Vorstellung kompletter Schwachsinn.

»Emma!«

»Okay, ich weiß, es war nicht richtig. Ich hab ja gar nichts mehr gepostet, als ich gesehen habe, wie sehr sie das mitnimmt. Aber Kassy benimmt sich wirklich …«

»Stopp! Du musst es ihr sagen und dich bei ihr entschuldigen!«

»Bei Kassy?«

»Nee, beim Hausmeister! Klar, bei Kassy!«

Die Fäuste aneinandergepresst, fleht sie mich an: »Oh, Marie, bitte, bitte nicht! Das kann ich nicht. Sie wird mich auf jeden Fall hassen und nichts mehr mit mir zu tun haben wollen, die gesamte Schule wird mich dissen, und dann bin ich draußen, und ihr nur zu zweit!«

»Aber Emma, du hast das nun mal gemacht. Und Kassy verdient die Wahrheit und eine Entschuldigung! Sonst sag ich es ihr!«

»Bitte, Marie! Ich verspreche wirklich von ganzem Herzen, ich lösche das Profil. Ich verbreite nie wieder etwas Gemeines über sie. Solange ich lebe. Bitte, für unsere Freundschaft! Bitte!«

Tränen schimmern in ihren Augen, und das erinnert mich daran, wie Kassy und ich vor Wochen auf der Schultreppe den Reenaplan besiegelt haben, wie ich ihr auf dem Sportplatz diese Gemeinheit entgegengeknallt habe. Und jedes Mal hat sie mit den Tränen gekämpft, aber ich hab es nicht ernst genommen. Kassy hat sich nicht zwischen uns gedrängt, aber ich weiß auch, dass wir ihr in der letzten Zeit oft genug das Gefühl gegeben haben, es wäre so.

»Okay!«, stöhne ich schließlich auf. »Lösch es!«

Emma tippt. Ist wohl gar nicht so einfach. »Kann ich das zu Hause machen?«, fragt sie kleinlaut, und ich würde sie am liebsten in den Arm nehmen.

»Ja.«

»Und bleibt es unser Geheimnis?«

»Meinetwegen, ich halt den Mund, aber du musst es Kassy sagen. Okay?«

»Ja«, sagt Emma kaum hörbar.

»Ich geb dir Zeit bis zur Party. Mit dieser Lüge will ich kein Abschiedsfest für uns drei. Wir reden morgen noch mal. Einverstanden?«

»Danke«, flüstert sie. »Dann gehe ich jetzt.«

Als Emma durch die Tür verschwunden ist, hole ich mein Tagebuch unter dem Sessel hervor, aber dann blättere ich bloß durch meine alten Einträge, lese, was wir gemeinsam erlebt haben. Und schreibe nichts.

Eine halbe Stunde später summt mein Handy, und ich sehe, dass Emma mir die Udobilder gesendet hat.

Mit dem Daumen decke ich mein nacktes Ebenbild im Fenster ab. Nur noch Udo bleibt, wie er im Kapuzenpullover mit Zigarette in der Hand auf das Haus blickt.

So gefährlich Zombies sind, so leicht lassen sie sich erledigen, denn sie sind unglaublich langsam und dämlich. Udo trägt seinen Spitznamen nicht grundlos.

Ich öffne meine Tür, lausche. Aus dem Arbeitszimmer dringt dumpfes Stöhnen. Wahrscheinlich zockt er *Sleeping Dogs* oder ein anderes Martial-Arts-Spiel. Ich stoße die Tür auf.

»Marie?«, fragt er, ohne sich vom Bildschirm zu lösen.

Bevor ich kneifen kann, schieße ich los: »Ich möchte, dass du nie wieder mein Zimmer betrittst. Und spann mir nicht hinterher, wenn ich bade, sonst zeig ich dich an!«

Sein Bürostuhl schwenkt langsam um. Mit eisglatter Miene verschränkt er die Arme vor der Brust.

»Was fällt dir ein! Warte, bis Ilsa kommt, dann kannst du deine Frechheiten vor ihr wiederholen.«

Wortlos halte ich das Handydisplay hoch und hoffe, dass er mein Zittern nicht bemerkt.

»Was ist das für ein Schwachsinn?«, fragt er, doch es klingt lahm. »Denkst du, ich lasse mir das von dir bieten?« Langsam erhebt er sich aus dem Stuhl.

»Ich bin eigentlich nicht gekommen, um mit dir zu diskutieren, sondern nur, um Bescheid zu geben.« Ich drehe mich um und zwinge mich, langsam die Treppen hinaufzusteigen. Mein Herz rast, aber das Letzte, was ich will, ist, dass er merkt, wie sehr ich Angst habe. In meinem Zimmer schließe ich die Tür trotzdem ab, auch wenn ich glaube, dass er es ab sofort nicht mehr wagt, hier reinzukommen. Als ich die Haustür schlagen höre, weiß ich, ich habe gewonnen. Ich atme auf.

Etwas später surrt mein Handy wieder. Diesmal ist es Kassy, die schreibt:

`– check mal fb. kann profil nicht mehr finden. du?`

Ich logge mich ein, nur für den Fall, dass Kassy, die gerade online ist, den kleinen grünen Punkt hinter meinem Namen vermisst. Ich antworte: `da hat wohl jemand was kapiert! japp, ist gelöscht.`

Mittwoch, 24. Juni

Ich sitze am Esstisch und bohre Löcher in eine Scheibe Käse. Vor mir liegt ein Brief von meiner Gastfamilie. Ein netter Brief, in dem sie schreiben, wie sehr sie sich auf mich freuen. Außerdem liegen vier Fotos dabei, die auf der Rückseite beschriftet sind.

Carl und Ruby heißen meine Gasteltern, ihre Tochter Megan und der Hund Percy, ein Beagle. Alle vier stehen in der Sonne vor ihrem weißen Haus.

»Do you love dogs?«, steht auf dem Hundefoto.

Auf dem vierten Bild kann ich mein zukünftiges Zimmer anschauen. »This will be your room.«

Ich esse den herausgepulten Käseklumpen.

Drei Tage noch bis zur Party und sechseinhalb Wochen, bis ich am Flughafen in Brisbane lande. Ich muss Tom unbedingt vorher sprechen. Ich muss ihm wenigstens sagen, dass ich am Wochenende in Nienbrook sein werde.

Ich hoffe, dass er abhebt. Dass es ein gutes Gespräch wird, glaube ich nicht.

»Störe ich?«, sage ich in den Telefonhörer.

»Nein.«

»Noch am Renovieren?«, frage ich und tue so, als wäre mir sein schroffer Tonfall nicht aufgefallen.

»Nee. Samstag findet die Eröffnung statt.«

»Oh.«

»Ihr kriegt noch die Einladung. Müsste morgen eigentlich in eurem Briefkasten liegen. Na ja, aber lohnt vielleicht auch nicht. Die Reise. Für dich.«

Der Käse sieht mittlerweile aus wie eine abgenutzte Dartscheibe.

»Äh, eigentlich doch«, sage ich zögernd, »also ich meine, eigentlich bin ich sowieso in Nienbrook. Ich ruf an, weil ich dich einladen wollte. Ich feiere am Samstag die Abschiedsparty. Du bist immer noch eingeladen. Wahrscheinlich kannst du jetzt wegen der Eröffnung gar nicht kommen.«

»Connys Eröffnung dauert nur bis maximal sieben oder acht.«

»Ja, dann also, wenn du magst. Bring Ulli mit und wen du sonst noch mitbringen willst.«

»Hm. Ich überleg es mir. Danke.«

Der Käse besteht jetzt fast nur noch aus Löchern.

»Ich würde mich sehr freuen, wenn du kommst«, fange ich wieder an.

Es rauscht in der Leitung.

»Tom?«

Es rauscht erneut. Hat er das Mikro zugehalten?

»Ja?«

»Kommst du?«

»Marie, meinst du, wir werden die Party als Nichtpärchen überstehen?«

Jetzt halte ich den Lautsprecher zu.

»Hast du jemand anderen?«, fragt Tom.

»Was? Nein! Tom, ich …« – liebe dich, will ich sagen. »Ich hab nicht deswegen Schluss gemacht! Ich weiß nicht, wie das auf der Party wird, aber ich will dich wiedersehen. Ich vermisse dich.«

»Marie. Ich bin richtig wütend«, sagt er ganz unaufgeregt.

»Tut mir leid, aber ich konnte ehrlich nicht mehr …«

Er fällt mir ins Wort. »Schwach fand ich, dass du mich übers Telefon abserviert hast.«

»Tom, ich hab dich nicht abserviert.« Meine Stimme bricht, und diesmal kann ich die Mikros nicht rechtzeitig zuhalten. Am liebsten würde ich damit herausplatzen, dass er mal Conny nach uns fragen soll oder Ralf.

Dass Tom auf *mich* sauer ist, tut verdammt weh. Es ist ungerecht und absolut sinnlos. Wenn ich ihm von meinem Verdacht erzähle, würde er mich verstehen, und wir könnten wenigstens

Freunde sein. Aber das hieße, ich müsste ihm klarmachen, dass seine Mutter uns – also vor allem ihn – siebzehn Jahre lang angelogen hat.

Ich atme tief durch. Ich kann das nicht.

»Du weißt doch auch, dass es nicht einfach war. Wir mussten uns im Ferienhaus verstecken. Ich komme einfach nicht damit klar, dass wir verwandt sind.« Wenigstens lüge ich nicht komplett, auch wenn er keine Ahnung hat, wie nah wir wohl wirklich miteinander verbunden sind.

»Es ist nicht verboten.«

»Ja, trotzdem verknallen sich nicht reihenweise Verwandte ineinander.«

Schweigen.

»Also dann. Bin gespannt, wie das Studio geworden ist.«

»Hast du überhaupt Zeit? Du musst doch deine Party vorbereiten?«

»Das mach ich vorher.« Während ich das sage, begreife ich, dass ich Tom den Ball zuspiele. »Ich komme schon Freitag an.« Die Idee kommt mir in dem Moment, in dem ich sie ausspreche. Und damit keine Missverständnisse aufkommen, schiebe ich hinterher. »Und Emma und Kassy erst Samstagmittag.«

Und das ist noch kein Plan, aber fast. Ein Angebot an Tom.

»Okay, dann bis zum Wochenende«, sagt er, hängt nicht ein, wartet.

Ich auch.

»Bis drei?«, frage ich zaghaft.

»Hm.«

Dann zählen wir, und zeitgleich klickt es in der Leitung.

Dann klickt noch etwas, ganz leise auf dem Küchenblock, und ich erstarre.

»Hab mich schon gefragt, wieso du so häufig raus nach Nienbrook bist«, höre ich Udos Stimme ganz beiläufig.

Shit, ich habe gar nicht bemerkt, dass er in die Küche gekommen ist.

»Das sind ja interessante Neuigkeiten. Ob Ilsa eine Party im Ferienhaus duldet?« In meiner Faust balle ich den Käserest zu einem Klumpen. Wahrscheinlich erwartet er jetzt, dass ich ihn um Verschwiegenheit anbettle.

»Okay, dir scheint einiges an der Party zu liegen. Und an deinem Cousin.« Jetzt taucht er um die Ecke und grinst. »Pass auf, ganz einfach. Du löschst die Fotos. Dafür halte ich meinen Mund.« Er wartet. »Machst du das?«

»Bleibt mir was anderes übrig?«, murmle ich vor mich hin.

»Also dann hopp!«

Vor seinen Augen lösche ich die kompromittierenden Bilder.

»Viel Spaß am Samstag!«, sagt er zufrieden.

So ein dummer Zombie. Wenn er ein bisschen nachdenken würde, müsste er eigentlich darauf kommen, dass nicht ich die Bilder geschossen haben kann. Wortlos stehe ich auf und lasse Udo stehen.

Freitag, 26. Juni

Die Sonne brezelt auf den Bahnhofsvorplatz, der heute so vollgestopft ist, dass ich den 19er abschreiben kann. Voller Bus im Sommer, definitiv nicht mein Ort!

Stimmt nicht, genau das: der Vorplatz, der Bus, jeder kleinste Teil Nienbrooks fühlen sich an wie Heimat, von der es Abschied zu nehmen heißt.

Ich schiebe mich durch das Gedränge, bis ich vor Toms Graffiti stehe. Das *mare* ist nur noch halb da. Ich Idoitin, hatte ich gehofft, auf dem Boden würde ein neues tag auf mich warten? Oder sogar, dass Tom höchstpersönlich hier steht, den ganzen Nachmittag auf Züge wartet, weil ich aus einem steigen werde? Nein, ich habe Schluss gemacht, und er ist wütend auf mich. Und es wird keine neuen Graffiti mehr geben, erst recht keine Küsse. Ich wünschte, ich hätte dieses Foto von Ilsa und Ralf niemals entdeckt!

Ich wische mir den Schweiß von der Oberlippe und nehme einen Schluck aus meiner Wasserflasche, die nur noch zu einem Viertel gefüllt ist. Das Wasser schmeckt weich und warm, als würde ich mir Sand in den Hals kippen. Jedenfalls erfrischt es kein bisschen.

Hoffentlich kommt Tom überhaupt zum Ferienhaus. Ob ich ihm das Foto von Ralf und Ilsa zeige, weiß ich noch nicht.

Als der Bus um die Ecke biegt, geht ein Ruck durch die wartende Menge. Ich schüttle die Pfütze in meiner Flasche, überlege, ob ich mit dem Rest bis zum Ferienhaus durchhalte oder lieber doch einsteigen soll. Menschen mit prallen Strandtaschen stellen sich brav in die Schlange, und ich reihe mich ein.

Im Bus bleibe ich dicht an der Tür, ich will eh vor Nienbrook aussteigen und über den Trampelpfad. Jemand stößt mir sein Gepäck in den Rücken. Ich starre stur durch die Bustür nach draußen. Wir fahren an der Total-Tankstelle vorbei, wo Tom immer tankt. Ich halte Ausschau nach einem schwarz-roten Roller, aber natürlich sehe ich keinen. Doch dafür ragt über dem Dach eines dunkelblauen Audis eine Halbglatze auf. Ralf? War das gerade mein Vater? Wie sich der Mann zur Autotür gebeugt hat, das war typisch Ralf. Ich verrenke mich, aber der Bus ist längst vorbeigefahren, und ich kann meine Vermutung nicht überprüfen. Doch, das muss er gewesen sein, er fährt einen dunkelblauen Audi.

Was macht Ralf denn hier? Hat Conny ihn eingeladen? Die Eröffnung ist erst morgen. Oder ist er wegen Tom und mir angereist? Ich war jetzt seit anderthalb Monaten nicht in Nienbrook, da müsste Conny doch kapiert haben, dass zwischen uns nichts mehr läuft. Also, was sucht er hier? Ausgerechnet heute!

Der Bus hält vor dem Ortsschild, und ich steige aus.

Die Luft ist so heiß, sie flimmert in fettigen Schlieren. Ich tupfe mir etwas Sonnencreme auf die Nase, binde mir ein Tuch, hellblau mit Pünktchen, um den Kopf und laufe los.

Der Strand heute ist ein gänzlich anderer Ort als noch vor zwei Monaten. Handtücher, Lachen, Bälle, Zeitschriften, Liegen, schwimmen, Kleckerburgen. Nun gehört er allen.

Ein paar Typen spielen Volleyball, einer von ihnen ist Tom. Sein Oberkörper steckt in einem kornblumenblauen T-Shirt. Er sieht verdammt gut aus.

Es versetzt mir einen Stich, dass er so seelenruhig Ball spielt, wo er doch weiß, dass ich in Nienbrook bin. Aber klar, er hat mir nichts versprochen.

»Marie!« Ullsen ist der Erste, der mich bemerkt.

»Morgen Party?« Er grinst.

Gut, Tom hat es ihm zumindest erzählt. Ich blinzle zu meinem Exfreund, der mein Cousin ist, wahrscheinlich sogar mein Halbbruder, aber auf jeden Fall der Junge, für den mein Herz schon wieder dieses wilde Getrommel anstimmt. Der Sand scheint von innen meine Beine hinaufzuwandern.

»Ja, morgen. Kommt ihr?«

»Natürlich!« Ullsen grinst immer noch.

Er weiß Bescheid, fällt es mir wieder ein. Toms Freunde glotzen mich neugierig an. Wahrscheinlich sind sie alle längst im Bild. Aber keiner von ihnen reißt einen blöden Witz, nein, scheinbar finden sie nichts dabei, dass Tom und ich aufeinander stehen. Standen. Ach, Scheiße!

»Hi, Marie.« Tom kommt auf mich zu. Wir schenken uns ein vorsichtiges Lächeln. Er wendet sich zu seinen Jungs. Ich höre ihn sagen, dass sie ohne ihn weiterspielen sollen.

»Okay, reden wir?«, fragt er, als wir den Strand nebeneinander entlangstapfen.

Doch ich bringe keinen einzigen Satz zustande, der das Chaos in meinem Kopf beschreiben könnte.

Er bleibt stehen und wischt mir über die Nasenspitze, was mich völlig fertigmacht.

»Sonnencreme«, sagt er, und ich kann plötzlich keinen einzigen Schritt mehr laufen.

»Können wir uns setzen?«, frage ich und lasse mich bereits in den Sand sinken.

Toms blaues T-Shirt, das blaue Tuch in meiner Hand, der blaue Himmel, das blaue Meer und weiter hinten das blassblaue *mare* am Stein – wahrscheinlich wird dieser Moment sich für ewig mit dieser Farbe in mein Hirn einbrennen.

Und da begreife ich, dass es nur an mir liegt, wie es mit uns weitergeht. Weil ich Tom überhaupt nichts erzählen muss über Ralf und Conny. Denn ehrlich, ich weiß nicht mal, ob es stimmt, was ich mir über die beiden zusammengesponnen habe. Wer wüsste besser als ich, dass Fotos lügen können. Sie lassen dich hübscher aussehen, jünger oder älter – oder seltsam ähnlich. Ich tue einfach so, als hätte ich dieses bescheuerte Foto nie entdeckt.

»Es tut mir leid, und ich würde mich freuen …«, flüstere ich.

Da streichelt er mir über die Wange, gleitet mit der Hand hinab über meine Schulter bis zum Rücken, zieht mich näher, und ich gebe auf und schlinge stürmisch meine Arme um ihn. Wir küssen uns. Vor der versammelten Strandbelegschaft. Auf den Mund. Kurz blinzle ich zu seinen Freunden, dann spüre ich nur noch seine weiche Haut, seine Nasenspitze an meiner Wange und Lippen, die sich öffnen.

Pfeifen und Applaus, Ullsen und die anderen Jungs.

Ich muss lachen. »Sind das etwa Fans?«

Tom grinst. »Komm, wir hauen ab.«

Oben halten wir uns erst Richtung Ferienhaus, dann scheint Tom etwas einzufallen, und er lotst mich an der Hüfte den Uferweg entlang, bis wir vor seinem Roller landen.

»Was hast du vor?«

»Ich will mit dir essen gehen!«

»So richtig öffentlich? Ins Restaurant?«

Tom grinst und reicht mir seinen Helm.

Wir halten neben einem Zaun und dahinter erstreckt sich eine riesige grüne Ebene. Millionen von Erdbeerpflanzen. Weit vorne sehe ich ein paar Menschen Früchte pflücken.

»Das ist kein Restaurant. Das ist der Erdbeerhof«, stelle ich fest.

»Schlaufuchs«, sagt er und zieht den Zündschlüssel ab.

Nach ein paar Minuten erreichen wir eine Stelle, an der Tom stoppt, sich bückt, den Maschendraht hochbiegt und mir ein Zeichen macht, durchzukrabbeln.

Ich robbe also durch den Dreck, halte anschließend für Tom den Zaun hoch.

»Komm, Marie!«, sagt er.

In gebückter Haltung rennen wir, bis wir an einer Kuhle anhalten, eine leichte Senke, in der kaum Pflanzen wachsen.

»Bleiben wir hier?«

Das Erdbeerfeld, so ganz ohne Schatten und mit den Pflückern, die uns irgendwann bemerken könnten, finde ich gefährlich und, zugegeben, auch nicht sonderlich romantisch. Doch dann liegen wir nebeneinander, schmatzen Früchte, eine wahre Orgie aus Saft, der unsere Münder und Hände und T-Shirts hellrot färbt, sodass man fast denken könnte, wir wären die Opfer eines Massakers. Es ist besser als romantisch, besser als jede kitschig-verknallte Idee eines Candle-Light-Dinners, denn es ist leicht. Wir albern rum und sind einfach nur Tom und Marie, die zwischen Tonnen von Erdbeeren liegen und sich frei fühlen.

Dann küsst mich Tom und ich ihn. Unsere klebrigen Hände wandern über unsere Schultern. Toms bekleckertes T-Shirt liegt plötzlich neben mir, und sein Oberkörper ist nackt, was mich innehalten lässt, denn jetzt bekomme ich doch wieder Zweifel, ob es richtig ist, was ich hier tue. Warum hab ich Conny nicht direkt gefragt, ob mein Verdacht stimmt. Oder Mama oder Ralf?

»Alles in Ordnung?«, fragt Tom.

Ich zögere und sage: »Ja.«

Das Feld um uns herum ist mittlerweile menschenleer. Ich habe gar nicht gemerkt, wie schnell die Zeit vergangen ist.

»Darf ich das ausziehen?« Tom zupft an meinem vollgekleckerten T-Shirt.

Ich nicke.

»Es tut mir leid, dass ich so bescheuert am Telefon Schluss gemacht habe«, flüstere ich in sein Ohr.

»Schon gut«, flüstert er zurück. Tom küsst mich, und mir ist egal, was die Welt davon hält.

Irgendwann, wir flechten matt unsere Hände ineinander, strecken sie gegen den Himmel über uns aus, der gerade noch hell genug ist, dass ich Toms Gesichtszüge zu erkennen meine, sage ich: »Also, was passiert jetzt?«

»Mit uns?«

»Ja, oder mit uns nach dem Sommer?«

»Sollen wir das Leberfleckenorakel befragen?« Tom klingt spöttisch, deswegen schiebe ich schnell hinterher:

»Ich weiß, man kann die Zukunft nicht vorhersagen, aber was stellst du dir vor? Wovon träumst du, für dich oder für uns?«

Unsere Hände beschreiben kleine Kreise um die Sterne, die nun vereinzelt nach und nach aufgehen.

Tom räuspert sich. »Ich will mit dir zusammen sein, Marie.« Wir kreisen weiter durch den Sternenhimmel. »Also würde ich sagen, dass wir jetzt mit der Heimlichtuerei aufhören. Das möchtest du doch? Vielleicht können wir morgen zusammen zu Connys Eröffnung gehen, und danach helfe ich dir bei deiner Party. Was meinst du? Und dann können wir es Ilsa sagen. Wenn du möchtest, komme ich mit nach Hamburg. Wir verbringen bis zu deinem Abflug einfach so viel Zeit wie möglich miteinander. Und wir skypen, wir schreiben uns, das haben wir ja bereits geübt … Marie, ich weiß, dass ich warten kann, bis du wiederkommst. Also? Was denkst du?« Er sieht mich an und sieht dabei dem Foto von Ralf so ähnlich, in mir kracht gerade mein gesamtes Trugbild zusammen.

Ich ziehe meine Hand aus seiner und richte mich auf.

»Klingt gut«, sage ich tonlos.

»Marie, Kopf hoch. Ich weiß, dass ein Jahr wie eine Ewigkeit erscheint, aber ich habe München ohne dich überstanden. Und da waren wir noch nicht mal ein Paar.« Er stößt mich verschwörerisch an. »Da wusstest du noch nichts.«

Wie hab ich mir vormachen können, dass ich bloß die Klappe halten brauche, und dann wird alles von allein gut? Nein, ich muss Tom die Wahrheit sagen, sonst bin ich keinen Deut besser als die Erwachsenen. Und wer weiß, vielleicht findet sich eine Lösung?

Wir fahren zum Ferienhaus. Auf dem Weg dorthin arbeitet mein Hirn fieberhaft, welche Worte ich benutzen kann, die diese wirre Ralf-und-Conny-Geschichte plausibel klingen lassen. Wie kann ich ihm das erzählen, ohne ihn zu verletzen? Immerhin ist Conny hier nicht die Gute. Ich scheue mich davor, Toms Bild von seiner Mutter zu zerstören. Und dann habe ich einen Plan. Ich werde morgen Vormittag zu ihr gehen, mich allein mit ihr aussprechen und sagen, was ich herausgefunden habe. Und falls es stimmt, falls Tom wirklich mein Halbbruder ist, werde ich sie bitten oder meinetwegen auch zwingen, dass sie ihrem Sohn selbst gesteht, wer sein Vater ist. Ich bin nicht feige, nein, ich finde nur, dass es einfach Connys Aufgabe ist.

»Also bis morgen«, sage ich zu Tom beim Absteigen.

»Ich dachte, wir übernachten zusammen?«

»Geht nicht. Nicht heute. Vorher muss ich noch etwas klären.«

»Hat das was mit uns zu tun?«

»Keine Ahnung, vielleicht nichts.«

»Sagst du mir, worum es geht?«

Ich schüttle den Kopf. »Sei nicht traurig, Tom. Ich hätte es auch gern anders.«

»Mann, Marie, du schmeißt mich wirklich in Wechselbäder. Irgendwann muss dieses Muschelding bei dir mal aufhören!«

Ich lächle. »Klar, morgen!«

Samstag, 27. Juni

In vier Stunden werden Emma und Kassy am Bahnhof ankommen.

Der Vormittag leuchtet und trägt mich kurz vor schwerelos durch Nienbrook. Ich fühle mich stark und bin mir sicher, dass ich endlich das Richtige tue.

Das Yogastudio befindet sich in einer schattigen Gasse direkt am Strandweg. Die Tür ist nur angelehnt. Bevor ich hineingehe, hole ich einmal tief Luft. Mann, jetzt bin ich doch nervös. Vorsichtig trete ich in den Flur, wo ich das Elefantengott-Poster und das Yoga-Zertifikat sofort wiedererkenne. Ja, ich bin richtig hier.

Ich höre Connys Stimme – aufgeregt, nein, nicht vorfreudig aufgeregt – und halte inne. Eine zweite antwortet, die ich normalerweise nur noch durchs Telefon zu hören bekomme. Ralf ist bei ihr. Irgendwie hätte ich es ahnen können.

Die Stimmen dringen aus einem der hinteren Räume. Connys bricht hervor, wie ein gehetztes Tier. »In unserer Familie steckt einfach der Wurm.«

Ich halte meinen Atem an.

»Warum hörst du nicht endlich auf, nur an andere zu denken, sondern denkst mal an dich?« Ralf bemüht sich um Ruhe.

»Du würdest das nicht fragen, wenn *du* die beiden gesehen hättest! Nackt. Im Ferienhaus, Ralf!« Sie stößt einen heiseren Laut aus.

»Ja, unser Ferienhaus«, sagt Ralf.

»Bitte!«, unterbricht ihn Conny schroff. »Willst du, dass noch ein zweites Kind dort entsteht?«

Bei mir klingeln sämtliche Alarmglocken.

Jemand läuft ein paar aufgebrachte Schritte durchs Zimmer. Jemand läuft hinterher.

»Ach, das war bloß ein kurzes Strohfeuer. Das sind Teenager. Sie sehen sich doch gar nicht mehr, hast du eben gesagt. Bitte, Conny, lass es uns ihnen endlich sagen! Wir hätten schon vor siebzehn Jahren ehrlich sein müssen. Was haben wir zu verlieren?«

»Ich habe meine Schwester verloren durch meine Ehrlichkeit. Meinen Sohn will ich nicht ebenfalls vor den Kopf stoßen, er ist der Einzige, den ich noch habe.«

Und genau da spricht mein Vater es aus. »Wenn Tom und Marie erfahren, dass sie Bruder und Schwester sind, brauchst du dir zumindest wegen der Schwangerschaft keine Sorgen mehr zu machen.«

Eine Pause entsteht, dann schiebt er hinterher: »Und außerdem bist du nicht allein, du könntest mich haben. Ilsa weiß, was damals passiert ist, jetzt sollten wir auch zu den Kindern ehrlich sein. Sie sind fast erwachsen. Bitte. Nach all den Jahren, in denen wir zurückstehen mussten, finde ich, haben wir endlich unsere Chance verdient.«

»Die Kinder haben auch eine Chance verdient. Auf ein Leben ohne Chaos.«

»Bitte, Conny, ich habe siebzehn Jahre lang gewartet, ich möchte mit dir zusammenleben. Nicht erst, wenn wir alt sind, sondern jetzt. Ich liebe dich. Und ich will endlich Toms Vater sein dürfen. Ich weiß, dass du mich auch liebst.«

»Ich kann es Tom nicht sagen.« Conny schreit fast, und es klingt so verzweifelt, dass es mir Angst einjagt.

Rückwärts stolpere ich gegen ein Schränkchen, das krachend umfällt, raus aus der Tür, weg von diesen Worten.

Tom ist mein Bruder, ich habe mit meinem Bruder geschlafen – es ist alles, alles wahr.

Renn!, schreit es in mir, als könnte ich irgendwohin laufen, wo es besser oder anders wäre. Renn!

Tom ist mein Bruder! Bleibt mein Bruder, egal wo, in Nienbrook oder Australien oder auf dem Mond, Tom ist mein Bruder, und mein Vater hat meine Mutter mit ihrer Schwester betrogen, die beiden haben uns siebzehn Jahre lang verarscht, und ich kann mir keine Sekunde länger vormachen, dass es anders wäre.

Am Uferweg stolpere ich zu den Klippen. Könnte ich doch für immer ins Meer abtauchen, hinab zu den Wracks und Minen und der Stille. Unter meiner Schädeldecke rauscht es.

Kopflos klettere ich zum Vorsprung. Dass ich kaum etwas sehe wegen der Tränen, dass meine Beine sich wie Quark anfühlen, dass ich abstürzen könnte, ist mir egal.

Ich krame mein Handy heraus und tippe eine Nachricht, die genauso zittrig ist wie meine Hände: `tom, es tut mir unglaublich leid, aber wir dürfen nicht mehr zusammen sein! ich habe etwas schreckliches erfahren. bitte, komm nicht zur party! Ich liebe dich!`

Ich lese, lösche den letzten Satz und drücke auf *Senden.*

Dann heule ich weiter, bis ich Kopfschmerzen bekomme und die Tränen versiegen. Geschlagen krieche ich den Hang hoch.

Im Ferienhaus öffne ich die Fenster, die Läden, ziehe die Gardinen zurück, trotzdem wird es nicht heller. Wie kann dieser Ort jemals wieder hell werden?

Später suche ich Papier, denn in meinem Rucksack befinden sich diesmal nur Klamotten und nutzloser Krempel, den ich für die Party hineingestopft habe. Doch im gesamten beschissenen Ferienhaus will sich kein einziger Zettel finden. Schließlich greife ich mir kurzerhand ein Taschenbuch aus dem Regal. Die *Sehnsucht der Albatrosse* heißt es. Ich reiße das leere Vorsatzblatt heraus und beginne einen Brief an Tom.

Dreimal streiche ich den Anfangssatz durch und versuche es von Neuem.

Lieber Tom,
ich hoffe, dass du den Brief liest, weil ich den Gedanken nicht ertragen kann, dass du mich hasst für etwas, wofür ich nichts kann!
Ich sitze im Ferienhaus, unserem Ort. Dass wir uns ausgerechnet hierhin zurückgezogen haben, kommt mir vor wie Hohn.
Du fragst dich bestimmt, was ich da rumfasel, von Ort und Hohn. Tom, deine Mutter und mein Vater waren vor siebzehn Jahren ebenfalls hier. Sie waren wie wir ein Liebespaar, und sie haben dich im Ferienhaus gezeugt.
Tom, du bist mein Bruder. Und ich liebe dich! Verstehst du nun, wieso wir nicht zusammen sein können?
Ich weiß nicht, wie lange es dauert, bis ich dich nicht mehr liebe. Bei Ralf und Conny hat es nie aufgehört. Ich hoffe sehr, dass wir uns nach meinem Australienjahr gegenüberstehen, einfach so als Tom und Marie, die sich zwar mögen, aber … als Geschwister!

Nach einer Weile beruhigt sich mein Herzschlag. Still, mit dem Brief im Schoß, lausche ich in mich hinein.

Soll ich Tom den Brief schicken?

Plötzlich klappert die Haustür.

Kassy ruft, dass sie da sind, was ja nicht zu überhören ist bei ihrem Gepolter. Schnell lege ich den Zettel auf den Tisch neben das Buch, da werde ich schon von Kassy gepackt, erdulde steif ihren Überschwang, zwinge mich, nicht loszuheulen.

»Schon da?«, sage ich. »Ich hab gar nicht mitbekommen, wie spät es ist.«

Mein Blick fängt Emmas ein, die sich mit ihrem Trolley im Flur abmüht. Mit ihren Ultragefühlsantennen merkt sie, dass etwas nicht in Ordnung ist. Also reiße ich mich zusammen, lächle, und wir beginnen, die Party vorzubereiten. Nudelsalat, Cola, Musik. Emma scheint enttäuscht, dass wir kein richtiges Büfett haben oder Lichterketten. Nein, diese Party wird nicht annähernd so magisch wie die von Paul.

Ich zeige den beiden das Wohnzimmer, die Anlage. Kassy stürzt sich gleich darauf, denn die Musik ist eindeutig ihr Ressort.

Während Emma beginnt, die Möbel zu rücken, um Platz zum Tanzen zu schaffen, stehle ich mich in die Küche, wo ich den Brief an Tom in das Buch schiebe. Als ich es im Wohnzimmer im Regal verschwinden lasse, steht sie neben mir.

»Die Sehnsucht der Albatrosse?«, fragt sie.

Kassy rumpelt nun in der Küche und sucht ein Kabel.

Ich will nicht länger meinen Kummer allein mit mir rumschleppen. Wozu hat man denn Freundinnen? Sanft streiche ich über den Buchrücken. Vielleicht sollte ich Emma den Brief zu lesen geben?

»Ich habe Ralf gesehen«, fange ich an.

Emma wird hellhörig.

»Am Bahnhof …«, versuche ich umständlich einen Weg in die komplizierte Geschichte zu finden. »Als ich ausgestiegen bin …«

Kassy flucht, weil sie gegen etwas gestoßen ist, vielleicht gegen die niedrige Küchenlampe. Dann kichert sie los.

Ach Scheiße, ich kann das nicht! Oder später, wenn ich etwas getrunken habe. Ja, dann.

»Ich bin mir nicht sicher, vielleicht war er es auch nicht«, wiegle ich also ab.

Emma fragt, was mein Vater hier macht.

»Keine Ahnung. Vergiss es.«

Ich bereue, dass ich überhaupt damit angefangen habe. Ich will feiern. Ich will mein Leben zurück, in dem ich ein Sonnenschein bin, hell und strahlend. Grimmig stürze ich mich auf diesen Gedanken und wirble lachend durch das Haus, zu meinen neuen Absatzschuhen, der Schminke, den Klamotten, die ich für Emma eingepackt habe, und weg von allem, was mir wehtut.

Bis die Gäste eintreffen, läuft alles gut. Gut bedeutet, dass ich nicht spontan einem Heulkrampf erliege und halbwegs mit der Aufmerksamkeit bei meinen Freundinnen bin. Kassy mixt uns einen Cocktail mit Erdbeeren, von dem ich gierig trinke. Später schaffe ich es sogar, ein wenig herumzublödeln. Zwischendurch verdrücke ich mich auf die Toilette, heule still in mich hinein, während ich gleichzeitig durch die Tür bei einem albernen Klopapierspiel mitmache, das Kassy angezettelt hat. Während ich um das Papier bettle, wische ich mir Tränen aus dem Gesicht. Die Sehnsucht nach Tom legt sich wie ein verfressenes Tier in meine Bauchhöhle, wo sie sofort anfängt zu nagen. Warum muss er denn mein Bruder sein, verdammt! Ich hole das Handy heraus, um zu checken, ob er mir geantwortet hat. Da sehe ich auf dem Display eine Nachricht von Udo. Nur zwei Worte hat er geschickt, die niemandem etwas verraten, außer mir: `Die Originale.` Ich kenne Udos Jähzorn. Kurz packt mich Angst, die ich schnell mit der Nachricht von mir fortwische.

Dann öffne ich Whatsapp. Hinter meiner letzten Nachricht prangt ein roter Kreis mit Ausrufezeichen. An den Klippen hat man kaum Empfang. Tom geht also noch davon aus, dass wir uns auf der Party treffen.

Ich stehle mich in die Küche und gieße mir den Rest von Kassys Cocktail aus dem Shaker in mein Glas, trinke hastig. Alles läuft gut.

Doch dann kommen immer mehr und mehr Leute. Wie eine Herde stumpfsinniger Idioten nehmen sie das Ferienhaus ein, reißen Schränke auf, drehen an der Lautstärke, verteilen Essen überall. Das Ferienhaus riecht nicht mehr nach Keks und Apfel, sondern nach gierig ausgestoßenem Rauch, nach hektischem Schweiß. Erst sind es bloß dreißig, vierzig, mittlerweile schätze ich, dass im Haus und im Garten an die siebzig Leute herumtrampeln. Auf dem Sofa spielt ein kleiner Pulk mit Kassys Hart-Alk Sauf-Uno. Die habe ich nicht eingeladen, Kassy vielleicht, was mich mit einem Mal richtig wütend werden lässt auf sie und ihre ewigen Solotouren, ihren doofen Egoismus, der andere so weit treibt, gemeine Facebook-Profile anzulegen. Langsam kann ich Emma echt verstehen.

Ein Mädchen in Cowboystiefeln und Hotpants steht vorm Bücherregal und stöbert in den Titeln.

Emma kommt mit Sekt für uns. Ich nehme mir einen Becher und quetsche mich an drei Typen vorbei.

»Die Bücher sind tabu«, herrsche ich das Mädchen an.

»Ich schau doch bloß, reg dich ab.«

»Ich meine es ernst, lass die Bücher in Frieden, sonst schmeiß ich dich raus.«

»Oh, du bist diese Marie?« Das Mädchen zuckt mit den Schultern und verzieht sich.

»Hast du so vielen Bescheid gegeben?«, fragt mich Emma.

»Weil, wir wollten doch …«

Sie bleibt schon den ganzen Abend an meiner Seite – oder ich an ihrer –, während Kassy durch das Gewühl tobt und sich offensichtlich pudelwohl fühlt. Emma und ich wanken eher wie Schiffbrüchige durch das Ferienhaus.

»Das hat Kassy verbockt!«, sage ich. Kurz drücke ich Emmas Arm.

Plötzlich entdecke ich zwei Gestalten im Flur, die Kassy definitiv nicht hierherbestellt haben kann: Marco und Socke, die HSV-Typen vom Bahnhof. Denen muss Tom Bescheid gegeben haben oder Ullsen.

»Hast du Tom gesehen?«, frage ich Emma, die im ersten Moment gar nicht kapiert, wen ich meine.

Draußen fährt ein Auto vor, so eine Protzkarre, und reiht sich in die lange Schlange parkender Wagen mit Hamburger Kennzeichen ein. Aus dem Auto fallen fünf Gestalten, Daniel und ein paar seiner Kumpel. Außer Emma nimmt keiner Notiz von ihnen, aber sie stiefelt los zu ihrem Bruder. Ich laufe hinterher. Keine zwei Sekunden hat es gedauert, und die beiden streiten. Ich höre nicht hin, was sie sich an den Kopf werfen, denn mir fallen Ralfs Worte wieder ein und Connys Aufschrei. Abgesehen davon, dass sie meine Mutter betrogen haben, dass sie mich und ihren Sohn angelogen haben, tun sie mir leid. Und ich frage mich, ob die beiden nicht damals in einer ähnlichen Lage gesteckt haben wie ich jetzt.

Ich starre in die Nacht. Auch hier im Garten in der Dunkelheit feiern Grüppchen von Leuten. Nur wo steckt Tom?

Plötzlich fürchte ich, dass Conny mich bei meiner überstürzten Flucht gesehen hat. Wenn sie nun zu Tom gelaufen ist, um ihm doch alles zu berichten?

Daniel reißt mich aus meinen Gedanken, als er fragt, wo er den Bierkasten loswerden kann, den er wie einen Bauchladen vor sich her trägt.

»Küche.« Ich deute ins Haus.

Emma und ich trotten hinterher, und die ganze Zeit suche ich in den fremden Gesichtern im Garten nach den vertrauten Zügen von Tom. Stattdessen: Kassy, die über den Gartenzaun hinweg mit einem bleichen Feixen Daniels Kumpels abklatscht. Ihre Buddy-Nummer geht mir dermaßen auf den Geist.

Ich stürme auf sie zu. »Komm mit!«, schnauze ich los.

»Komm du mal lieber runter«, ruft einer der Typen.

Ich ziehe Kassy an ihrer Lederjacke hinter mir her.

»Mach dich locker, Marie. Was ist denn los?« Sie windet sich aus meinem Griff.

»Von wegen locker!« Ich zerre sie ans andere Ende des Zauns. Ihre Mangazöpfe hängen ein wenig schief, wie ihr Lächeln.

»Du hast die alle eingeladen, gib es zu.«

Statt zu antworten, nimmt sie einen Schluck Bier.

»Kassy, du musst so was absprechen. Schau doch, wie die sich benehmen.«

»Ich weiß nicht, woher die alle von der Party wissen. Ehrlich. Wir räumen später wieder auf, jetzt hab mal Spaß, ist doch eine geile Party.«

»Die meisten wissen nicht einmal, dass ich die Gastgeberin bin. Die wühlen in meinem Kram und geben blöde Antworten. Ehrlich scheiße, Kassy!«

»Nee, aber ich war das nicht! Frag doch Emma, ob sie die eingeladen hat.«

Ich verschränke meine Arme. »Emma? Das ist ein Scherz, oder?«

»Hast du nicht auch hier im Ort Bescheid gegeben, deinem Cousin? Vielleicht war er es ja?«

Hm, für Marco und Socke trifft das wohl zu.

Das neu eingetroffene Bier löst bei manchen eine besonders kindische Freude aus. Ein paar Typen kippen es sich gerade über den Kopf. Kassy sieht mich entschuldigend an und ruft, dass sie sich anständig benehmen sollen.

Ich muss lachen, weil Kassy so ein zerknautschtes Gesicht zieht und auch weil sich alle so bescheuert benehmen.

»Okay, räumen wir morgen zusammen auf«, sage ich ergeben, trinke meinen Sekt leer und werfe den Pappbecher ins Gras. Wie eine russische Großfürstin. Schade, dass der Becher nicht klirrend zerbricht.

Der Alkohol rieselt durch meinen Körper, bis er meine Beine erreicht. Ich winke Emma zu uns, Daniel folgt.

Er scheint heute auch in ausgesprochener Hochstimmung zu sein. Er zwinkert uns gönnerhaft zu und zuppelt geheimnisvoll an seiner Jacke, die er dann öffnet, als wäre er ein Zauberer, der gleich ein Kaninchen präsentiert. Er greift in die Jacke, aber dann holt er nur eine Flasche hervor. Wodka. Ich habe keine Lust auf noch mehr Alkohol und sage das mit Gastgeberautorität.

Daniel hebt die Augenbrauen, doch die Flasche bleibt zu. Er schüttelt sie enttäuscht. »Wozu ist sie dann gut?«

»Ich weiß nicht«, sage ich genervt. »Zum Spielen? Flaschendrehen? Wahrheit oder Pflicht?« Ich sage das so dahin, damit er uns in Ruhe lässt und abzieht.

Doch Kassy versteht mich falsch. Sie rennt mit der Flasche unterm Arm zur Terrasse, Daniel stolpert ihr oder vielleicht auch nur der Flasche hinterher. Und Emma und ich, die zwei Schiffbrüchigen, folgen.

Im Laufen ziehe ich mein Handy raus und tippe:

`– lass uns reden. in einer stunde beim vorsprung.`

Diesmal warte ich so lange, bis die kleinen Häkchen zeigen, dass die Nachricht bei Tom angekommen ist.

Durch das Küchenfenster neben der Terrasse erkenne ich zwischen den ganzen Unbekannten Marco und Socke. Sie tanzen Pogo. Den Wuschelkopf, der manchmal ein Zöpfchen trägt, sehe ich nicht.

Das Licht aus dem Fenster lässt die Flasche am Boden verführerisch schimmern.

Wahrheit oder Pflicht.

Also gut, denke ich, fragt mich. Fragt, ob ich schon jemals richtig verliebt gewesen bin oder was das Schlimmste ist, was ich je getan habe.

Doch niemand stellt mir solche Fragen. Es geht ihnen bloß um Kinderkram, wie Daniel zu küssen. Also zwinge ich Kassy, zu gestehen, dass sie diese Horde über Facebook eingeladen hat. War ja klar. Dann frage ich Emma, was das Schlimmste ist, was sie jemals getan hat, aber auch sie ist unehrlich und faselt etwas von einer Ray-Ban-Sonnenbrille. Ihre Schultern, der ganze Körper windet sich. So ist das also mit der Wahrheit.

Dann eben Pflicht, denke ich grimmig, sage *Pflicht*, und in dem Moment fordert mich Kassy auf, von der Klippe zu springen.

Hinter dem Fenster grölen irgendwelche Menschen auf, die definitiv nicht meine Freunde sind. Ich will ebenfalls loslachen, denn das muss ein Scherz gewesen sein, doch Kassy schaut herausfordernd. Und Emma, als hätte sie einen Geist gesehen.

Soll ich echt auf den Vorsprung hinunterspringen? Bei der Dunkelheit grenzt das an puren Selbstmord. Entweder spinnt Kassy komplett, oder sie ist noch betrunkener als ich. Ich bin gespannt, wie weit sie dieses Spiel treiben wird.

»Na gut.« Ich drehe mich um. »Ich hüpfe von der Klippe.« Kassy sagt kein Wort, nur Emma lässt einen Quietscher los, der sofort vom Lärm der Party geschluckt wird. Ausgerechnet dorthin treibt uns Kassy, wo ich mit Tom verabredet bin. Falsch, ich weiß ja gar nicht, ob er kommen wird.

Gras kratzt über den Stoff meiner Hose, als ich quer durch den Garten laufe. An vielen Stellen ist es von der Partymeute platt getrampelt, aber hier, zwischen den Pappeln, steht es kniehoch. Ein Vogel fliegt auf, als ich über den Zaun steige. Morsches Holz bricht unter meinen Händen, und ich stütze mich gerade noch ab. Der Sekt hat mich aufgekratzt, und mir ist etwas schwindelig. Ist nicht so heftig wie auf der Party von Paul, trotzdem ist es wohl besser, wenn ich heute Abend nicht weiter trinke.

»Marie, ist doch nur Spaß. Du musst nicht wirklich springen«, versucht Emma, mich aufzuhalten.

Das will ich von Kassy hören.

Stur laufe ich den Uferweg vor, in die Nacht hinein. Je weiter wir uns vom erleuchteten Haus entfernen, umso mehr nimmt das Grölen ab, und ich höre das Meer.

Ich laufe, bis wir an der Birke angelangt sind, deren zarte Blätter im fahlen Nachtlicht zittern, als würden sie frieren. Oder sich fürchten vor dem, was passieren wird.

Emma wagt sich kaum an den Abgrund heran.

»Warum hast du gelogen?«, frage ich.

Sie weiß, dass ich das Profil meine, das Schlimmste, was sie jemals getan hat. Sie hat sich nicht an ihr Versprechen gehalten und Kassy rein gar nichts gebeichtet.

Jetzt kaut sie auf ihrer Lippe herum und schluckt, weil sie weiß, dass unsere Freundschaft auf dem Spiel steht. Ich habe ihr ein Ultimatum gestellt. Kassy muss erfahren, wer das Profil angelegt hat. Damit sie nicht weiter ängstlich durch die Schule läuft und rumrätselt, ob ihr jemand was Böses will.

»Findest du nicht, dass Ehrlichkeit unter Freundinnen das Wichtigste ist?«, sage ich wütend, doch da tauchen Daniel und Kassy auf dem Uferweg auf. Kassy reckt triumphierend die Wodkaflasche in den Himmel.

Das Spiel geht weiter.

Kassy stellt sich neben mich. Unsere Schuhspitzen ragen über den Rand. In ihren stecken Grashalme. Zusammen blicken wir auf das Meer. Am Horizont schieben sich unendlich langsam ein paar leuchtende Schiffe über das dicke Schwarz. Allmählich gewöhnen sich meine Augen an die Dunkelheit.

Daniel und Emma bleiben hinter uns, dicht beieinander.

Leise knirscht der Deckel des Wodkas, den Kassy mit einer einzigen geschickten Drehung des Handgelenks öffnet. Sie hält den Flaschenhals schräg wie ein Reagenzglas. Erst glaube ich, sie wird den Inhalt ausschütten, doch dann streckt sie die Flasche Emma hin, ganz dicht vor den Mund, als würde sie ein Baby füttern, und neckt sie. Feigling.

Was ist mit ihr los? Warum sollen wir heute alle unseren Mut beweisen?

Daniel kratzt sich unter der Wollmütze. Über die Stirn wandert ein Schatten, dann aber grinst er anerkennend. Emma trinkt.

Wir trinken alle. Oder nein, die anderen trinken, ich hebe die Flasche an, schiebe meine Zunge vor die Öffnung und kippe, tue so, als würde ich trinken.

Der Wodka verändert die Stimmung.

Die Blätter der Birke rascheln im Wind, aber nun nicken sie, als würden sie es vollkommen richtig finden, dass wir so gefährlich nah am Abgrund stehen und darüber nachdenken, in die Tiefe zu springen.

Kassy hat recht, wir sollten einfach mutig sein! Dieses eine Mal will ich nicht ängstlich auf allen vieren den Abhang runterklettern, sondern draufloshüpfen und fallen, denn mir wird nichts passieren.

Mein Blick wandert von Daniel zu Kassy und weiter zu Emma.

Ich will nicht ängstlich sein und zaudern. Ich will ins Leben reinspringen. Ich will alles, was es mir zu bieten hat, mit beiden Händen greifen. Ich will nicht den gleichen Fehler begehen wie Conny und Ralf. Ich will mit Tom zusammen sein, auch wenn er mein Bruder ist.

Ich will springen.

»Es ist gar nicht so tief, vielleicht zwei Meter«, sage ich. Emma japst auf, deswegen erinnere ich sie: »Man kann locker auf den Vorsprung klettern. Ich habe das schon oft gemacht.« Doch das Japsen hat nichts mit ihrer Höhenangst zu tun. Sie sieht aus wie ein Stück Treibholz, bleich wie ein Knochen.

Plötzlich kribbelt es. Ich glaube erst, der Alkohol kitzelt in meinen Beinen, dann merke ich, dass es mein Handy ist, das in der Jeanstasche unter dem Kleid vibriert. Tom ruft an. Ich drücke ihn weg, denn bevor ich mit ihm rede, muss ich das hier schaffen. Ich muss mutig sein und springen.

Emma kichert los und lässt sich zu Boden sinken. Und Kassy macht es sich neben ihr gemütlich. Jetzt endlich feiern wir unsere Abschiedsparty, die anderen, die das Ferienhaus besetzt halten, sind mir egal. Nur wir zählen noch, wir drei. So wie früher.

Kassy grinst mich an. »Wenn du nicht springst, hast du das Spiel verloren.«

»Habt ihr auch manchmal das Gefühl, wenn ihr an einem Abgrund steht, dass es euch hinabzieht? So, als würde einen etwas rufen. Als müsste man sich nur fallen lassen, und dann könnte man fliegen«, frage ich.

Kassy steht auf. Entschlossenheit glitzert in ihren Augen. Wir grinsen uns an, und Emma wimmert. Aber Kassy und ich verstehen uns wortlos. Wenn nicht jetzt, wann dann?

»Halt mal.« Ich drücke Emma mein Handy in die Hand. Die Fotos auf ihrem fallen mir ein, die ich noch für Udo brauche. Aber erst mal springen.

Da rennt Emma plötzlich davon. Daniel zieht sich die Mütze vom Kopf, ruft uns zu, dass wir spinnen, und läuft ihr hinterher.

»Und? Wer zuerst?«, fragt Kassy.

Ich bücke mich und ziehe meine Pumps aus.

»Fliegen«, sagt Kassy versonnen. »Manchmal träume ich, dass ich das kann. Sind immer gute Träume.«

Daniel kommt zurück.

»Ah, gut«, japst er. »Ihr seid noch da.«

»Leuchte mal«, fordert Kassy mich auf.

»Geht nicht. Emma hat mein Handy.«

Also holt Daniel seins hervor und stellt das Licht an. Der

Strahl reicht gerade aus, um den Vorsprung deutlich in die Nacht zu zeichnen.

»Jakobi-Hua betritt den Startblock«, raunt Kassy ganz konzentriert wie ein Stadionsprecher, stellt sich im Ausfallschritt in Position, wippt aus der Hüfte mit ihrem Körper vor und zurück.

Wir wagen nicht, uns zu regen.

Sie springt.

Wir starren auf den leeren Fleck, an dem gerade noch unsere Freundin gestanden hat. Die Birkenblätter flattern unruhig.

»Scheiße!«, flüstert Daniel. Er gibt der Wodkaflasche am Boden einen kleinen Tritt, sodass sie ins Trudeln gerät, sich um die eigene Achse dreht und schließlich mit dem Flaschenhals auf mich zeigt.

Da hören wir von unten Siegesgebrüll.

»Ach du Scheiße«, sagt Daniel noch einmal und fängt an zu lachen, wild, und dann johlt er. »Kassy! Du Tier!«, brüllt er. »Alles okay?«

»Ja, was denkst du denn? Hilft mir mal jemand?« Ihre Hand taucht auf, die Daniel hastig schnappt. Oben angekommen, bleibt Kassy lachend auf dem Boden liegen.

Wir applaudieren.

»Du hast das Spiel verloren, Marie«, quietscht sie begeistert.

Ich nicke stumm.

»Los, gehen wir wieder zum Haus.« Daniel zieht Kassy auf die Beine.

»Jetzt will ich springen.« Ich höre selbst den kindischen Trotz in meiner Stimme. »Ich bin dran!«

»Zu spät!« Kassy zuckt mit den Schultern. »Jetzt hab ich Bock auf Tanzen. Und außerdem muss ich pullern.«

»Whatever, ich finde, wir waren lange genug hier«, sagt Daniel. »Ich schau mal nach den Jungs.« Im Weglaufen höre ich ihn johlen: »Diese Party ist die geilste!«

Kassy lacht zufrieden auf.

»Und? Wie war der Flug?«

Sie zupft sich das Gras aus den Schuhen, dabei summt sie vor sich hin, dann singt sie leise: »Du bist scharf wie ein Radieschen, mit dir hat man Spaß, doch hinter den Ohren sieht's grün aus wie Gras.«

»Ach ja? Ich bin grün? Und du weißt also alles?« Mit einem Mal habe ich unbändige Lust, ihr zu sagen, wer das blöde Facebook-Profil angelegt hat. Nur um sie von ihrem hohen Ross zu holen.

»Mann, Marie. Nimm's doch nicht so ernst. Lass uns feiern. Du könntest mir auch dankbar sein, dass ich die Leute eingeladen habe. Der Abend wird denkwürdig. Hast doch Daniel gehört.«

»Ja, er findet die Party geil, aber ich nicht! Und Emma auch nicht! Schon vergessen? Es sollte unser Fest werden, nicht nur deins! Das ist so komplett arschig von dir, Kassy! Es wundert mich nicht, dass jemand so ein Facebook-Profil von dir angelegt hat.«

Sie funkelt mich wütend an. »Ach ja?«

»Ja!«, zische ich und halte ihrem Blick stand. »Langsam hab ich echt keine Lust mehr auf dich und deine Soloshow.«

Kassy wendet sich abrupt von mir ab.

»Vergiss es. Lass uns Emma suchen«, sage ich.

Wir gehen los. Schweigen. Entschuldigen kann ich mich noch nicht, dafür bin ich einfach zu sauer. Nach ein paar Metern bleibe ich stehen.

»Ich hab was vergessen. Ich komm gleich nach.«

Kassy läuft stur weiter, und ich setze mich wieder an den Klippenrand, wo ich auf Tom warte. Pflücke ein Birkenblättchen, das kühl in meiner Hand liegt.

Jetzt könnte ich springen, denke ich und lasse das Blättchen fallen. Stehe auf und stelle mich hin wie Kassy eben. Nur mir leuchtet niemand den Abhang hinab. Aber das ist mein ureigener Ort, an dem mir nichts passieren kann, rede ich mir Mut zu.

In einiger Entferung höre ich das Knirschen von Schritten.

Also hat Tom meine Nachricht erhalten. Jetzt endlich werde ich mutig sein.

Ich werde ihm alles erzählen.

Danksagung

Mein Dank gilt …

… meiner Familie. Besonders meinen Kindern, nicht nur für Rubbellose und Sexualzombies, sondern vor allem dafür, dass ihr mich so gnadenlos vom Schreibtisch in die reale Welt zurückholt.

… Katrin Weller und allen bei Oetinger34, die mich ins Secrets-Boot geholt haben. Ein dickes Dankeschön für diese Chance und eure Unterstützung. Ein extra Danke geht an Kristin Neugebauer für dein beherztes und trotzdem behutsames Lektorat.

… unseren Paten Rita und Stefan, die ihre reichen Erfahrungen mit uns geteilt haben.

… meinen Mitautorinnen Emma und Kassy, äh, Daniela und Lara. Ohne eure Hilfe würde Marie immer noch steinzeitmäßige SMS verschicken, viel zu viel rummeckern, und sie wüsste nicht im Entferntesten, was victimblaming oder slutshaming bedeutet.

Und ich danke Moritz, der mich ermutigt hat, das Schreiben zu wagen.

7 Fragen an Elisabeth Denis

© di matti

3 Sätze über dich: *Ich träume von einem Häuschen auf dem Land mit Rosen drum herum, und hinter dem Haus beginnt der Wald. Aber ich ziehe nur aufs Land, wenn es da ein Kino, nette Cafés mit abendlichem Swingtanz, ein Schwimmbad, eine öffentliche Bibliothek und einen ICE-Bahnhof gibt. Ach, und alle meine Freunde müssten natürlich auch dort wohnen – ich glaube, ich bleibe also erst mal noch in Berlin.*

Warum Oetinger34? *Erst habe ich mich aus Neugier angemeldet, dann bin ich aus Überzeugung geblieben. Das hat sich als ziemlich gute Idee entpuppt, denn sonst hätte ich nicht bei der Secrets-Reihe mitschreiben können. Im Team zu arbeiten war eine geniale Erfahrung, denn – yippie! – Schreiben ist nicht mehr ganz so einsam. Für mich ist Oetinger34 eindeutig ein Erfolgsmodell!*

Was ist das Besondere an deinem Text? *Eindeutig die Mädchen, weil jeder Charakter von einer anderen Autorin erdacht wurde und sie – trotzdem oder gerade deswegen – zusammen so gut funktionieren. Manchmal glaube ich, sie müssten mir irgendwo in Hamburg über den Weg laufen, so lebendig sind sie mittlerweile.*

Tagebuch oder Facebook?

☒ ☐

Australien oder Ostsee?

☐ ☒

Mädelsabend oder Party?

☒ ☒

Ein Gruß an deine Leser: Ich wünsche dir, dass du jemanden an deiner Seite hast, dem du vertraust und mit dem du deine Geheimnisse teilen kannst.

LARA DE SIMONE

SECRETS

WAS KASSY WUSSTE

Leseprobe

OETINGER 34

Kapitel 1

Meine Hand gräbt sich in die Nackenhaare eines Fremden, meine Lippen auf seinen, und für einen Moment vergesse ich, dass meine beste Freundin in elf Stunden begraben wird. Die Nacht vom 27. Juni ist aus meinem Gehirn gebleicht. Ich atme ein, tief durch die Nase. Der Junge riecht nach Rum-Cola und Wärme.

Ich kann meinen Herzschlag spüren, oder seinen, oder den Beat der Musik, egal, ich bin am Leben, so viel ist sicher.

Am Leben. Um mich herum tanzen irgendwelche Abiturienten zu irgendeinem Elektroscheiß, niemand starrt mich an, niemand rückt mir auf die Pelle, den ich nicht in meiner Nähe haben will. Keine Panik, alles unter Kontrolle. Ich atme ein und fahre mit meinen Fingerspitzen seinen Nacken herunter.

Noch zehn Stunden und fünfzig Minuten bis zu ihrer Beerdigung.

Fuck. Mir ist plötzlich schwindelig, warum? – ich bin doch bloß ein bisschen angetrunken. Ich löse mich von den Lippen des Jungen, schäle seine Hände von meinem Rücken und lege sie ihm auf den Bauch.

»Ich geh mal zu meinen Freunden«, schreie ich ihm ins Ohr.

Er nickt mit glasigem Blick, ich kann nicht sagen, ob er enttäuscht ist oder überhaupt irgendwas verstanden hat. Ich kämpfe mich durch die tanzenden Gliedmaßen, einmal quer durchs Wohnzimmer. Ich glaube, es ist ein Wohnzimmer, ich habe keine Ahnung, wer genau diese Party steigen lässt. Ich weiß nur, dass es irgendein Bonzenkind sein muss, denn dieses Haus hat tausend Zimmer und ist voller Designscheiß. Normalerweise bin ich lieber auf Studentenpartys in irgendwelchen engen abgefuckten WGs oder im Hexenkessel, aber Anna und ihre Truppe aus dem Abijahrgang haben mich eingeladen, und da sagt man einfach nicht Nein.

Ich schiebe die Glastür zur Terrasse auf, wo ich meine Crew zum letzten Mal gesehen habe. In der Ecke steht zumindest noch Anna mit ihrem Neonhalsband, das auf ihrer dunkelbraunen Haut schimmert. Die Abendluft kühlt nicht besonders, aber sie lässt sich besser atmen. Anna zündet sich gerade eine Kippe an, als sie mich bemerkt.

»Da bist du ja wieder«, sagt sie und hält mir eine offene Luckys-Schachtel hin.

Ich habe an diesem Abend noch nicht geraucht. Eine kann ich mir gönnen. Ich stecke mir die Zigarette zwischen die Lippen, und Anna zündet sie wortlos an.

»Und? Wie schmeckt Olli so?«, sagt sie nach ihrem ersten Zug.

Der heiße Rauch an meinen Lippen fühlt sich gut an. »Wer?«

»Der Typ, den du geknutscht hast.«

»Ugh, ich hab mit ’nem Olli rumgemacht?« Ich werfe einen Blick zurück durch die Scheibe, kann Olli aber nirgends sehen. »Was für’n Scheißname. Aber heiß.«

Anna grinst beim Rauchauspusten. Sie legt den Kopf in den Nacken und guckt in den Himmel. Ihr Kraushaar schimmert, als das Licht in der Bewegung wandert, und ich folge ihrem Blick. Man sieht nicht viele Sterne, aber sie hält einfach die Klappe und schaut. Ich sollte öfter mit ihr feiern gehen.

»Hey, ich wollte nur sagen … das mit deiner Freundin … das tut mir echt leid.«

Oder auch nicht. Ich löse den Blick von den paar Sternen und schau mich auf der Terrasse um. »Ja, danke.«

Noch zehn Stunden und vierzig Minuten.

Irgendwo hier muss doch noch was Trinkbares stehen. Ich entdecke eine halb volle Weißweinflasche, die auf einem Glastisch zwischen den Aschenbechern steht, und schnappe sie mir. Sieht teuer aus. Ich biete sie erst Anna an, die ein paar Schlucke nimmt, dann leere ich sie in drei tiefen Zügen.

»Ach, übrigens«, sagt sie und zieht an ihrer kurzen Zigarette. »Daniel sucht dich.«

Was will der schon wieder? Ich hab ihm doch klipp und klar gesagt, was Sache ist.

»Ich geh wieder tanzen«, sage ich zu Anna und versuche einen einladenden Unterton. Sie schaut wieder hoch in den Himmel und meint, sie käme nach.

Egal, ich tanze sowieso lieber alleine. Ich ziehe die Glastür auf und schwanke ein bisschen, als mir der Bass entgegenschlägt. Ich weiß nicht, was das ist, aber es klingt verdammt gut. Ich drängle mich weiter in die Mitte, bis ich nur noch von Körpern umgeben bin, und fange an zu tanzen. Als wäre ich eine andere Version von mir.

Eine, die nachts schlafen kann.

Eine, die keine Albträume von Klippen hat.

Eine, die aus Spaß feiern geht und nicht, um die Stunden totzuschlagen.

Ich atme ein. Einzelne Haare bleiben auf meinem schweißnassen Gesicht kleben. Ich bin am Leben.

Noch zehneinhalb Stunden.

Bis mir schwindelig wird.

Ich stoße mich durch die Tanzenden, fange mir einen erstickten Fluch und Giftblicke ein, mir egal, ich muss hier sofort raus. Meine Brust fühlt sich an, als würde jemand draufsitzen. Ich stolpere in den Flur, aber auch da sind Leute, verpisst euch doch, ich nehme eine Treppe runter, während mein Puls rast, als wäre ich in Lebensgefahr. Reiße die Tür auf und stehe in einer kleinen Kellerschwimmhalle.

Alleine. Gott sei Dank.

Ich krümme mich, oh, shit, gleich kommt mir der Wein wieder hoch. Presse mir die Hand auf die Lippen, als ob das helfen würde. Unter meinen Füßen schwankt der Boden. Ich rutsche an der Wand hinab, bis mein Hintern auf den Fliesen liegt. Der Chlorgeruch des Schwimmbeckens dringt mir in Nase und Mund. Mein Magen zieht sich zusammen, bis ich nach Luft schnappe, doch alles bleibt drin.

Erschöpft lehne ich die Wange gegen die kühlen Fliesen an der Wand. Eine Ader am Haaransatz pocht schmerzhaft. Großartig. Wenn ich jetzt schon Kopfschmerzen habe, sollte ich morgen gar nicht erst aufstehen.

Muss ich aber. Meine Augen fangen an zu brennen. Ich spüre den Wind an der Klippe, den Ostseewind, der mein Gesicht mit duftender Meeresluft –

Nicht jetzt, bitte, nicht jetzt.

Noch zehn Stunden und vierzig Minuten.

»Hey. Bist du okay?« Ich zucke zusammen. Ein Junge mit hochgekrempelten Hosenbeinen beugt sich über mich. Seine

Stimme klingt hell und besorgt. Wo zur Hölle kommt der jetzt her?

»Seh ich aus, als wär ich okay?« Ich schüttle seine Hand von der Schulter.

Wütend schaue ich zu ihm hoch, er weicht zurück. Die Härchen auf seinen Waden liegen an. Um seine nackten Füße bilden sich kleine Pfützen. Wahrscheinlich hat er sie ins Wasser gehalten.

Der Junge starrt mich mit weit aufgerissenen Augen an, als wäre ich ein Geist oder so was.

»Hau bloß ab!«

Er nickt, als würde er verstehen, warum ich ihn ankläffe, und streicht sich durch die zentimeterkurzen Haare. Etwas an seiner Art, zu gehen, aufrecht, die Hände in den Taschen seiner Jeans vergraben, kommt mir bekannt vor.

Moment mal, den kenn ich doch!

»Hey, warte!«, rufe ich ihm hinterher. »Du bist doch, … hier, Dings … Fritzcola-Boy!«

Halb rechne ich damit, dass er mich einfach ignoriert und die Treppe hochstapft, doch er dreht sich um und hebt fragend die Brauen.

»Du kommst immer in mein Café und bestellst eine Fritzcola.« Shit, jetzt erinnere mich, der Junge war echt nett. Ich hätte nicht so ein Arsch sein sollen. »Tisch 14, jedes Mal.«

»*Dein* Café?«, sagt er und verzieht einen Mundwinkel.

»Ja, die Pony Bar. Ich arbeite da, mein Café.«

Er mustert mich, legt den Kopf schief. »Stimmt.«

Mit drei großen Schritten kommt er zurück und setzt sich neben mich. Er lässt eine Handbreit Platz zwischen unseren Schultern, was mir gerade sehr recht ist.

»Hi, ich bin Jan«, sagt er und hält mir die Hand hin.

Ich schaue hoch in seine Augen, um zu sehen, ob er das ernst meint, und nein, sie funkeln belustigt.

»Kassandra die Dritte.« Ich nehme Jans Hand und schüttle sie mit abgespreiztem kleinem Finger. »Kassy, für meine Freunde.« Er hält sie ein bisschen länger als nötig und legt sie sanft auf dem Boden ab. Dann lehnt er den Kopf gegen die Wand und atmet tief durch. Ihm geht's wohl auch dreckig. Natürlich, sonst würde er hier nicht alleine ins Wasser starren.

»Schon scheiße hier«, sagt er und schaut an die Decke.

»Jepp.«

Jan wirft mir einen Blick von der Seite zu. Kurz bleiben seine Augen an meinen zerwühlten Haaren hängen. Dann fängt er an zu lachen, stumm, dass ihm das T-Shirt auf der Brust zittert.

»Was?«, sage ich und spüre ein Lächeln auf meinem Gesicht, es ist ansteckend.

»Fritzcola-Boy. Das ist der Spitzname, den du mir verpasst hast?«

»Na ja, wie sonst soll man sich beim Kellnern Stammkunden merken als über die Bestellung?« Jan lässt den Nacken kreisen. Ich sehe seine Muskeln sich an- und entspannen. Nicht zu viele, das mag ich, Muskelprotze sind irgendwie hässlich.

»Und was treibt dich immer wieder in die Pony Bar?«

»Die Aussicht«, sagt er und linst gerade kurz genug zu meinem Ausschnitt runter, dass es nicht eklig ist.

»Das ist mal ein steinalter Spruch«, gebe ich zurück.

»Nicht wahr? Schon fast ein Klassiker.« Er kratzt sich am Hinterkopf, als hätte ihn seine eigene Anmache verlegen gemacht, und sein T-Shirt rutscht hoch und legt einen Streifen Haut über seinem Hosenbund frei. Was für ein süßer Trottel.

»Also, meine Arbeit ist in der Nähe von deinem Café.«

»Was machst du?«

»Ich betreue behinderte Kinder und Jugendliche.«

»Nice«, sage ich, und, Mann, wenn ich jetzt nichts Dummes sage und den klarmache, ist der Abend vielleicht doch nicht für'n Arsch. Gerade will ich ihn zum Tanzen auffordern, da geht die Tür zum Treppenaufgang auf.

»Kassy!«, grölt Daniel, der zwischen zwei seiner Kumpels klemmt. »Da bist du ja!«

»Hey, Vollpfosten.« Ich merke, wie Jan sich neben mir aufrichtet, und spanne mich reflexartig an.

Daniel löst sich aus der Mitte seiner Kumpels raus und lässt sich an meiner anderen Seite auf den Boden plumpsen.

»Wir müssen reden, Schätzchen«, raunt er mir ins Ohr, oder zumindest glaubt er das, denn es hallt durch die ganze Schwimmhalle.

Ich stehe auf und schaue auf ihn runter, trete dabei einen Schritt zurück, sodass Daniel plötzlich Jan bemerkt.

»Wer bist du denn?« Sein glasiger Blick stellt sich scharf.

»Geht dich gar nichts an.« Ich trete ihm vors Schienbein. »Was willst du, he?«

»Das ist privat«, sagt er und ruckt mit dem Kopf in Jans Richtung.

Jan steht auf und sucht meinen Blick. »Belästigt dich dieser Kerl?« Seine Stimme ist eine halbe Oktave abgerutscht, und ich sehe an seiner Körperhaltung, dass er Daniel sofort eine verpassen würde, wenn ich wollte.

Ich atme einmal tief ein und einmal tief aus.

Auf Daniel hab ich echt so was von keinen Bock. Andererseits ist der Moment mit Jan so oder so ruiniert, also was soll's.

»Das ist bloß ein alter Kumpel«, sage ich, als wäre Daniel nicht der Rede wert. Versuche stattdessen, meinen Flirt-Blick aufzusetzen, den Jan allerdings nicht mitkriegt, weil er just in dem Moment von Daniels schwankendem Freund angerempelt wird, der mit einer Flasche Tequila wedelt. Jan weicht ihm aus.

»Hey, ich arbeite morgen Nachmittag wieder in der Pony Bar. Vielleicht sieht man sich ja …« Ich grinse ihn schamlos an. »… Fritzcola-Boy.«

Er wirft noch einen wachsamen Blick auf Daniel, zeigt mir den hochgereckten Daumen – was für ein Nerd – und nimmt die Treppe zurück ins Erdgeschoss.

Daniels Kumpel schließen die Glastür hinter ihm und lehnen sich mit den Rücken dagegen. Ich schnaube. Aus welchem dummen Gangsterstreifen haben die denn den Bullshit?

»Was ist los, Danny-Boy?«, frage ich. »Hast du immer noch Schiss, dass ich dich an die Bullen verpfeife?«, seufze ich und spüre die Ader an meiner Stirn wieder pochen.

»Nein, ich hab keinen Schiss.«

»Wunderbar, kann ich jetzt bitte wieder tanzen gehen?«

»Ich wollte bloß wissen«, sagt er und lächelt ein dickes Lächeln, das an seinen Augenringen haltmacht, »ob du schnelles Geld machen möchtest?«

Das Wasser wirft schwindelerregende Muster auf sein Gesicht. Ich massiere mir die Schläfen. »Daniel, ich hab dir gesagt, ich mach das nicht mehr. Komm mir noch mal damit, und ich verpfeif dich wirklich an die Bullen. Kapiert?«

Ich spüre, wie hinter mir Daniels Bodyguards unruhig werden.

»Du würdest dich nicht selbst in die Pfanne hauen«, sagt er, die Haltung unverändert nach vorn gekrümmt.

Doch seine Augen verraten ihn. Seine Pupillen verengen sich, nur eine winzige Bewegung. Der Zweifel, dass ich vielleicht doch nicht bluffe.

»Lass. Mich. Raus.«

Daniel bleckt seine Zähne, und ich wappne mich, doch dann gleitet sein Blick schwankend an meinem Gesicht ab. Er nickt seinen Kumpels über meinen Kopf hinweg zu, und in den Augenwinkeln sehe ich sie von der Tür abrücken.

»Na, also«, sage ich zuckersüß und freudlos, drehe mich um und schiebe mich durch die Glastür zum Treppenaufgang. Auf jeder Stufe stampfe ich auf.

Mein Herz rast, aber mein Kopf ist leicht und leer. Adrenalin, wie bei einem Dach-zu-Dach-Sprung.

Zurück im Wohnzimmer schaue ich mich um. Jan ist nirgends zu sehen. Aber Olli tanzt gerade ein Mädchen im Sommerkleidchen an. Ich nehme seine Hand und ziehe ihn von ihr weg. Er schaut mich kurz verwirrt an, dann grinst er. Ich lege meine Hand an seinen Nacken und ziehe ihn zu mir. Anna, die mit den anderen Zwölftklässlerinnen vor der Anlage Kurze trinkt, lächelt mir anerkennend zu.

Der Witz ist, ich bluffe immer.

Noch zehn Stunden bis zur Beerdigung.

Donnerstag, 25.06

Zur Party werde ich das Kleid mit der Skyline anziehen und Absatzschuhe, auch wenn die total unpraktisch sind für Sand und Strand, deswegen hab ich noch meine Espadrilles auf den Klamottenhaufen geworfen, wo auch ein Oberteil für Emma liegt. Aber ehrlich, für wen ziehe ich mich hübsch an, wenn er nicht kommt???

War vorhin in Mamas Kanzlei, was ungefähr einmal im Jahr vorkommt. Ich wollte fragen, ob sie Zeit für einen Kaffee hat.
Aber sie hatte einen wichtigen Klienten bei sich. Ich weiß auch nicht, warum ich überhaupt zu ihr bin. Hätte ich ihr das von Udo erzählt? Nein! Hätte ich sie mit meinem Verdacht konfrontiert? Nein! Face it!, Marie, im Moment läuft alles nur noch schief, und ich hab Schiss, dass die Abschiedsparty am Samstag auch noch in einer Katastrophe endet.

Bei meinem Glück derzeit ...